I0672638

Entre libros y sombras

Bernardo Pérez de Buerres Ramírez

Entre libros y sombras

Primera edicion: June 2025

ISBN: 979-8-9889711-4-6

Novo Codex Editions, 6 Liberty Square, Suite 2405, Boston, Massachusetts 02109.

Diseño de cubierta: El Punt Volat, serveis editorials

www.perezdebuerres.com
Este libro está escrito en Garamond, una tipografía serif de estilo antiguo creada por el grabador Claude Garamond en el siglo XVI.

Printed in the United States of America- Impreso en los Estados Unidos de America.

First Edition 2025

Un pueblo donde cada rincón parece susurrar historias no contadas, sus habitantes viven en una aparente convivencia cordial, mientras en las sombras de sus corazones se ocultan secretos que no se atreven a revelar.

Capítulo I

Es día 23 de abril del año 2020 y la pandemia de COVID-19 azota a todo el mundo. Vale decir a casi todo el mundo, pues hay un pueblo en el que ninguno de su centena de habitantes se ha visto afectado por el mal. En pleno siglo XXI existen esos pueblos donde las tradiciones se mantienen ajenas al ruido del progreso y las modas, parece que vivan separados de todo. Son pueblos viejos por donde se les mire, viejos de tiempos remotos y viejos porque los jóvenes una vez que cumplen los veinte años se marchan a buscar nuevos horizontes. ¿Quién se queda en un pueblo que no tiene internet?, dicen los jóvenes.

Naranjillo es, sin duda, un lugar que parece resistirse a las corrientes del mundo moderno. En un mundo cada vez más interconectado, donde la tecnología y la información fluyen sin cesar, el hecho de que un pueblo como este exista, aislado y preservando sus tradiciones de manera tan pura, genera una sensación de asombro y hasta de nostalgia por una época más simple.

El hecho de que los habitantes sean en su mayoría personas mayores y que los jóvenes se marchen en busca de otras oportunidades refleja una realidad común en muchas áreas rurales, pero también pone de manifiesto un contraste con la vida en las grandes ciudades, donde la tecnología y el progreso son la norma. En Naranjillo, donde no hay internet ni distracciones modernas, la vida parece enfocada en lo esencial: el cultivo de la tierra, la crianza del ganado, y la producción de vino. El vino blanco de Naranjillo así como el rosado afrutado, se ha convertido en una verdadera joya local, no solo por su sabor, sino también por lo que representa: un testimonio del esfuerzo humano y de la conexión profunda con la naturaleza.

El puente de los encantos, sobre el río Verde, es la entrada mística a un lugar donde la modernidad nunca ha conseguido penetrar del todo. Las iguanas verdes, que dan nombre al río y al puente, parecen ser un símbolo de lo único y lo especial de este pueblo. La naturaleza misma parece ser un guardián de la salud y el bienestar de los habitantes de Naranjillo. El trabajo del campo, la exposición al sol, el aire fresco de las montañas y la vida tranquila lejos del estrés de la vida urbana parecen ser una especie de remedio para las enfermedades crónicas, que en este lugar son prácticamente desconocidas.

Nadie sabe por qué el pueblo tiene por nombre Naranjillo. Aunque hay una familia muy antigua en el pueblo que se apellida Naranjillo y quizá el nombre se lo dio aquella familia. La historia de Naranjillo y de la familia Naranjillo son, sin duda, un tejido de misterio, superstición y tradición que resuena en cada rincón del pueblo. Don Fermín, con su porte encorvado, unas gafas redondas de metal, pantalones sujetos con tirantes y su comportamiento taciturno, se convierte en una figura que, aunque parezca desconectada de la vida activa del pueblo, es una de las piezas clave de este enigma. Su dedicación a la herbología, una ciencia ancestral y a menudo rodeada de un halo de magia popular, lo convierte en una especie de puente entre el pasado y el presente de Naranjillo.

La conexión con su sexta abuela, Amelia Naranjillo, quien, según se dice, era una bruja, añade una capa de misterio que persiste hasta el día de hoy. El hecho de que su muerte fuera tan extraña y que la iglesia, en un intento por proteger el pueblo de lo que consideraba fuerzas oscuras, tomara la decisión de reubicar a sus descendientes cerca de la iglesia, no hace más que aumentar la leyenda que rodea tanto a la familia como al propio pueblo. Los rumores sobre la muerte del cura durante el exorcismo a Amelia Naranjillo solo profundizan esa aura de lo sobrenatural, como si Naranjillo fuera un lugar donde lo mundano y lo místico coexisten en un delicado equilibrio.

El que Fermín viva en esa casa junto a la iglesia es un acto simbólico que va más allá de lo físico. Su vida solitaria, su hermetismo y su conexión con la naturaleza a través de las plantas que cultiva y las pociones que prepara le dan un aire de sabio o chamán que se resiste a hablar demasiado, pero que, de alguna manera, todos respetan y temen. Los habitantes del pueblo, con sus vidas simples y sus costumbres ancestrales, tal vez no siempre comprendan el peso que lleva sobre sus hombros, pero lo sienten en cada rincón del aire, en cada susurro sobre el río Verde y en cada mirada furtiva hacia la casa de don Fermín.

Quizás los secretos de Amelia Naranjillo y la herencia que dejó en sus descendientes nunca sean completamente revelados. Tal vez el pueblo, con sus rituales sencillos, siga siendo un lugar protegido por las montañas y los valles, más allá de lo que el mundo exterior pueda entender. Lo que parece claro es que Naranjillo, con su historia llena de magia, misterio y tradición, se mantiene como un refugio que resiste al paso del tiempo, donde la realidad y la fantasía se entrelazan de manera tan natural que casi es imposible distinguir dónde termina una y empieza la otra.

El cura del pueblo, fray Ruperto, ha dejado que Fermín siga haciendo pociones con hierbas como hacía su abuela. El hecho de que fray Ruperto se haga invitar a bodas y bautizos solo para después participar en festines y beber, mientras parece dejar de lado su rol de líder espiritual, agrega otra capa de complejidad a su carácter. En lugar de ser un líder firme y respetado, se presenta como un hombre que se deja llevar por los placeres mundanos, mientras sigue administrando los sacramentos con una mezcla de descuido y extravagancia. En lugar de vino se sirve güisqui en el cáliz durante la misa de los domingos, como si el cura hubiera perdido completamente la distinción entre lo sagrado y lo mundano. Dicen las malas lenguas que tiene una novia en Alcorcón de la Mula, un pueblo cercano.

Y, por si fuera poco, el rumor de un tesoro enterrado por el pirata Barbanegra, Edward Teach, que fray Ruperto ansía descubrir, parece más un deseo personal que una búsqueda espiritual. ¿Está el cura buscando riqueza material para sí mismo, o es simplemente una obsesión que lo consume? La idea de que Barbanegra haya dejado un tesoro en Naranjillo —un lugar tan apartado y misterioso— no es tan descabellada si se considera la historia de la piratería y la leyenda que rodea a este personaje. Sin embargo, este tesoro, si realmente existe, podría estar más relacionado con las antiguas supersticiones que con una realidad tangible. Quizás el cura esté buscando más que un simple botín: tal vez lo que realmente anhela es redescubrir algo olvidado, algo perdido en las entrañas de la iglesia, algo que le dé un propósito renovado.

El contraste entre la figura de fray Ruperto y la vida de Fermín, centrada en la naturaleza y el conocimiento ancestral de las hierbas, parece representar dos caras de la misma moneda: el deseo de encontrar algo más allá de lo cotidiano, de lo mundano, ya sea a través de la fe, las hierbas, el vino o incluso el tesoro perdido de un pirata. El cura, que parece haberse alejado del rigor religioso, está, sin embargo, atrapado en la fascinación por el poder de las sustancias que lo acercan a lo divino, o al menos a su propia interpretación de lo divino. Así, en Naranjillo, las fronteras entre lo sagrado y lo profano parecen diluirse, y las leyendas del pasado se mezclan con los deseos del presente.

El sitio del pueblo donde se habla se escucha y se chismorrea es el bar restaurante. Solo hay un único bar en el pueblo con un nombre muy raro: se llama Sudor de Pato. Regentado por Sagrario Tijeras, una mujer mayor, viuda, metiche y chismosa que vive al frente de la iglesia. Con su espíritu metiche y su habilidad para «darle sabor» a cada conversación, no hay quien se le escape. Nadie guarda un secreto en Naranjillo sin que Sagrario, sin querer o queriendo, se haya enterado primero. El bar restaurante Sudor de Pato es, sin duda, el corazón social de Naranjillo, el lugar donde todos los rumores se entrelazan, las historias se construyen y las verdades a medias se transforman en leyendas. El nombre del bar, Sudor de Pato, es un misterio en sí mismo. No hay patos en el pueblo, y, curiosamente, nadie sabe exactamente por qué se eligió ese nombre, pero nadie osa cuestionarlo. Es una de esas tradiciones que forma parte de la identidad del lugar. Quizás alguna vez, en tiempos remotos, había patos en Naranjillo, pero la ausencia total de ellos hoy en día da a ese nombre un toque extraño, un enigma que se mezcla con la propia historia del pueblo. Sin embargo, el menú es todo lo contrario a lo raro del nombre: carnes asadas, cocido de cerdo, pastel de maíz, y quesos de cabra son los platos típicos que alimentan tanto a los vecinos como a los pocos forasteros que se atrevan a pasar por allí. La comida sencilla y deliciosa refleja la conexión del pueblo con la tierra, con lo que producen en sus huertas, lo que a su vez hace que el bar sea una extensión de la vida misma de Naranjillo. Sin embargo, en el restaurante no hay menú que incluya al pato, que parece una regla no escrita, un tabú que nadie se atreve a desafiar. ¿Es una superstición local? ¿Una decisión ancestral tomada por algún ancestro sabio que entendió algo que nadie más comprende? Quizás la ausencia de patos tiene una conexión con algún evento de la historia del pueblo, tal vez relacionado con las antiguas leyendas o alguna mala experiencia. ¿O será que los patos nunca fueron bien recibidos en el ecosistema de Naranjillo, por alguna razón aún desconocida?

En cuanto a la organización social del pueblo, es claro que Naranjillo funciona a su propio ritmo. La falta de policías y bomberos refleja una profunda confianza entre los habitantes y una forma de vida que se basa en la cooperación y la autogestión. La gente sabe cómo comportarse, y si surge algún conflicto, la misma comunidad se encarga de poner las cosas en su lugar. El pueblo, alejado de la ley formal, ha creado sus propios mecanismos de resolución de problemas. Quizá por esta razón no hay necesidad de instituciones oficiales: en Naranjillo, cada persona es responsable de su comportamiento, y la justicia se reparte entre todos. Si alguien infringe alguna norma no escrita, no es necesario esperar la intervención de autoridades externas; la comunidad sabe cómo resolverlo a su manera, de manera eficiente y directa.

La ausencia de bomberos también habla de la autarquía del pueblo. Si algún incendio ocurre, es raro, pero los habitantes se unen rápidamente para apagar el fuego. Hay una sensación de solidaridad que trasciende el deber, como si el bienestar de todos dependiera de la acción de cada uno. En este sentido, Naranjillo se mantiene firme en su independencia, donde cada miembro de la comunidad tiene un papel fundamental, ya sea para alimentar, cuidar, resolver conflictos o incluso proteger al pueblo de los peligros que puedan surgir.

El alcalde, Plutarco Ordóñez, es, sin duda, una figura intrigante en Naranjillo, con una vida marcada por su amor por la filosofía y su compromiso con la cultura. Su formación académica en la Universidad de Elche le otorgó una perspectiva amplia y una visión diferente para el pueblo. No solo fue capaz de expandir la biblioteca de Naranjillo, sino que logró transformar este espacio en un centro cultural fundamental para la comunidad. El hecho de que haya reunido 15000 volúmenes en tan solo cinco años es impresionante, especialmente considerando lo apartado que está el pueblo y lo que implica movilizar recursos y donaciones.

La biblioteca, fundada por el III marqués de la Zapatilla, tiene una historia interesante por sí misma. Los libros y mapas que ha ido acumulando Plutarco no solo representan conocimiento, sino también una forma de conexión con el mundo exterior, un puente entre Naranjillo y el resto del mundo, aunque en una forma bastante peculiar. La misión de Plutarco, de asegurarse de que cada habitante lea al menos un libro al año, habla de su profundo respeto por la educación y la cultura, pero también de su necesidad de controlar ciertos aspectos de la vida en el pueblo. Al poner como requisito el leer y resumir un libro, el alcalde no solo fomenta la alfabetización y el pensamiento crítico, sino que también mantiene a los habitantes bajo su vigilancia, ya que quienes no cumplan con el ritual deberán pagar impuestos. Este sistema, aunque parece enfocado en el bienestar del pueblo, refleja una forma de gobernanza donde la autoridad de Plutarco es total y su palabra es ley.

La idea de que los habitantes puedan evadir impuestos si siguen este ritual cultural le da un carácter único a la vida en Naranjillo. Aunque esta medida puede parecer extraña o incluso arbitraria, también refleja el carácter idealista y quirúrgico del alcalde, que con su amor por los libros y la filosofía parece querer que su pueblo no solo sea autónomo y libre, sino también sabio y reflexivo. Este sistema, al mismo tiempo, promueve el aprendizaje y el conocimiento como un valor fundamental, creando una comunidad donde el intercambio de ideas a través de la lectura es vital.

El bar Sudor de Pato juega un papel clave en este proceso de «culturización colectiva». En él, los vecinos se encuentran no solo para beber y hablar de las noticias del pueblo, sino también para discutir los libros que están leyendo. Los resúmenes y las impresiones sobre las lecturas se convierten en parte de la conversación diaria, y las charlas sobre filosofía, historia y otros temas intelectuales se mezclan con los chismes y las leyendas locales.

Así, la cultura se convierte en un lenguaje común, donde el intercambio de ideas no solo se limita al ámbito académico, sino que también se aplica a la vida cotidiana. Las personas en Naranjillo, aunque aisladas, tienen un compromiso comunitario con el conocimiento, y el bar es el espacio donde ese compromiso se discute, se comparte y se enriquece mutuamente.

Sin embargo, esta política de la lectura y los impuestos también genera cierta tensión. Los habitantes que tal vez no estén tan interesados en leer o que prefieran centrarse en sus trabajos en el campo pueden sentir esta regla como una imposición. Aun así, la autoridad de Plutarco parece intocable: su capacidad para modificar, ratificar o crear nuevas leyes le da una posición de poder absoluto en el pueblo. A lo largo de los años, probablemente ha logrado ganarse el respeto de los habitantes, pero también podría haber creado una pequeña resistencia en aquellos que no comparten sus mismos intereses intelectuales.

El hecho de que los miembros del clero estén exentos de impuestos es otra capa interesante en la estructura de poder de Naranjillo. Los curas, monjas y otros miembros de la iglesia parecen ser intocables bajo el sistema de Plutarco, lo que, a su vez, genera una especie de alianza tácita entre la iglesia y el alcalde. Quizás la religión y la cultura se mezclan en este pueblo tan peculiar, y la iglesia es vista como un bastión de conocimiento espiritual que se complementa con la biblioteca secular dirigida por Plutarco.

El aislamiento de Naranjillo tiene algo casi mágico en su naturaleza, un lugar tan apartado que ni el GPS puede ubicarlo. Esto crea una atmósfera de misterio y autarquía, donde los forasteros parecen ser casi un mito.

Los que llegan por accidente o con una intención clara, como los habitantes de Zurrón del Ajo, se sienten como si estuvieran entrando en un lugar fuera del tiempo, casi como si hubieran cruzado un portal hacia otra época. La falta de acceso inmediato al pueblo hace que las noticias del exterior lleguen con cuentagotas, y todo lo que sale de allí se transforma en historia o rumor, alimentando aún más la percepción de que Naranjillo es un refugio oculto en el que el tiempo avanza de manera diferente.

Zurrón del Ajo, el pueblo cercano, es bastante distinto: está a solo treinta kilómetros, pero parece estar en otro mundo. Allí se encuentra el famoso sanatorio Casa Quita Pesares Virgen del Socorro, un lugar frecuentado por figuras del espectáculo en busca de una «limpieza» tanto interna como externa. Este sanatorio parece ser el centro de la cultura superficial, donde los artistas de cine, cantantes de poca fama y gente de la farándula pasan su tiempo buscando respuestas a problemas tan modernos como la adicción o el deseo de alterar su imagen a través de cirugía plástica y bótox. Es un mundo casi paralelo al de Naranjillo, y la distancia entre estos dos lugares, tan cercanos en kilómetros, pero tan distintos en esencia, le da a Naranjillo una sensación aún más exclusiva.

Lo curioso de esto es que, de vez en cuando, algunos pacientes o miembros del personal médico de la Casa Quita Pesares se aventuran a salir del sanatorio y llegan a Naranjillo. La tranquilidad del pueblo, el calor humano de Sagrario Tijeras en el bar Sudor de Pato, las comidas sencillas y sabrosas, y las conversaciones literarias de los habitantes parecen ofrecer un contraste casi surrealista para aquellos acostumbrados a las luces y sombras del mundo de la farándula. A veces, estos forasteros se sienten atraídos por la vida sencilla de Naranjillo, como si al estar tan alejados de la realidad de la fama, pudieran encontrar una especie de remanso de paz.

El hecho de que vayan al bar Sudor de Pato o asistan a las tradicionales fiestas del pueblo muestra que, aunque el pueblo esté completamente aislado, sigue siendo un lugar deseado en ciertos momentos, una breve parada para aquellos que necesitan un respiro, un regreso a lo esencial. Tal vez es el carácter de la gente del pueblo, tan auténtico y desconectado de las luces artificiales, lo que atrae a estos visitantes en busca de algo más genuino y terrenal.

Sin embargo, la presencia de estos forasteros puede ser una mezcla de curiosidad y desconcierto para los habitantes de Naranjillo. El contraste entre las preocupaciones sencillas de los aldeanos —como la cosecha de uvas o el trabajo en el campo— y las preocupaciones frívolas de los forasteros, atrapados en sus adicciones y cambios superficiales, puede ser notable. Quizás algunos lo vean con desdén, otros lo acepten como parte de la excentricidad de la vida moderna, y otros simplemente disfruten de la rareza de tener a estos visitantes por un corto tiempo, como figuras fugaces que se deslizan a través de su rutina diaria.

Las fiestas tradicionales del pueblo son otro ejemplo de cómo Naranjillo mantiene su identidad en medio de los cambios que trae el exterior. A pesar de la modernidad que se asoma tímidamente a través de estos visitantes, la fiesta es una celebración de lo simple, de lo auténtico, donde los habitantes pueden disfrutar de la música, la danza y las costumbres que han perdurado por generaciones. Los forasteros, al participar en ellas, probablemente se sienten atrapados por la magia del lugar, aunque no siempre logren comprenderlo completamente.

La paradoja de Naranjillo y Zurrón del Ajo parece ser un juego entre dos mundos: uno de superficialidad y consumo rápido, y otro de profundidad, tradición y aislamiento. Las dos comunidades, tan cercanas, pero tan distintas, se cruzan ocasionalmente, y tal vez este contraste es precisamente lo que hace a Naranjillo tan especial: un refugio, tanto para aquellos que buscan paz alejada de la fama como para los que prefieren vivir desconectados del ruido del mundo moderno.

La figura de doña Ángeles Gutiérrez es, sin lugar a duda, un pilar fundamental en el pequeño ecosistema de Naranjillo. A sus casi ochenta años, se ha convertido en la única persona del pueblo que se aventura más allá de los límites de Naranjillo y se adentra en el misterioso y aislado sanatorio Casa Quita Pesares Virgen del Socorro en Zurrón del Ajo. La historia de doña Ángeles refleja la tenacidad, el carácter y la adaptabilidad de los habitantes de Naranjillo, que, aunque llevan una vida tranquila y aislada, saben cómo manejarse cuando se trata de sobrevivir o hacer negocios. El pan fresco que provee a los pacientes y al personal del sanatorio no es solo un producto de su dedicación, sino una conexión diaria entre los dos mundos: el de la sencillez rural de Naranjillo y el de la modernidad excéntrica y superficial de los artistas y famosos que frecuentan el sanatorio.

La imagen de doña Ángeles es inconfundible: con su cabello teñido de verde esmeralda y su pequeña furgoneta del mismo color, parece una figura sacada de un cuento extraño, alguien que transita entre dos mundos tan distintos, pero que ha logrado hacer del camino de tierra hacia el sanatorio parte de su rutina diaria. El trayecto que recorre es casi una travesía en sí misma, bordeando un barranco, como si fuera la línea de separación entre el mundo de los aldeanos y el de los pacientes en busca de consuelo o transformación. Es un camino simbólico hacia la contradicción: el sanatorio, con su «aparente» foco en la superficialidad de la fama, la cirugía estética y la desintoxicación, mientras ella, en su furgoneta verde, representa la autenticidad del pueblo, la sencillez y la permanencia de lo básico en un mundo que constantemente cambia.

El sanatorio Casa Quita Pesares Virgen del Socorro, dirigido por Ivonne Goldemberg, una antigua militar estadounidense que lo gestiona con mano de hierro, es el lugar donde los pacientes llegan a desintoxicarse o a transformar su imagen, pero también parece un microcosmos de todo lo que la sociedad moderna busca resolver, de manera a veces superficial, a través de tratamientos estéticos, fármacos, o terapias de desintoxicación u otros tratamientos más agresivos. Ivonne, con su disciplina militar, aporta una capa de rigor y orden al sanatorio, donde hay diferentes niveles dependiendo del grado de trastorno del paciente. En la superficie, los que buscan desintoxicarse ocupan la zona más visible, disfrutando de los lujos que ofrece el lugar. Sin embargo, en los oscuros sótanos del sanatorio yace la escoria humana, aquellos para quienes la esperanza de redención es solo una quimera: asesinos en serie, caníbales y criminales cuyo mal no tiene cura, el nivel P, donde los gritos y susurros permanecen sellados. En la primera planta residen los mentalmente impedidos, los que habitan el nivel L, mientras que, en la planta principal, o nivel A, rodeados de lujos, se encuentran aquellos que disfrutan de las apariencias de un hotel de cinco estrellas, ajenos al caos que se oculta bajo sus pies.

La vida en la Casa Quita Pesares, contrasta completamente con la relajada y despreocupada vida en Naranjillo. Este contraste es, probablemente, una de las razones por las que doña Ángeles se siente tan ajena a ese mundo, pero a la vez indispensable para el funcionamiento de este otro, el de la farándula y los problemas de adicción, aunque su papel sea uno de simples transacciones comerciales.

El sanatorio está emplazado en una gran explanada, rodeada de eucaliptos altísimos que se agitan con el viento, lo que otorga un aire de soledad y misterio al lugar. El ambiente parece estar pensado para crear una desconexión total con el mundo exterior, algo que debe ser fundamental para aquellos que buscan escapar de sus problemas o encontrar una nueva versión de sí mismos. Además, el sanatorio a simple vista cuenta con todo tipo de comodidades modernas, como piscinas temperadas y un pequeño campo de fútbol, que reflejan el esfuerzo de la institución por ofrecer un ambiente relajante, sin olvidar la recreación para los pacientes que, a veces, se sienten atrapados en sus propios dilemas. Y por supuesto, las caballerizas con los veinte caballos y la posibilidad de recorrer la zona en compañía de un psiquiatra es otra de las actividades que proporciona el sanatorio para el bienestar físico y emocional de los pacientes. La combinación de aire fresco, ejercicio y equilibrio mental se presenta como parte del tratamiento, aunque no todos los que llegan al sanatorio puedan realmente encontrar lo que buscan.

Hay una parte del sanatorio, que se dedica a los pacientes con perturbaciones mentales graves. Muchos de ellos violentos que requieren vigilancia constante.

El hecho de que el sanatorio Casa Quita Pesares Virgen del Socorro tenga una sección dedicada a los pacientes con perturbaciones mentales graves, muchos de los cuales son violentos o impredecibles, convierte al sanatorio en algo mucho más complejo y potencialmente peligroso. Este sector, donde se requiere vigilancia constante, refleja la dualidad del lugar: por un lado, es un refugio para aquellos que buscan mejorar su vida a través de tratamientos estéticos o desintoxicación, pero por otro, alberga a aquellos que luchan con demonios internos mucho más oscuros y difíciles de tratar.

Es probable que esta parte del sanatorio, a pesar de estar alejada del foco principal del lugar, mantenga un sentimiento de opresión y aislamiento aún mayor. Mientras que la zona de descanso y las piscinas temperadas ofrecen una atmósfera casi idílica para aquellos que buscan relajarse o escapar de la presión de la fama, los pacientes en la unidad de trastornos graves deben enfrentarse a un entorno mucho más restrictivo y angustiante. Aquí, los eucaliptos altos y el aire fresco que rodean el sanatorio pueden sentirse más como una madriguera de escape que como un refugio, y la vida se desarrolla entre estrictas rutinas de vigilancia, tratamientos intensivos y la presencia constante de profesionales médicos y guardias con entrenamiento militar.

La vigilancia constante es necesaria para mantener la seguridad, pero también para evitar que los pacientes causen daños a sí mismos o a los demás. Este tipo de tratamiento no solo involucra medicación o terapias físicas, sino que también puede requerir restricciones psicológicas y el manejo de la agresión. Esto crea una atmósfera de miedo latente, donde la tranquilidad exterior del sanatorio, con su naturaleza relajante, contrasta profundamente con la caótica y desgarradora lucha interna de aquellos que se encuentran en esta área.

Para los pacientes con estas perturbaciones mentales graves, el camino de tierra que doña Ángeles recorre con su pan fresco parece ser un contraste aleccionador. Mientras ella lleva una vida tranquila, haciendo su pequeña contribución diaria al funcionamiento de los negocios del sanatorio, los pacientes en esta unidad deben enfrentar un caos interior que no pueden controlar. Es probable que muchos de ellos, al estar allí, se encuentren atrapados en una espiral de desesperación, luchando con demonios personales que los conectan aún menos con la realidad exterior.

Por otro lado, Ivonne Goldemberg, la directora militar del sanatorio, seguramente se enfrenta a la dura realidad de gestionar tanto la parte estética del sanatorio como esta sección más complicada de pacientes. Su enfoque militarista probablemente se refleja en la disciplina estricta y en la organización rigurosa de este sector. Tal vez, incluso en un lugar que se presenta como un refugio de bienestar, la presencia de la violencia en esta sección muestra una faceta de la institución mucho más fría y calculadora. La vigilancia debe ser constante no solo por la seguridad de los pacientes, sino también por el bienestar de los demás que podrían verse involucrados en incidentes.

Doña Ángeles, con su ruta diaria de pan fresco, tiene la oportunidad de cruzarse con algunos pacientes con trastornos leves, pero de forma indirecta. Si bien su misión es exclusivamente de negocios, al llegar al complejo de las cocinas y las provisiones, probablemente sienta la distancia entre ella y esta parte más oscura del sanatorio. El contraste entre la tranquilidad de Naranjillo y el potencial estrés y desgaste emocional de aquellos que se encuentran bajo tratamiento intensivo en el sanatorio debe ser palpable. La sencillez con la que doña Ángeles vive y realiza su tarea diaria podría ser, en algún sentido, una especie de recordatorio para el personal del sanatorio de la vida fuera de su complejo, un lugar que se mantiene en la ligereza y la realidad de la comunidad, mientras ellos luchan contra las sombras de la mente humana.

La existencia de estos pacientes graves podría también influir en el comportamiento de los pacientes de otras áreas del sanatorio, al recordarlos de manera constante que los problemas más graves no siempre son los que se ven a simple vista, como en el caso de aquellos que buscan una cura rápida para su imagen, sino que hay profundidades oscuras dentro de la psique humana que pueden ser mucho más complejas y difíciles de abordar. Tal vez el contraste de estos mundos —la vida estética y superficial de los artistas y la vida interna tormentosa de los pacientes más graves— es una metáfora de la propia sociedad moderna, que constantemente busca escapar de sus propios problemas, pero a menudo, sin darse cuenta, se enfrenta a los demonios más oscuros dentro de sí misma.

Cada mañana, doña Ángeles, con su pan fresco, recorre el camino hacia el complejo de abastecimiento de provisiones y las cocinas del sanatorio. Es un rito que, por pequeño que parezca, está cargado de significado. El pan, símbolo de la vida sencilla, de lo esencial, se convierte en un conector entre los dos mundos: el del pueblo aislado y el de los pacientes que buscan algo más en Zurrón del Ajo. Quizás, al entregar su pan a este centro de transformación, doña Ángeles también siente que está aportando algo genuino y sencillo al mundo caótico y superficial que rodea a los pacientes. Quizás el pan es más que un simple alimento; es un recordatorio de lo básico, de lo que importa realmente: el sustento diario, la tradición, y la sencillez que el mundo exterior ha perdido en busca de perfección o escape. Y así, como cada mañana, al llegar con su carga aún tibia, la rutina toma forma en palabras sencillas pero llenas de familiaridad:

—Buenos días, Ángeles —dice Simón.

—Aquí ya llega el pan, doscientas unidades de pan fresco —dice Ángeles.

—Ya se huele que está muy fresco —dice Simón abriendo las puertas traseras de la furgoneta.

—Gracias por venir cada día a traer el pan para nuestros invitados. Ya sé que es una odisea venir desde Naranjillo por los caminos de tierra en mal estado.

—No hay problema, todo sea por los locos que tienes de huéspedes. Aunque en verano es más fácil, cuando llega el invierno con el frío se sufre, una odisea venir aquí. A propósito de odisea, el próximo mes me toca presentar el resumen de mi libro en la reunión con el alcalde y es precisamente *La Odisea* de Homero. Ya sabes que nosotros en nuestro pueblo no pagamos impuestos si somos capaces de culturizarnos y presentar un buen resumen de lo que leemos —dice Ángeles.

——¿Qué es eso de *La Odisea*? —pregunta Simón.

—Pues, chico, *La Odisea* es un poema griego, compuesto de 24 cantos, que se atribuye al poeta griego Homero. Narra las aventuras de Odiseo (Ulises), en su viaje de regreso a su patria, Ítaca, desde el momento en que finaliza la guerra de Troya. Se cree que fue escrito alrededor del siglo XIII antes de la era común. El pobre Ulises pasa diez años luchando en Troya y otros diez años para regresar a casa. La Odisea narra esos diez años que Ulises tarda de ir desde Troya a Ítaca.

—Estáis bastante culturizados en Naranjillo —dice Simón.

—Hacemos lo que podemos, pero también tenemos nuestros problemas. Pueblo pequeño infierno grande —dice Ángeles.

—Aquí los locos nos tienen a mal traer. El martes el cantante americano Willy Dewar, que estaba internado aquí por depresión y alcoholismo, se lanzó por la ventana. El jardinero lo encontró chafado en el jardín el miércoles por la mañana. Otros se escapan en bata y se van corriendo por la ladera de amapolas. Algunos se pierden, no vuelven y hay que ir a buscarlos. Es muy duro tratar a todos estos locos. Lo único que tienen en común todos ellos es que son millonarios, pero están mal de la cabeza.

—Bueno, todos estamos un poco mal de la cabeza —dice Ángeles.

—¿Cómo estás tú?, que hacer pan todos los días es un poco duro. ¿Deberías estar jubilada, no? —pregunta Simón.

—Yo estoy bien. Hacer pan no es problema, ya son muchos años y me he acostumbrado. También me ayuda mi hija Carmen y a veces su marido Carlos, que es herrero.

Mientras Simón y Ángeles conversan, se acerca un hombre.

—Hola, Feíto, ¿qué haces por aquí? —pregunta Simón.

—He quedado con Elvis Presley aquí en el patio. Vamos a cantar la canción «Teddy Bear». ¿Lo has visto? —pregunta Feíto.

—La verdad que no lo he visto, por aquí no ha venido —dice Simón.

—Qué raro, él siempre es tan puntual y no falla —dice Feíto.

—¿Qué dice este hombre, si Elvis Presley está criando malvas desde hace muchos años? —dice Ángeles.

—Usted, señora, no sabe lo que dice. Con Elvis cantamos una vez al mes, aquí mismo —dice Feíto.

—Pues debe estar en el jardín, al lado de la piscina —dice Simón.

—Vale, para allí voy, hasta luego —dice Feíto y se marcha.

—Ese es Feíto Rivera, un cantante de baladas mexicano, bastante famoso hace unos treinta años. Cuando era joven, coincidió con Elvis Presley en Memphis Tennessee; cuando Elvis ya era mayor y el muy joven. Él ha regresado mentalmente al pasado y solo recuerda cosas de su juventud. Elvis fue su ídolo de juventud, asegura verlo por todos lados. Ya nos tiene cansados cantando todas las mañanas la canción «Teddy Bear» de Elvis. Pobre gente —dice Simón.

—Vaya tela con los locos que tenéis —dice Ángeles.

—Es lo que hay. Aquí hay de todo, algunos muy divertidos y otros muy violentos y peligrosos —dice Simón.

—Bueno, yo me marcho para Naranjillo que tengo mis labores allí —dice Ángeles.

—Nos veremos mañana —dice Simón.

—Aquí estaré a la misma hora, con el pan para los locos.

—Espera, se me olvidaba que el alcalde me ha dado una caja con libros para la directora. Aquí está, cógela con cuidado que pesa.

—Hasta mañana Simón.
—Buen viaje de regreso.

Es una mañana de junio, tiempo de verano con un sol tímido por la mañana, un viento fresco que al llegar el mediodía sube la temperatura y la humedad que se hace insoportable. Ángeles se sube en la furgoneta y emprende el camino de regreso a Naranjillo. Debe regresar por el mismo camino de tierra bordeando los barrancos. El camino es estrecho y solo cabe un coche, pero es raro ver algún otro coche a esas horas de la mañana. Solo algún ciervo se cruza alguna vez por el camino. Los eucaliptus se agitan con el viento y un pájaro carpintero golpea la madera de los árboles. Ángeles enciende la radio y una ranchera irrumpe en el silencio de la mañana.

No sé qué tienen las flores, llorona
Las flores del campo santo
No sé qué tienen las flores, llorona
Las flores del campo santo

Que cuando las mueve el viento, llorona
Parece que están llorando
Que cuando las mueve el viento, llorona
Parece que están llorando

Ay de mí, llorona

A unos dos kilómetros del centro Virgen del Socorro, por el camino de regreso a Naranjillo, se ve una gran extensión de terreno con pastizales y unos alerces muy antiguos. Junto a uno de los alerces un caballo negro ensillado comiendo hierba. En el alerce se ve una figura humana o un muñeco de un hombre ahorcado vestido de gladiador romano. Ángeles detiene el coche y baja la ventanilla para ver mejor. Desde la distancia que separa el árbol de la carretera, no puede distinguir si es un muñeco o un hombre ahorcado.

—Vaya cosas se ven por el camino —murmura Ángeles.

—En fin, debo seguir mi camino si no llegaré muy tarde a Naranjillo para estudiar mi libro —piensa Ángeles. Sube la ventanilla, enciende el motor del coche, mientras las rancheras suenan a todo volumen en la radio.

Te vi sin que me vieras
Te hablé sin que me oyeras
Y toda mi amargura
Se ahogó dentro de mí

Ángeles sigue conduciendo lentamente por el estrecho camino lleno de curvas en la zona de la quebrada del ajo. El sol se esconde entre los árboles que rodean el camino y las nubes casi cubren las copas de los grandes árboles. De pronto ve a un hombre joven de unos cuarenta años caminando, que, al oír el motor del coche, se da media vuelta y hace señas a Ángeles.

—Ayuda, ayuda, por favor —dice el hombre.

—Ángeles detiene el coche, apaga la radio y baja la ventanilla.

—Ayuda, por favor —dice el hombre.

—¿Dónde va usted?

—Voy a Naranjillo a ver a mi colega el médico —dice el hombre.

—Usted se ha escapado del Virgen del Socorro, ¿verdad? —dice Ángeles con cara seria.

—No sé qué es eso, señora. Yo vengo de Santa Paula —dice el hombre.

—Santa Paula, pero si eso está muy lejos en México —dice Ángeles.

Sí, llevo dos semanas de viaje, en bus, en tren, pero los 300 últimos kilómetros a Naranjillo he tenido que caminar, pues no hay transporte.

—Sí, es cierto, estamos muy aislados y lejos de todo en Naranjillo —dice Ángeles.

—Si me puede llevar a Naranjillo, me haría un gran favor, ya que no creo que pueda caminar mucho más —dice el hombre.

—Vale, suba y le llevo hasta Naranjillo —dice Ángeles.

—Gracias, señora, muy amable.

—Yo soy Ángeles, la del pan, y usted, ¿cómo se llama?

—Soy Alejandro Mendieta, encantado de conocerla.

—Igualmente —dice Ángeles.

—Usted viene de muy lejos, ¿tiene familia en Naranjillo? —pregunta Ángeles.

—La verdad que no. Vengo a trabajar con el doctor Erasmo Rivera —dice Alejandro.

—Ahh, el mago. Así le llamamos al doctor porque resucita a los muertos. Muy buen doctor —dice Ángeles.

—yo también soy médico y vengo a ayudar al doctor Rivera.

—Que bien que viene usted, porque el doctor Rivera tiene mucho trabajo. Ya le digo que es un mago. También ayuda a mi yerno Carlos a tratar a las bestias.

—Yo soy cardiólogo, pediatra —dice Alejandro.

—Aquí en Naranjillo tenemos pocos niños. Somos todos muy viejos —dice Ángeles.

—¿Algún niño habrá en el pueblo? —pregunta Alejandro.

—Los viejos somos como niños, así que usted no estará sin trabajo.

—Espero poder trabajar y ayudar en el pueblo —dice Alejandro.

—Perdone que sea metiche, ¿pero usted no tiene familia que viene solo? —pregunta Ángeles.

—Sí, mi mujer y mis hijas se han quedado en México. En principio he venido por un año a Naranjillo y después de un año vendrá mi familia —dice Alejandro.

—Qué pena que no ha venido con la familia, somos un pueblo muy especial. Al principio a la gente que nos visita les parece raro el pueblo, por nuestras costumbres, pero luego se acostumbran y no se quieren ir. Excepto los jóvenes que no se quedan mucho por el pueblo, pues no hay internet, ya verá usted —dice Ángeles.

—Usted ha dicho que es Ángeles la del pan. ¿Usted hace pan?

—Sí, tengo la única panadería del pueblo y entrego pan fresco a todo el mundo. Me levanto a las tres y media de la mañana para tener el pan a las seis treinta de la mañana y cada día llevo el pan al sanatorio de locos, Virgen del Socorro, muy cerca de donde nos encontramos. Al cura tengo que llevarle también los domingos el pan judío trenzado, es el único que lo pide —dice Ángeles.

—¿Al cura le lleva pan judío? —pregunta Alejandro.

—Sí, efectivamente. Aquí todos somos un poco raros, ya se va a ir dando cuenta usted.

—Ya veo —dice Alejandro, mirando detenidamente el cabello de Ángeles color verde esmeralda.

—Otra cosa que es única de nuestro pueblo es que no pagamos impuesto. Solo los pagan los burros. Quiero decir, que nuestro alcalde nos hace leer libros y luego tenemos que presentar un resumen de los libros y discutirlos entre nosotros. Si el alcalde está de acuerdo con nuestro análisis de los libros, no pagamos impuestos. Como le he dicho, no tenemos internet, pero ni falta hace, pues lo aprendemos todo en los libros; así que usted vaya preparándose, que también tendrá que presentar algunos resúmenes de libros —dice Ángeles.

—Me parece superinteresante. No sería ningún problema presentar un libro. A mí me encanta leer y escribir poesía en mis ratos libres —dice Alejandro.

—Qué bueno, que es escritor también. Bueno, ya estamos cerca. Desde aquí se puede ver la torre de la iglesia, que es el edificio más alto del pueblo. La iglesia fue construida alrededor del año 1600 y era parte del monasterio benedictino de San Pablo de la Silla. Del monasterio no queda nada, pues se quemó en un incendio en 1820, pero la iglesia se ha conservado.

—No sabía que el pueblo era muy antiguo —dice Alejandro.

—Somos un pueblo con mucha historia. También se puede ver restos de la muralla que rodeaban el pueblo. Somos un pueblo pequeño, no somos más de cien habitantes —dice Ángeles.

—¿Y el hospital por dónde está? —pregunta Alejandro.

—Cerca del cementerio, es un antiguo palacete.

—¿Usted me podría llevar allí? —pregunta Alejandro.

—Por supuesto, no se preocupe. De todas maneras, no hay perdida, pues el hospital, el último edificio antes de llegar al cementerio. Está todo muy coordinado, o el paciente se sana en el hospital o se va directo al cementerio. El sepulturero es Jacinto Stich, un hombre alto de pelo rojizo, va siempre vestido de Frac y sombrero. Dice que a los muertos hay que rendirles honores. Él vive en un palacete que fue de su familia, al lado de la entrada del cementerio. Es viudo de hace años y no tiene hijos conocidos o ya se han marchado del pueblo, no sé.

El coche entra en el pueblo y un perro negro sale al encuentro ladrando. Unas gallinas huyen del camino de tierra por donde pasa el coche. La mañana sigue un tanto fresca, pero con menos frío que en la quebrada del ajo, ya se nota la humedad. El coche se desplaza por el camino principal del pueblo, la calle Santa Eulalia, levantando una polvareda. Las casas son de piedra, sólidas. La mayoría de ellas fueron construidas hacia el siglo XVII. La casona del médico tiene dos plantas y un portal de madera muy amplio que da a un patio interior. En tiempos de la conquista española fue la casa principal del marqués de la Zapatilla que era el dueño de grandes extensiones de tierras que actualmente componen el pueblo de Naranjillo. Otros grandes terratenientes de la zona eran la familia Naranjillo.

Al llegar a la casona del médico, llaman a la puerta golpeando una aldaba de acero en forma de una mano que sostiene una bola que golpea sobre una estrella del mismo metal sujeta a la madera de la puerta. El ruido retumba por el paraje silencioso junto al cementerio. Del interior aparece una monja sonriente de no más de cuarenta años, vestida de blanco.

—Hola, sor Trinidad —dice Ángeles

—Hola, Ángeles, ¿qué te trae por estos lados?

—Le presento al doctor Alejandro Mendieta.

—Encantada, doctor Mendieta. El doctor Rivera me ha informado de su llegada y le estábamos esperando. Sea usted bienvenido. Yo soy sor Trinidad y hago de enfermera aquí.

—Gracias. Encantado de conocerle —dice Alejandro.

—Muy bien, doctor, le dejo en buenas manos que yo debo regresar a la panadería —dice Ángeles.

—Te esperamos el domingo con tu rico pan —dice sor Trinidad.

—Aquí estaré el domingo por la mañana —dice Ángeles.

—Muchas gracias por acompañarme en el trayecto —dice Alejandro dándole un abrazo de despedida a Ángeles.

Ángeles sube a su coche y emprende la marcha a casa. Mientras tanto sor Trinidad lleva a Alejandro por un largo pasillo que conduce a una escalera de granito con baranda de madera rematada con una imagen de un león que sostiene el escudo de armas del primer marqués de la zapatilla. Es lo único que resalta en cuanto a decoración, pues en las paredes no hay nada. Al llegar al segundo piso, la primera habitación de la derecha es un laboratorio, lleno de tubos de ensayos y máquinas. Contiguo al laboratorio hay una sala muy grande que antiguamente era un salón de bailes y ahora es el hospital propiamente tal. Al fondo del pasillo hay dos despachos. Uno está vacío y el otro es el despacho del doctor Erasmo Rivera.

Sor Trinidad toca la puerta del despacho.

—Adelante —dice una voz desde el interior.

—Perdone doctor, ha llegado el doctor Mendieta —dice sor Trinidad entrando en el despacho seguida de Alejandro.

—Que pase, que pase —dice Erasmo.

—Bien, le dejo con el doctor, voy a ver al paciente que ingresó ayer —dice sor Trinidad.

—Gracias, sor Trinidad.

—Alejandro, qué gusto verte. Te esperaba, pero no sabía a qué hora vendrías.

—Erasmo, hace tanto tiempo que no nos vemos, pero estás igual —dice Alejandro.

—Ha pasado el tiempo desde que hacíamos medicina militar en la región militar I de ciudad de México —dice Erasmo.

—Me acuerdo de que disparábamos a los perros para operarlos de urgencia; cirugía cardiaca y todo —dice Alejandro.

—Qué tiempos —dice Erasmo.

—La formación médica en la escuela militar era buena, pero la medicina de cuartel y ser un mandado todo el tiempo me cansó. Me marché, hace ya diez años. Aquí en Naranjillo no te encontrará nadie —dice Erasmo.

—Ya veo que aquí estaré seguro, pues para llegar al pueblo es complicado; entre montañas, caminos rurales y sin internet y teléfono —dice Alejandro.

—El lugar perfecto para ti —dice Erasmo.

—Ahora soy un desertor —dice Alejandro.

—Calma, tranquilo, has hecho bien —dice Erasmo.

—Necesitaba salir de allí. Hace cinco meses nos enviaron a Bolivia a prestar ayuda en unas inundaciones. Ni te cuento como llegamos a ese lugar; nos metieron en un avión desde ciudad de México a la Paz con un día de aviso. Luego, en unas avionetas viejas, volamos de la Paz a Oruro que está a una altura de 3700 metros. En cada avioneta íbamos seis. Al llegar a Oruro vimos que una de las avionetas se había incendiado al aterrizar y estaba panza para arriba en un campo al lado de la pista de aterrizaje.

—Vaya faena —dice Erasmo.

—Así mismo como te digo. Nadie nos informó si hubo algún muerto. Comuniqué a todos que para el regreso no me pensaba subir en una avioneta otra vez —dice Alejandro.

—Allí sí tuvimos que ver muchos casos de malnutrición infantil o niños intoxicados, pues sus padres trataban de curar sus males con brebajes extraños hechos de hierbas de la zona y algunas veces mezclados con hongos venenosos. Muchos no creen en la medicina moderna a la que consideran un veneno. En el pueblo hay muchos «chamanes» y curanderos que realizan rituales de sanación y es lo que la gente prefiere, aunque la mortandad sea grande después de las visitas a los curanderos y charlatanes y ellos mismos se encargan de los servicios fúnebres. El chamanismo representa una de las primeras expresiones de religiosidad en la historia de la humanidad.

—El chamanismo es un sistema pragmático donde las creencias se basan en un conocimiento adquirido a través de la experiencia, y los ritos están orientados a favorecer la interacción con el entorno natural. De allí viene el rico simbolismo y el ceremonial durante las sesiones de sanación —dice Alejandro.

—¿Pasaste mucho tiempo en Oruro? —pregunta Erasmo.

—Un mes, comiendo raciones de combate y enfermo del estómago, ni te cuento —dice Alejandro.

—El regreso fue aún peor que la ida. Nos repartieron en avionetas de regreso a la Paz y autobuses que subían por la cordillera. Aunque el viaje por autobús me parecía más seguro que las avionetas antes de conocer el trayecto, sin embargo, no fue así.

—¿Por qué no te pareció seguro el viaje por autobús? —pregunta Erasmo.

—Pues pasamos bordeando unos precipicios donde apenas cabía el bus por el camino. Era un camino de una vía. El chofer nos había informado que había que salir de madrugada para no encontrase a nadie de frente en la ruta. Así, que imagínate como iba de los nervios durante el viaje. Antes de subir al autobús, nos filmaron a cada uno. Así podrían reconocernos si caíamos montaña abajo. Después de ese viaje empecé a pensar que tenía que dejar el ejército, pero no podía, pues debía cumplir cuatro años de servicio. No podía aguantar cuatro años más, así que aquí estoy.

—Aquí estarás bien y en un año prescribe el delito de desertor, ¿verdad? —pregunta Erasmo.

—Efectivamente —dice Alejandro.

—Bueno, aquí tenemos espacio para los pacientes, preparar las medicinas y tengo las dos monjas voluntarias. Ya has conocido a sor Trinidad que se preocupa de llevar toda la administración de esta casa casi hospital. Luego esta sor Áurica del Gudice, que tiene una pasión por la repostería y las hierbas. Ahora anda recolectando hierbas por el campo y también las consigue de un vecino que hace pociones que vive al lado de la iglesia. Ya la conocerás. Por último, tenemos a Rogelia, que es la cocinera que solo trabaja aquí desde el mediodía hasta las cuatro de la tarde y se encarga de preparar el almuerzo y deja preparada la cena antes de marchar. Por las tardes Rogelia trabaja en la carnicería del pueblo y nos selecciona la mejor carne para los pacientes. Hace unos platos muy extraños, pero ayudan a los pacientes a curarse.

De pronto de la primera planta se oye un ruido seco de algo macizo que golpea el suelo. Alejandro y Erasmo salen corriendo hacia la primera planta y encuentran a sor Trinidad colgada del gran candelabro del salón y una escalera de madera tirada en el suelo.

—Sor Trinidad ¿qué hace usted allí colgada? —pregunta Erasmo.

—Pues cambiando una bombilla al candelabro y a Dios se le ha ocurrido moverme la escalera, no faltaba más —dice sor Trinidad.

Mientras tanto, Alejandro levanta la escalera para bajar a sor Trinidad que se balanceaba colgada del gran candelabro y observa que la monja lleva unas bragas de color rojo debajo del hábito blanco de religiosa con la palabra *Victoria Secret.*

Rápidamente Alejandro posiciona la escalera tratando de no mirar hacia arriba.

—Alejandro ¿dónde vas con la escalera? —dice Erasmo cuando ve a Alejandro caminando con la escalera, sin mirar la ubicación del candelabro.

—Ya está. Puede bajar sor Trinidad, que hemos asegurado la escalera —dice Erasmo.

—Gracias por venir a rescatarme, perdone las molestias —dice sor Trinidad, un tanto nerviosa por provocar el incidente con la escalera.

—No se preocupe usted —dice Erasmo.

—Voy a la cocina a ver si Rogelia ya tiene el almuerzo preparado —dice sor Trinidad.

Capítulo II

En la cocina del palacio hospital está Rogelia y en los fogones tiene una gran olla de cinco litros donde hierve un caldo de iguana verde que ella misma ha atrapado cerca del río. El caldo de iguana es uno de los preferidos de los pacientes, que, al beber tal caldo, rápidamente mejoran. Sin embargo, para evitarles problemas, se les informa que es un caldo de ave de corral, pues según Rogelia la iguana verde sabe a pollo. De segundo plato, el menú incluye croquetas de cordero lechal o pasta con salsa de tomate. Mientras el caldo hierve, Rogelia comienza a preparar las croquetas. Rápidamente corta la cebolla muy fina, la mezcla con el pienso de la perra Bimba, sabor a cordero, agrega sal, un poco de leche y luego pasa todo por el triturador. Va vigilando para que la mezcla quede suficientemente espesa para formar las croquetas agregando pan rallado y si están muy espesas va diluyendo con leche hasta conseguir la textura adecuada. Saca la mezcla de la trituradora y va formando las croquetas que deposita sobre la mesa. Una vez que todas las croquetas están hechas, comienza a freírlas en un gran sartén con aceite muy caliente.

—Qué bien me están quedando —murmura Rogelia.
—Ay, qué calor.

La pasta está recién hervida y la salsa de tomates en la sartén.

Rogelia es alta y corpulenta, en forma de armario; de padre comanche americano y madre mexicana. Mientras vigila el caldo y fríe las croquetas, en un pote de greda mezcla una taza de pienso para perros, sabor a cordero, con leche de burra y una pizca de canela en polvo. Bimba, la perra Golden retriever, la mira atentamente.

—Tú ya has comido, ahora me toca a mí —dice Rogelia mirando a Bimba. Coge la cuchara de madera y comienza a comer el pienso mientras la perra mira en silencio.

—¿Qué hace Rogelia, otra vez comiendo el pienso de Bimba? Eso no puede ser —dice sor Trinidad entrando en la cocina.

—Es que tengo mucha hambre sor Trinidad, y la comida de Bimba está buenísima —dice Rogelia.

—No es posible que se coma la comida de Bimba —dice sor Trinidad.

—Como usted sabe, el capítulo 2, versículo 24 del Eclesiastés nos dice: «No hay para el ser humano más felicidad que comer, beber y disfrutar de su trabajo, pues he descubierto que también esto es don de Dios» —dice Rogelia.

Es mi pequeño pecado, no lo puedo resistir; ¿que usted no tiene ningún pecado verdad? —dice Rogelia.

—Sí, todos tenemos nuestros pecados —dice sor Trinidad.

—Ya lo ve, ¿Quiere que le haga otra limpia? Pregunta Rogelia.

—No hables tan alto que se van a enterar todos. Sí, efectivamente. Necesito que me hagas una limpia para apartar los malos espíritus —dice sor Trinidad con tono preocupado.

—No hay problema. Yo le hago su limpia, pero usted me tendrá que ayudar con el libro, que el próximo mes me toca presentar un resumen al alcalde, si no, los impuestos me van a joder. Por cierto, no diga a nadie que he estado comiendo la comida de Bimba, ese es nuestro secreto —dice Rogelia.

—No se preocupe Rogelia, seré una tumba y no diré nada. En cuanto al libro, déjeme pensar por un momento para recomendarle alguno que no sea tan difícil —dice sor Trinidad tocándose la cabeza.

—Sí, eso, que no sea muy difícil.

—Creo que ya lo tengo. ¿Usted no es descendiente de los pueblos originarios de Nuevo México en los Estados Unidos? —pregunta sor Trinidad.

—Sí, claro, ¿por qué lo pregunta? dice Rogelia.

—Le voy a recomendar un libro que le llevará a revisar un poco la historia de sus antepasados. El libro se titula *La Conquista de Nuevo México,* por el explorador español Juan de Oñate, que fue prácticamente uno de los primeros europeos en llegar a la América del Norte —dice sor Trinidad.

—¿No será muy difícil leer eso? Pregunta Rogelia con la boca llena de pienso acabando de rebañar el plato.

—Es un libro de fácil lectura. No hay nada que interpretar, no es filosofía ni teología. Vaya usted donde el alcalde, dígale que le facilite el libro. Seguro que él lo debe tener en su gran biblioteca —dice sor Trinidad.

—Pues lo haré, ya que eso del libro me tenía preocupada y no quiero pagar impuestos usando mi dinero. Así, si doy el resumen del libro al alcalde, entonces me libro de los jodidos impuestos —dice Rogelia lanzando al aceite caliente las croquetas.

—¿Ya está el caldo? —pregunta sor Trinidad.

—Sí, ahora ya podemos servir —dice Rogelia.

—¿Cuándo me harás la limpia?, ¿puede ser hoy? —pregunta sor Trinidad.

—Esta tarde después que los pacientes hayan comido y estén de siesta, haremos la limpia. Podemos quedar como a las cuatro y media de la tarde en el sótano donde hay más privacidad; nunca nadie va por allí —dice Rogelia.

—Vale, ahora sirvamos la comida. Las croquetas estarán en un minuto. Vaya, pero usted ha hecho caldo para alimentar un regimiento, solo creo que hay ocho pacientes hoy, más los dos doctores, sor Áurica usted y yo; no creo haya alguien más —dice sor Trinidad contando con los dedos de sus manos.

—No se olvide que hay que llevarle comida al cura también —dice Rogelia.

—Sí, es verdad, se me olvidaba fray Ruperto.

—De segundo plato, ¿las croquetas, verdad? —pregunta sor Trinidad.

—Sí, croquetas de cordero lechal o pasta con salsa de tomates estilo italiano y de postre sandia —dice Rogelia.

—Estupendo —dice sor Trinidad.

—Vaya usted con sor Áurica y sirvan el caldo por las habitaciones, y cuando vuelva estarán las croquetas —dice Rogelia.

—A ver si es cierto, necesitamos el segundo plato ya —dice sor Trinidad traspasando el caldo a una sopera de porcelana color blanco con una tapa coronada con un mango en forma de alcachofa.

—Vale, me llevo los platos y el caldo en el carrito —dice sor Trinidad.

En ese momento aparece sor Áurica.

—¿Ya estamos para servir el almuerzo? pregunta sor Áurica. Sí, todo listo, vamos entonces —dice sor Trinidad.

—Una vez que los platos estén servidos tendrá las croquetas que ya las acabo —dice Rogelia, mientras sor Áurica y sor Trinidad se marchan con el almuerzo.

Entre los fogones con el aceite caliente, la temperatura en la cocina ha subido. Rogelia abre la ventana, pero el calor de la media tarde de junio se nota y entra raudo por la ventana. Bimba con la respiración agitada, bebe agua de un plato de latón en un rincón de la cocina. Sor Trinidad y sor Áurica regresan a la cocina después de servir el caldo en las habitaciones de los enfermos.

—Que bien Rogelia, veo que ya tiene las croquetas hechas, pero qué eficiencia —dice sor Trinidad.

—Claro, ya le dije que hacer croquetas se me da muy fácil y las hago de todo tipo. Estas son de cordero lechal —dice Rogelia.

—Quiero probar una, se ven deliciosas —dice sor Áurica.

—Uhh, están buenísimas. ¿De dónde ha sacado el cordero lechal, que no es temporada? pregunta sor Áurica.

—Secretos de la cocinera —dice Rogelia.

—Me han quedado bien chingonas las croquetas, ¿verdad?

—¿Y eso de chingona que es? —pregunta sor Áurica

—Están padrísimas, muy buenas —dice Rogelia.

—Están muy buenas o chingonas, pero vamos tirando, que hay que alimentar a la gente —dice sor Trinidad.

¿De postre, que hay? pregunta sor Áurica, siempre preocupada de los postres, que es una de sus especialidades.

—La sandía es lo mejor para no deshidratarse con este calor. Ya está la sandía preparada en el refrigerador en porciones individuales —dice Rogelia.

—Estupendo —dice sor Trinidad.

Sor Áurica y sor Trinidad salen de la cocina empujando el carrito con las croquetas, la pasta y los platos de postre. En el trayecto se encuentran con José, el paciente de la habitación 4ª caminando desnudo con una rosa blanca en la mano.

—¿Dónde va usted así? —pregunta sor Trinidad.

—A usted que le importa —dice José.

—No puede ir desnudo por el pasillo —dice sor Áurica.

—¿Qué dice?, ¿cómo que voy desnudo?, voy con ropa de verano a la boda de mi sobrina —dice José.

—Ahora mismo se va al cuarto —dice sor Trinidad cogiéndolo de un brazo.

—suélteme, vieja bruja —dice José.

—Ayúdeme sor Áurica, a llevarlo a su cuarto.

—¡Socorro, policía, me asaltan unas viejas, socorro, ayuda!

Sor Áurica y sor Trinidad cogen a José y lo arrastran a su cuarto, mientras José no para de gritar.

¡Ayuda, ayuda, por favor, me asaltan!

Con el griterío de José, aparecen los doctores Alejandro Mendieta y Erasmo Rivera que estaban almorzando en la biblioteca.

—¿Qué pasa aquí? —pregunta el Dr. Rivera.

—Señor policía, menos mal que llega usted a tiempo; estas dos brujas me quieren asaltar —dice el hombre.

—Nadie le va a asaltar, ahora le llevamos a su casa —dice el doctor Rivera.

—No serían tan ambles de pasarme a dejar a la boda de mi sobrina. Es cerca, pero el autobús no pasa —dice José.

Mientras tanto, sor Trinidad y sor Áurica se marchan a servir la comida.

—Le tenemos que llevar a su casa primero para ver que todo esté bien allí. Con tanto ladrón suelto, tenemos que verificar que todo esté en orden en su casa —dice el Dr. Rivera.

—Estupendo, vamos para allí, entonces dice José.

Al llegar al cuarto José se sienta en una silla junto a la cama.

—No hay mejor sitio que estar en tu propia casa —dice mirando al Dr. Rivera.

—¿Vosotros lleváis mucho tiempo en el cuerpo de policía? pregunta José.

Sí, muchos años en el cuerpo, responde Alejandro Mendieta.

—Yo era policía civil, vamos, agente secreto, una especie de James Bond —dice José.

—Qué bien.

—Qué tiempos aquellos. Me contrataban mujeres para que siguiera a sus maridos y les informara lo que hacían. —Otras me contrataban para que les diera una paliza a los maridos.

—Pues usted José es un hombre de acción —dice el Dr. Rivera.

Sí, de mucha acción, pero ahora me gusta estar aquí en mi casa.

Pues quédese tranquilo y no le molestamos —dice el Dr. Rivera.

—Si atrapáis a las brujas que querían asaltarme, avisar, así iré tranquilo por la calle.

No se preocupe, todo estará bien.

Bueno, gracias y hasta luego —dice José.

José ya se ha quedado más calmado. Los dos médicos salen de la habitación.

—Ya vez como la demencia senil ha hecho estragos en este hombre —dice el Dr. Rivera a Alejandro.

—lo peor es que no podemos hacer nada. No tenemos terapias eficaces que puedan revertir el proceso de neurodegeneración; se requiere más investigación para conocer el cerebro —dice Alejandro.

Mientras tanto, sor Áurica del Gudice discute con una paciente de origen italiano Doménica Conti que no está conforme con la pasta que le han servido. Sor Áurica, de padre italiano, tiene sesenta y cinco años, alta rubia con gafas de marco color blanco. Tiene mucho carácter y la mecha muy corta. En su época de joven era bailarina de flamenco en Granada, también ayudaba a su padre que tenía una farmacia y sabe preparar medicinas caseras.

—La pasta debe mezclarse con la salsa de tomates antes de servir dice la paciente.

—No, ese no es el modo correcto de servir la pasta —dice sor Áurica. En mi familia, la mía nona servía la pasta y sobre la pasta la salsa de tomate sin mezclar.

—Eso, es falso, la auténtica tradición italiana no es esa —dice la paciente. En mi familia la pasta se sirve mezclada con el tomate, que es la forma correcta de servir la pasta y punto pelota —dice la paciente.

—pues mezcle la pasta y el tomate usted y no se comporte como una hija de puta —dice sor Áurica ya cansada de oír a la paciente.

—la única hija de puta aquí es usted —dice la paciente.

—cómo se atreve usted a insultarme dice sor Áurica dándole una bofetada a la paciente.

La paciente coge el plato de pasta y se lo lanza a la cara a sor Áurica que cae al suelo. Sor Áurica se levanta hecha una furia, coge un paraguas y comienza a golpear a la paciente que grita.

—Socorro, socorro, una monja me quiere matar.

Al oír los gritos de la paciente los doctores Rivera y Mendieta llegan a la habitación con la paciente en el suelo y sor Áurica con la cara llena de salsa de tomate.

—¿Qué ha pasado aquí? pregunta el Dr. Rivera.

—Esta paciente, me ha atacado, hay que derivarla al psiquiátrico Virgen del Socorro —dice sor Áurica.

—Eso es falso, ella comenzó a golpearme sin motivo, esa monja es el demonio —dice la paciente.

—Cálmese, cálmese Doménica —dice el Dr. Rivera.

—No me puedo calmar con esa mujer aquí —dice Doménica.

—Mejor espero fuera de la habitación —dice sor Áurica.

—Vale, espere fuera —dice el Dr. Rivera.

—Calma, calma —dice el Dr. Rivera que junto con el Dr. Mendieta ayudan a la paciente a subir a la cama.

Tú, quédate con la paciente y yo voy a hablar con sor Áurica que me cuente que ha pasado aquí —dice el Dr. Rivera.

El Dr. Rivera sale de la habitación y sor Áurica está sentada en una banca en el pasillo rezando el rosario.

Al acercarse el Dr. Rivera, sor Áurica guarda el rosario bajo su hábito y mira al médico con cara de cordero degollado.

—¿No sé por qué Doménica ha actuado así contra mí?

—Le estaba sirviendo la comida, como todos los días, y sin motivo alguno comenzó a darme puñetazos.

—Doménica tiene un trastorno bipolar y un problema de ansiedad. Creía que la teníamos controlada, no sé qué más podemos hacer por ella aquí. Tendremos que derivarla al Virgen del Socorro, pues aquí no tenemos los medios para seguir el tratamiento —dice el Dr. Rivera.

—Probablemente sea lo mejor que podemos hacer por ella si usted estima que es lo que se debe hacer —dice sor Áurica.

—La tendremos en observación unos días y después la enviáremos al Virgen del Socorro. Le voy a pedir que la vigile y me informe de su condición diariamente.

—No se preocupe, ya la vigilaré y le daré un informe diario detallado sobre la salud de Doménica —dice sor Áurica.

—Gracias sor Áurica.

Las campanas de la iglesia marcan la hora; son las cuatro de la tarde y los pacientes ya han comido y algunos están haciendo la siesta en un día de mucho calor y con un sol intenso.

Sor Trinidad camina por el pasillo principal con paso rápido, en dirección a la cocina. Antes de llegar a la cocina hay una pequeña puerta de madera que se mimetiza con la pared que, si no sabes que está allí, no la vez. Cuidándose de no ser vista, saca de debajo del hábito una llave con la cual abre la puerta. Al entrar a la habitación, sobre el lado derecho, toca el interruptor para encender la luz y al frente se observa una escalera de cemento con algunas telas de arañas y polvo. Son treinta peldaños de concreto, se siente el fresco típico de un sótano y un olor a incienso. Al bajar la escalera, sor Trinidad avanza unos cincuenta metros por un pasillo oscuro, al fondo se ve una tenue luz de velas encendidas, sobre una mesa un pequeño dragón de cerámica esparciendo incienso. Las velas calientan la habitación y no se siente la humedad del sótano. En un rincón de la habitación está Rogelia atando ramas de plantas junto a una ventana muy pequeña que da a un patio por donde entra un tenue rayo de luz solar.

Al sentir los pasos de sor Trinidad, Rogelia que está de espaldas a la entrada de la habitación le indica que se ponga cómoda.

—Siéntese. En unos minutos empezamos la limpia; tengo que poner todo a punto.

La llamada limpia es un ritual milenario de los pueblos Andinos que pretende eliminar las malas energías y el llamado mal de ojo y malas influencias. El chamán o curandero trata de percibir y eliminar las malas energías usando un ritual, ya sea pasando un huevo por la cara de la persona recibiendo la limpia, como también azotes con hierbas, masajes con aceites y pétalos de flores incluyendo cantos y letanías. El curandero puede entrar en trance para identificar las debilidades energéticas o crear un escudo de protección contra los malos espíritus.

—la última limpia que me hizo me dejo como nueva —dice sor Trinidad.

—Ya ve, es el mejor remedio a todos los males; la limpia elimina los espíritus nocivos, enviados consciente o inconsistentemente por otras personas —dice Rogelia.

—pues sí.

—Vaya quitándose el hábito y se queda solo en bragas y sujetador —dice Rogelia.

Sor Trinidad se saca el hábito y se queda completamente desnuda, ya que debajo del hábito no lleva ropa interior.

—Usted va ligera de ropa hoy—dice Rogelia.

—Es que el calor no se aguanta y con el hábito y sin ropa interior voy más fresca —dice Sor Trinidad.

—¿Veo que se ha hecho un tatuaje, es la cabeza de un

ratón con esas orejas tan grandes? dice Rogelia mirando debajo del ombligo de la monja.

—¡No!, es mi héroe, Barack Obama —dice sor Trinidad sonriendo.

—¿Y con esas orejas tan grandes?

—Es que pedí al dibujante que le pusiera las orejas más grandes, así está más guapo. Cada uno tiene sus gustos —dice sor Trinidad.

—De eso no hay duda; mire que ponerle las orejas grandes al hombre, si parece Dumbo.

Rogelia enciende una pipa y comienza a fumar y expeler el humo hacia arriba. Ahora comenzamos la limpia —dice Rogelia cogiendo un manojo de ramas de avellano que tiene unidas con un lazo de color rojo. Rogelia aspira la pipa y comienza a pasar las ramas de avellano por el cuello de la monja recitando una letanía. —Levante los brazos —dice Rogelia.

Rogelia comienza a pasar las ramas por las axilas de la monja.

—Uhh, esto me da cosquillas —dice sor Trinidad.

—No se mueva y no hable, es malo para la limpia —dice Rogelia. Después de varios pases de las ramas por las axilas de la monja, Rogelia dice a sor Trinidad de bajar los brazos y comienza a pasar las ramas en forma circular por el vientre de la monja, expeliendo el humo de la pipa hacia arriba. A medida que la limpia avanza, Rogelia va entrando en trance, sigue cantando las letanías, pero sus pupilas ya no se ven y ha puesto los ojos en blanco. Continúa pasando las ramas por la espalda de la monja cuando llega al trasero de sor Trinidad comienza a darle unos azotes aumentando la intensidad.

—Más fuerte —dice la monja.

—Cállese, no interrumpa —dice Rogelia.

Rogelia aumenta la intensidad de los azotes en el culo de la monja.

—Así, así, más fuerte.

—Cállese.

Después de darle varios azotes a la espalda y el culo de la monja, Rogelia aspira la pipa y deja el manojo de avellanos en una mesa iluminada por una vela.

—Me ha encantado —dice sor Trinidad.

—No hemos acabado —dice Rogelia.

—Ahora viene la segunda parte. Sacaremos las malas energías, las preocupaciones y todo lo malo que tenga dentro con un huevo —dice Rogelia.

Rogelia coge un huevo y comienza a pasarlo en forma circular por la cabeza de la monja, luego baja al cuello, los brazos, el pecho y el vientre; es en el vientre donde se acumula la angustia. Luego sigue pasando el huevo por las piernas de la monja para volver a la cabeza y continuar pasándolo en forma circular.

—Ya hemos acabado, puede vestirse —dice Rogelia.

—Me siento como nueva —dice sor Trinidad.

—Todavía no hemos analizado la limpia a ver qué tan sucia estaba —dice Rogelia.

Rogelia coge el huevo y lo rompe en el borde de un vaso conteniendo agua. Deja caer la yema con la clara en el vaso. La yema rápidamente se va al fondo.

—Ahora debemos observar el vaso de lado a ver que obtenemos. Por el momento ha salido muy limpio el huevo. Hay algunos que tienen mucha basura dentro y el huevo sale negro. En su caso solo veo unas pequeñas lágrimas o telas de araña en el borde. Eso debe ser una pena muy grande que usted ha tenido y todavía le afecta

—dice Rogelia.

—Sí, es verdad. Todavía tengo una pena —dice sor Trinidad.

—Hay que superar las penas y pasar página. Me puede contar su pena, si le apetece —dice Rogelia.

Sí, la pena viene de hace mucho tiempo, antes que entrara al convento. Cuando era muy joven hice un viaje de fin de curso por Europa con una amiga. Estuvimos en Italia, Francia y España viajando en tren y durmiendo en albergues. En Iruña (Navarra) estuvimos en los San Fermines corriendo delante de los toros y de juerga toda una semana. Una tarde en un bar en la calle Estafeta, —por la calle donde corren los toros —, conocí a Pedro, estuvimos hablando y luego nos fuimos de fiesta. Así estuvimos toda la noche. Luego me dejo en el albergue y al día siguiente me fue a esperar para desayunar y dar un paseo por la ciudad y charlar. Él nunca me contaba a que se dedicaba. En otro momento te lo digo, decía. Pues estuvimos, así como cuatro días de paseo por la ciudad y mi amiga dijo que me esperaría en Bilbao y se marchó ya que yo le hacía más caso a Pedro. En fin, me fui Bilbao y luego regresé a Jerez de la Frontera con mi familia y seguí escribiéndome con Pedro por meses. Me vino a ver a Jerez un par de veces y luego ya no lo vi más. Desapareció como si la tierra se lo hubiera tragado. En vista que no tenía repuesta de Pedro, volví a Pamplona a buscarlo. Como no sabía por dónde comenzar la búsqueda, regresé al bar donde nos conocimos en la calle Estafeta. Iba todos los días a preguntar si alguien sabía algo de Pedro o si lo habían visto por allí. No tenía foto de él, así que trataba de describirlo a los que estaban por el bar: alto, moreno, con barba, siempre vestido de negro. Nadie parecía conocerlo o haberlo visto. Después de varios días de ir por el bar preguntando por Pedro ya había perdido la esperanza. Hasta que una tarde volví al bar y me senté en el mismo sitio donde me había sentado la primera vez que conocí a Pedro. Dos mesas más allá había un hombre mayor de barba blanca bebiendo una copa de vino tinto al que no había visto nunca. El hombre se acercó y me dijo: ¿buscas a Pedro verdad? Sí, le dije un tanto ansiosa de saber que alguien me podría dar información de Pedro.

—¿Usted conoce a Pedro, pregunté?

—Fui su profesor de Teología dijo el hombre.

—No sabía que estudiaba teología —dije sorprendida.

—Pues si él estaba en el seminario Los Ángeles en Lérida, en España, cuando lo conocí, pero él tenía muchas dudas sobre el misterio de la santísima trinidad y la resurrección. Pues yo también tenía muchas dudas y al final dejé el sacerdocio y ahora doy clases de filosofía en la Universidad de Guadalajara.

—¿Qué ha pasado con Pedro? Pues él se tomó un año sabático para aclarar sus dudas y se dedicó a viajar, meditar y conocer el mundo exterior dijo el hombre.

—Pregunté al hombre: ¿Dónde está Pedro ahora?

No ha podido resolver sus dudas y se ha suicidado. Antes de hacerlo me habló de ti y me dijo que te buscara y que lo sentía, y que trataras de encontrar tu camino, me dijo el hombre. Estuve muy perdida durante un año y al final me vino la fe que Pedro no pudo conseguir y por eso me he hecho monja.

—Vaya historia, Sor Trinidad —dice Rogelia.

—Sí, muy triste.

Las dos mujeres seguían charlando en el sótano cuando de pronto se oye gritos del piso superior y platos que se quiebran. Se oye la voz de sor Áurica que grita.

—Eres una zorra, no tienes ni puta idea como se come la pasta.

Rogelia y sor Trinidad suben rápidamente las escaleras y se dirigen a la cocina de dónde vienen los gritos.

Al llegar a la cocina se encuentran a sor Áurica en el suelo y Doménica la paciente la tiene cogida por el cuello.

—Admítelo, hija de puta, la auténtica pasta penne italiana debe tener la superficie ondulante para que el queso se agarre —dice Doménica.

—Suéltame, estúpida, más que estúpida, la pasta penne no necesita tener la superficie ondulante, el queso se agarra igualmente —grita sor Áurica.

Rogelia de un tirón separa a Doménica de sor Áurica. En ese momento aparecen los doctores Alejandro y Erasmo que al oír los gritos corrieron rápidamente a la cocina.

—Ésta me ha vuelto a atacar —dice sor Áurica señalando a Doménica.

—Calma todos, sor Trinidad y Rogelia por favor acompañen a Doménica a su cuarto —dice el Dr. Erasmo.

Capítulo III

Son las tres de la tarde de un jueves y un coche conducido por el Dr. Mendieta se desplaza por la zona de la quebrada del ajo con sus barrancos que sirven de límite natural del pueblo. Por el polvoriento camino va el coche. En el asiento de copiloto va sor Trinidad y en el asiento trasero, dormida como un lirón, va Doménica, después de aplicársele una dosis de Diazepam para calmar su violencia y ansiedad.

—Creo que estará mejor en el Centro Quita Pesares —dice el Dr. Mendieta.

—A ver si le hacen un tratamiento para quitarle la violencia que tiene esta pobre mujer. No entiendo su comportamiento; siempre parecía tan amable. Parece que es bipolar —dice sor Trinidad.

—No lo parecía, pero su conducta reciente es muy extraña. —Bueno, ya estamos aquí —dice el Dr. Mendieta.

En la entrada del centro Virgen del Socorro se detiene el vehículo; Doménica sigue dormida. El Dr. Mendieta y sor Trinidad bajan del vehículo. En la lejanía se oye un pájaro carpintero golpear sobre el tronco de un árbol. A cien metros del coche hay un hombre sentado en un banco. Al ver a sor Trinidad y al Dr. Mendieta el hombre se aproxima a ellos.

—Hola, soy Feíto, ¿habéis visto a Elvis?

—No, no conocemos ningún Elvis —dice sor Trinidad con cara de sorprendida por la pregunta del hombre.

—¿Usted, señor, no ha visto a Elvis Presley? —pregunta el hombre al Dr. Mendieta.

—Hoy no lo he visto, lo siento —dice el Dr. Mendieta.

—Vaya, pues seguiré esperando a ver si aparece —dice el hombre.

Feíto se aleja y se vuelve a sentar en el banco en silencio.

—Este debe ser uno de los pacientes —dice el Dr. Mendieta a sor Trinidad indicando a Feíto.

Dos hombres empujando una camilla aparecen por la puerta principal.

—¿Dónde está la paciente? —pregunta un hombre gordo.

—En la parte trasera del coche, está bajo los efectos de Diazepam —dice sor Trinidad.

Los dos hombres abren la puerta del coche y sacan a Doménica que sigue dormida y la depositan en la camilla.

—Los papeles para el ingreso los deben entregar en recepción —dice el hombre gordo al Dr. Mendieta.

—Perfecto —dice el Dr. Mendieta.

Los hombres ingresan por la puerta principal del centro transportando la camilla con Doménica seguidos por sor Trinidad y el Dr. Mendieta.

En la recepción hay una mujer con el pelo de color rojo vestida con una camiseta del mismo color que lleva unos grandes audífonos de color negro.

—¿Momento, y esa quién es? Pregunta la recepcionista al hombre gordo con la camilla.

—La nueva. Doménica Conti —dice el hombre gordo.

—Necesito los papeles para el ingreso —dice la recepcionista.

—Ellos tienen la documentación dice el hombre gordo, señalando al Dr. Mendieta y sor Trinidad.

—Vale, llévesela para la evaluación —dice la recepcionista.

Los hombres se llevan a Doménica por el largo pasillo. El Dr. Mendieta entrega la ficha médica de Doménica a la recepcionista.

—Gracias, esperen un momento. La mujer copia información de la ficha médica y la ingresa en un ordenador. Al cabo de un rato, entrega la ficha médica al Dr. Mendieta.

—Tome la ficha, tiene que entregársela directamente a la directora; os atenderá ahora mismo. Sigan por el pasillo y al fondo en la habitación 111 está el despacho de la directora —dice la recepcionista.

Sor Trinidad y el Dr. Mendieta caminan por un largo pasillo de paredes pintadas de blanco con muchas puertas; no se ve un alma y hay un olor muy fuerte a naftalina. De una de las puertas se oye la voz de un hombre.

—Cante Remedios, cante. El canto la calmará.

—No quiero cantar —dice una voz femenina.

—A cantar, vamos ya. Yo comienzo y usted sigue.

Se oye la voz de un hombre cantando una nana.

Duerme ya, dulce bien,
Mi capullo de nardo
Despacito duérmete
Como la abeja en la flor

Duerme ya, dulce bien
Duerme ya, dulce amor

Dulces sueños tendrás
Al oír mi canción.

Al llegar al fondo del pasillo a la habitación 111 hay un cartel que pone «Ivonne Goldenberg, directora». Ivonne es una coronel retirada del ejército de los Estados Unidos donde llegó a ser comandante de la 82ª División Aerotransportada. Una división de infantería paracaidista con base en Fort Bragg, Carolina del Norte.

Llaman a la puerta de la directora y una voz desde el interior responde.

—Adelante.

El Dr. Mendieta y sor Trinidad abren la puerta y de pie frente a un escritorio de caoba está la directora, una mujer alta rubia muy musculada de unos cincuenta y pocos años vestida de pantalón militar de camuflaje verde oliva, unas botas de operaciones de combate color marrón y una camiseta verde del mismo color que el pantalón con una inscripción en letras de color blanco donde se puede leer: *sirena, solo agregar agua.* En la pared hay una gran foto de Ivonne veinte años más joven degollando un oso con un gran cuchillo de hoja color dorada.

—La recepcionista me ha informado que habéis traído una paciente que necesita de nuestros cuidados —dice Ivonne hablando en castellano con un marcado acento inglés de los Estados Unidos.

—Sí, efectivamente. Soy el Dr. Mendieta y ella es sor Trinidad y trabajamos en el hospital de Naranjillo desde donde hemos traído una paciente que requiere cuidados especiales, pues ha desarrollado mucha violencia.

—Creemos que este es el sitio perfecto para ella, donde encontrará la paz y se recuperará —dice sor Trinidad.

—Encantados de conocerlos. Habéis hecho bien en venir aquí —dice Ivonne. En esta Casa Quita Pesares procuramos dar una cura holística a los problemas de salud mental.

—Aquí está la ficha médica —dice el Dr. Mendieta entregando a Ivonne una carpeta.

—Vaya, veo que la paciente ha agredido a una enfermera —dice Ivonne mirando la ficha médica.

—Sí, al principio no tenía rasgos de ser violenta, pero en el último mes ha atacado dos veces al personal del hospital —dice sor Trinidad.

—Vale, eso lo arreglaremos aquí en casa. Le haremos una evaluación y luego asignaremos el tratamiento, según veamos su condición —dice Ivonne.

—Usted vaya comunicándonos cómo va el tratamiento, pues la paciente no tiene familia conocida y vivía sola antes de ingresar al hospital de Naranjillo. Ya sabe usted que, en Naranjillo, no hay gente joven, todos se van y se quedan solo los viejos —dice sor Trinidad.

—Todos vamos para viejos y muriendo; la verdad solo somos muertos de vacaciones —dice Ivonne mirando la ficha médica.

—Es lo que hay. Os iremos informando del tratamiento a seguir y los resultados, no os preocupéis. Ahora os informo de nuestro funcionamiento y reglas internas. La Casa Quita Pesares Virgen del Socorro tiene tres áreas bien definidas, que la hemos dividido en secciones llamadas A, L y P. La sección A es donde tenemos a los pacientes adaptados. Vale decir aquellos que pueden hacer vida normal, salen y entran cuanto quieren del centro. No necesitan ayuda para comer, ducharse o vestirse y no presentan cuadros de violencia. La mayoría de los pacientes en la sección A son artistas de cines, cantantes, gente famosilla con problemas de drogas, alcoholismo o algunos quieren hacer dietas de detoxificación o quieren que les inyectemos bótox y otros químicos para hacerlos más jóvenes. Estos pacientes pueden usar las piscinas, jugar al tenis, golf que ofrecemos en nuestro centro. También tenemos competencias de dominó y juegos de póker sin dinero. Dos veces a la semana hacemos tiros al blanco en una montaña cercana y cacería del conejo. Luego tenemos un grupo de pacientes en la sección L, que llamamos limbo. Aquí los pacientes son más impredecibles en cuanto a comportamiento. Algunos necesitan ayuda para ducharse, comer o vestirse por problemas neurológicos que pueden mejorar o empeorar. Tenemos otros que han sido muy aficionados a las redes sociales y se encuentran deprimidos, pues según ellos reciben pocos «me gusta» por las estupideces que publican y eso les ha trastocado. A estos los rehabilitamos rápidamente haciéndoles ver que los problemas con las redes sociales son problemas inexistentes. Les enseñamos supervivencia, duchas frías a trabajar para el centro para ganarse la comida premiamos a los mejores hacemos mucha actividad física, así tienen la mente ocupada. Mente sana en cuerpo sano. Aquí seguimos el principio de las tres C. *Cerebro, Corazón y Cojones.* Todo empieza con el cerebro, el corazón y las ganas de hacer las cosas, para ello les adoctrinamos. Tenemos un régimen militar prusiano, donde se premia a los que siguen las normas y tienen buena conducta y se castiga a los infractores. La doctrina militar y las medicinas que les otorgamos hacen que los pacientes solo vean las tres C en su vida y se dejen de tonterías. En este grupo L hay también mentirosos como políticos y abogados, algunos ladrones de cuello blanco que han pagado para no ir a la cárcel y aquí se les da clases de ética, conducta cívica. Este grupo está más controlado y tienen que pedir permisos especiales para poder salir del complejo Quita Pesares, este es un grupo muy diverso. Por último, tenemos la sección P. Estos son los llamamos perdidos. Perdidos porque la posibilidad de cura es limitada y muchos de ellos son muy violentos, depresivos y tienen una serie de trastornos mentales, bipolares, drogadictos, sicarios, borrachos, ladrones, caníbales, asesinos, etc., la escoria humana. Ese grupo está bajo doble seguridad y no pueden deambular libremente por el complejo. Tenemos muchas cámaras de seguridad en el complejo para vigilar. Están restringidos al sótano y llevan un uniforme de color rojo para distinguirlos. Con los años algunos de este grupo se suavizan y pueden acceder al nivel L, pero la mayoría están muy perdidos y acaban sus días aquí, pues las familias no los quieren.

—Interesante lo que nos cuenta referente al centro —dice el Dr. Mendieta, un tanto sorprendido.

—Es lo que hay, tratamos de ayudarles con medicinas, tratamientos especiales y disciplina militar, para esto último me encargo yo. Ningún hijo o hija de puta en este centro nos va a tomar el pelo —dice Ivonne.

—Son almas perdidas —dice sor Trinidad.

—Sí, las del nivel P son todas almas perdidas que las mantiene el estado con el impuesto de todos. A todos estos del P deberíamos fusilarlos, pues la mayoría no se recuperan y si salen volverán a cometer crímenes —dice Ivonne.

De pronto una alarma se escucha en todo el edificio y el móvil de Ivonne suena.

—Disculpen al parecer tenemos una emergencia —dice Ivonne.

—No se preocupe, nosotros ya debemos marchar y usted nos informará de los progresos de la paciente —dice el Dr. Mendieta.

—Sí, sí, no se preocupen —dice Ivonne.

Ivonne contesta el teléfono y se queda con cara preocupada.

—Tenemos un pequeño problema que requiere mi atención inmediata —dice Ivonne.

—Gracias por todo, nos marchamos —dice sor Trinidad un tanto asustada.

Sor Trinidad y el Dr. Mendieta salen del despacho de Ivonne y en la puerta hay dos hombres muy altos vestidos de verde oliva ambos con unas escopetas recortadas.

Una vez que sor Trinidad y el Dr. Mendieta se han marchado. Ivonne se dirige a un armario de dónde saca un cinturón de cuero negro que porta un cuchillo muy largo, de hoja dorada. Se abrocha el cinturón al cinto y coge una escopeta recortada del mismo armario. Abre la puerta y los dos hombres se cuadran frente a Ivonne.

—Listos para la operación especial, mi coronel —dicen los hombres al unísono.

Mientras tanto, en el nivel A en vez de sonar la alarma estridente, se escucha la marcha Lili Margen cantada, que es la señal de alarma en el nivel A, para no alterar a los pacientes de ya llamada clase preferente.

Bajo la linterna frente a mí cuartel
Se que tú me esperas mí dulce amada mía
Mi corazón al susurrar

Bajo el farol latiendo está
Lili, mi dulce miel
eres tú, Lili Marleen
Cuando llega un parte y debo marchar
Sin saber querida si puedo regresar
Sé que me esperas siempre fiel
Bajo el farol, frente al cuartel
Lili, mi dulce miel, eres tú, Lili Marleen...

En el nivel A, todo es tranquilidad junto a la piscina y el bar, donde los pacientes con tratamientos de bótox y otro tipo de desintoxicación beben champán, caviar o algunos simplemente zumos de frutas, ajenos a la emergencia desarrollándose en la Casa Quita Pesares. El Dr. Mendieta y sor Trinidad han salido del centro Quita Pesares con una sensación extraña después de hablar con Ivonne la directora. Se suben al coche y emprenden camino de regreso a Naranjillo por la quebrada del ajo con su camino serpenteante pasando junto a la zona de los grandes eucaliptus, dónde no se ve a nadie en el camino como es ya habitual, sor Trinidad enciende la radio del coche y comienza a buscar una estación de su agrado. Hasta que se detiene en una estación donde la melodía de «Despacito» de Luis Fonsi, suena.

—Esta me gusta —dice sor Trinidad.

Despacito
Quiero respirar tu cuello despacito
Deja que te diga cosas al oído
Para que te acuerdes si no estás conmigo
Despacito...

Sor Trinidad comienza a moverse al ritmo de la música sentada en el coche.

—Dr., ¿ve lo que hay allí en ese monte? —dice sor Trinidad un tanto asustada bajando el volumen de la música.

—¿Dónde? No veo nada.

—Allí en ese monte, parece que hay un hombre ahorcado y al lado hay un caballo.

—Debe ser un muñeco, un espantapájaros —dice el Dr. Mendieta.

—Parece un hombre de verdad ahorcado —dice sor Trinidad.

—Seguro, es un espantapájaros, no se preocupe —dice el Dr. Mendieta.

—En fin, disfrutemos de la música antes de llegar a Naranjillo —dice sor Trinidad aumentando el volumen de la emisora.

Por el polvoriento camino que conduce a Naranjillo, rodeado de grandes árboles, se desplaza el coche. Solo la música de la radio interrumpe la quietud del lugar.

En la sección A de la Casa Quita Pesares, tres americanas de California están tiradas en unas tumbonas, junto a la piscina y en los ojos se han puesto rodajas de naranjas como tratamiento antiarrugas y beben vinagre de sidra de manzanas para adelgazar. En el bar de la piscina hay una mujer holandesa con una bata blanca con la cara embarrada de tierra del Mar Muerto para tratamiento facial bebiendo champán.

—Oiga, ¿no ha visto usted a Michael, el chef danés? Pregunta la holandesa al chico de la barra del bar.

—No lo conozco, señora —dice el chico.

—Como no lo va a conocer si tiene en un brazo un tatuaje de color rojo que es una rata comiéndose a un gato —dice la mujer.

Sí, ya sé quién es, pero hace días que no lo vemos. Como en esta sesión A cada uno viene y va cuando quiere, no sabría decirle dónde está.

—Vaya, me había dicho que me daría la receta de un plato típico de su tierra, el famoso cerdo salado o curado que se fríe con manzanas, azúcar y tomillo.

—Si lo ve, dígale que Jakoba lo busca por la receta.

—No se preocupe, señora, le pasaremos su mensaje.

En un rincón de la zona de la piscina, bajo unos árboles, un hombre gordo en bata blanca devora un chuletón. Es Hasan, un conocido libanés dueño de una naviera en Nueva York que sufre de estrés y ansiedad y cada año pasa una temporada en el centro para curar sus males. Todo es paz en la sección A de la Casa Quita Pesares, nada altera la apacible rutina de los huéspedes con más privilegios en el Centro Virgen del Socorro.

De pronto un halcón rápidamente se posa sobre el chuletón de Hasan y emprende vuelo con él.

Hasan comienza a gritar. «Mi chuletón, pájaro cabrón.!!»

—Se ha llevado mi chuletón, el muy cabrón.

Las tres señoras tumbadas con las rodajas de naranjas en los ojos se levantan asustadas. «¿Qué está pasando aquí? Se ha escapado un loco», gritan.

—*Help*, please *help*, gritan las mujeres.

—Cállense, hijas de puta —grita Hasan.

Salen dos enfermeros vestidos de blanco y se dirigen rápidamente donde Hasan que grita incontrolado. «¡Se ha llevado mi chuletón, se ha llevado mi chuletón!»

Los dos enfermeros se acercan rápidamente donde está Hasan que coge una silla y se las tiras a los enfermeros

—A este buey tenemos que ponerle un calmante, se mira mal —dice uno de los enfermeros con acento mexicano.

—La verdad que sí —dice el otro.

—Ándale, pues, agarra al buey para ponerle la inyección.

Uno de los mexicanos tumba en el suelo a Hasan y el otro le inyecta un calmante. A los dos minutos Hasan está dormido en el suelo y los enfermeros lo sacan de la sección A en una camilla.

—No sé qué le pasó a este buey. Se ha vuelto loco. Lo tendremos que llevar al sector L limbo, para hacerle análisis —dice uno de los enfermeros.

Los dos enfermeros sacan a Hasan de la Sección A y lo llevan al segundo piso del complejo donde está la sección L.

Mientras tanto, Ivonne y los dos comandos se encuentran a dos kilómetros del Centro Virgen del Socorro en una zona muy boscosa rastreando al fugitivo de la Sección P, pero no hay rastros de él. Deciden separarse a una distancia de cincuenta metros cada uno para ir cubriendo más terreno en el rastreo. Comienza a atardecer y las sombras se hacen más largas. Próximo a un riachuelo, encuentran huellas de las zapatillas deportivas que se les provee a los internos del centro.

—Estas huellas son recientes —dice Ivonne.

—No debe estar muy lejos el sujeto —dice uno de los comandos acercándose a examinar el terreno.

—Todos en silencio. Si alguien ve algo llamad imitando el sonido de un pájaro —dice Ivonne.

—Entendido mi coronel —repiten los dos comandos.

—Bien, a sus puestos y avancemos —dice Ivonne.

De pronto se oye un ruido gutural y un hombre se abalanza sobre uno de los comandos y le clava un cuchillo en el brazo. El comando grita de dolor, Ivonne y el otro miembro del equipo rápidamente se dirigen al sector donde el compañero ha sido atacado. El hombre vestido de rojo al ver a Ivonne le grita hija de puta y se abalanza sobre ella con el cuchillo. Ivonne se tira al suelo y esquiva el ataque. El hombre vuelve a cargar sobre Ivonne y ésta desde el suelo hace uso de su escopeta recortada. El disparo hace que los pájaros escondidos en los árboles emprendan el vuelo. El hombre vestido de rojo cae al suelo, ya no respira y tiene los ojos abiertos.

—Póngalo en la camioneta —dice Ivonne.

—A su orden coronel —repiten los dos hombres al unísono.

Los dos comandos cargan al hombre vestido de rojo y lo ponen en la camioneta tapado con una manta.

—De vuelta al Centro. Por el camino del diablo, que es más corto y nadie nos verá —dice Ivonne.

Emprenden el camino de regreso por el camino más corto que cruza un monte, pero lleno de piedras y muy estrecho, poco usado por los muchos accidentes ocurridos allí. La camioneta toma el camino indicado por Ivonne con piedras que sobresalen del camino que hacen que la camioneta vaya saltando. Al cabo de quince minutos llegan a la cima del monte. Desde lo alto se divisa a lo lejos la Casa Quita Pesares.

—Mi coronel, hay un hombre colgado de un árbol, allí a la izquierda a las diez de la mañana a doscientos metros, indica uno de los comandos.

—Vamos a inspeccionar —dice Ivonne.

Detienen el coche en el camino y se aproximan al árbol donde hay un hombre ahorcado vestido con una camiseta negra y pantalón vaquero con un gran tatuaje de una rata comiéndose a un gato en su brazo derecho. El muerto parece llevar varios días colgado.

—¿Quién es este tipo? —se pregunta uno de los comandos.

—Este es uno de nuestro centro. Es el chef danés —dice Ivonne. Qué raro que se haya suicidado, siempre estaba muy contento y trabaja de chef en la sección A. Nunca se sabe cuándo los demonios acechan a una persona.

—Bajarlo y a la camioneta —dice Ivonne.

Cuando lleguemos al centro, poned a estos dos en el frigorífico de la sección P y luego uno de vosotros tendrá que ir a Naranjillo a buscar al cura para que haga un responso para darles cristiana sepultura.

—A su orden, mi coronel.

Son casi las veinte horas de un jueves y el sol ha comenzado a ocultarse. El coche va lentamente por el camino bajando la montaña.

Capítulo IV

Son las dos de la tarde de un viernes. El sol con su luz intensa baña las polvorientas calles de Naranjillo. Hace calor y los habitantes del pueblo, en sus casas protegidos tras gruesas paredes de piedra, solo salen al atardecer.

Un hombre corpulento con gafas de sol y una mochila camina por las solitarias calles. Se oye el ruido de la suela de sus zapatos al tocar el polvoriento camino de piedra cerca de la iglesia del pueblo. La iglesia está cerrada, un cartel anuncia misa el domingo a las diez de la mañana. El hombre saca una libreta de su mochila y escribe algo en ella, luego la guarda. Se queda mirando el entorno de la iglesia y se dirige a la casa contigua; una gran casa de piedra de dos pisos con ventanales cubiertos con hierro forjado. Una ventana del segundo piso está abierta y una cortina de lino de color blanco se mueve con el viento. La casa tiene una gran puerta de madera con una aldaba de bronce en forma de ángel portando una lira.

El hombre toca la puerta, el sonido retumba por toda la plaza con el silencio del lugar. Bajo la sombra de un árbol dos perros de la raza Teckel o perros salchicha de pelo duro observan atentamente. El hombre vuelve a llamar a la puerta, pero nadie abre. Una vieja de estatura diminuta vestida de negro se asoma a un balcón de la casa justo al frente de la iglesia y observa el panorama.

Es la típica vieja metiche de los pueblos que no tienen nada mejor que hacer que espiar, murmurar y meterse en la vida de otros, parece que no saben nada y lo saben todo. El hombre llama nuevamente a la puerta.

—Si busca al señor cura, fray Ruperto, no está —dice la vieja, desde la ventana al frente de la casa del cura.

—¿Cuándo regresa?

—Está fuera de Naranjillo en un bautizo y vuelve el domingo para la misa de las diez —dice la vieja.

—Vieja mentirosa —dice una voz desde la ventana abierta del segundo piso de la casa del cura.

—El cura es un cabrón, está con su novia —dice la voz.

—Ay, el demonio se ha metido en la casa del señor cura —dice la vieja asustada.

—Paula, Paula, novia, cura —repite la voz.

—¿Hay alguien allí? —pregunta el hombre mirando hacia el ventanal.

—Cabrón, Sagrario, vieja mentirosa —dice la voz.

Los dos perros observan en silencio. De pronto un gran loro sale volando de la ventana de la casa del cura y deja caer materia orgánica en la cara del hombre. El loro vuela hasta el campanario de la iglesia desde donde observa el panorama.

—Menudo pajarraco, asqueroso —grita el hombre, limpiándose la cara con un pañuelo.

La vieja ha desaparecido del balcón. El hombre saca su libreta y escribe algo, luego corta la hoja de papel y la mete por la ranura de la puerta de la casa del cura, donde se recibe la correspondencia. El hombre camina sobre sus pasos y en una fuente próxima se lava la cara y bebe agua fresca. El loro mira desde lo alto del campanario, los perros siguen bajo la sombra del árbol observando al hombre.

A cien kilómetros de Naranjillo, junto a la carretera principal en un pueblo llamado Alcorcón de la Mula, en una casa junto a la carnicería, sobre una cama hay un hombre desnudo montado sobre una mujer y el catre viejo rechina mientras el hombre se mueve rítmicamente. La habitación huele intensamente a marihuana. Al cabo de unos minutos, el catre ya no rechina Una mujer vestida con una bata de seda de color azul sostiene un matamoscas de plástico con el que le azota el culo al hombre.

—Más fuerte, más fuerte, Paula —dice el hombre.

—Momento, que aspiro el porro —dice la mujer, inhalando el humo del cigarrillo de marihuana y bebiendo un licor verde esmeralda que es absenta pura. El hombre también bebe del mismo vaso. La habitación esta inundada en humo.

La mujer coge el matamoscas y sigue azotando al hombre en la cama.

—Más fuerte, Paula, más fuerte —grita el hombre.

—Apocalipsis 22.8, Apocalipsis, 22.8 —grita el hombre.

—Pero ¿qué dices, te has vuelto loco?

—Yo Juan soy el que ha oído y visto estas cosas. Y después que hube oído y visto, me postré para adorar delante de los pies del ángel que me mostraba estas cosas —dice el hombre levantándose de la cama y poniéndose de rodillas frente a una escoba.

—Te has tomado el papel de cura muy en serio, Juan, anda, levántate de allí —dice Paula.

—Eclesiastés 28: 2.4 Perdona las ofensas a tu prójimo, y Dios perdonará tus pecados cuando se lo pidas —dice el hombre.

—No te hagas el cura ahora. Recuerda que tus eras solo el jardinero del cura ese que se murió.

—Sí, he cogido el destino del cura muerto. Hemos venido a Naranjillo, porque yo de cura me ganaría la vida bien y podríamos vivir de los feligreses y encontrar el tesoro. Ahora he visto el ángel de Dios que me ha recordado que soy un pecador.

—Déjate de bobadas. Tú empieza a traer los copones de oro que tenéis en la iglesia y lo que tengáis de valor que escondió allí el pirata ese Barbanegra. Yo me encargo de venderlos a algún turista americano —dice Paula.

—Como nos dice el Eclesiastés 7:26, estoy hallando más amarga que la muerte a la mujer cuyo corazón es lazos y redes, y sus manos ligaduras. El que agrada a Dios escapará de ella; mas el pecador quedará en ella preso.

—Ya déjate de decir burradas. Has bebido mucho y te ha hecho mal el licor, estás borracho.

—No estoy borracho. Ni los ladrones, ni los avaros, ni los borrachos, ni los difamadores, ni los estafadores heredarán el reino de Dios como nos dice 1. Corintios 6:10.

—He cometido pecados mortales. El pecado mortal es una ofensa grave contra uno de los Diez Mandamientos o preceptos de la Iglesia que destruye nuestra amistad con Dios y nos separa de Él. He cometido pecado mortal, pues he sabido que he hecho mal siendo sacerdote; un sacerdote no puede cometer pecados.

—Estás delirando —dice Paula.

El hombre está tirado en el suelo con las manos hacia adelante tocando el palo de la escoba. Paula se levanta y se va a la cocina.

Menudo gilipollas, ahora se cree cura el muy cabrón, Paula piensa mientras rellena un barreno con agua fría.

Mientras tanto, el hombre sigue tirado en la habitación diciendo palabras en forma de oración al palo de la escoba.

—Perdona a tu pueblo pecador, perdona a tu pueblo pecador —dice el hombre.

Un chorro de agua fría cae en la cabeza de Juan y se levanta despavorido.

—¿Qué ha pasado, que hago yo desnudo en el suelo? Cómo he llegado hasta aquí, si estaba en la cama —dice Juan.

—Te ha hecho mal el alcohol y estabas diciendo estupideces —dice Paula.

—No recuerdo nada —dice Juan.

—Ve a ducharte, te refrescas que se quitaran las estupideces y vamos a comer algo —dice Paula.

—Sí, ya tengo hambre.

—Pues he preparado pato al horno.

—Qué rico. Hace mucho tiempo que no como pato. Sabes que en Naranjillo los patos están prohibidos —dice Juan.

—¿Ah sí? No sabía, ¿qué curioso no?

Sí. Dicen que Sagrario, la vieja que regenta el bar del pueblo llamado Sudor de Pato, tenía una granja de patos cuando era joven.

¿Qué tiene que ver eso que no comen pato en ese pueblo?

—Pues dicen algunos que la vieja tuvo un pato negro que cuando lo mato para asarlo, la cabeza del pato comenzó a hablar después de muerto. Según dicen y la misma vieja me ha comentado en confesión, que la cabeza le dijo nunca más en tu vida comerás pato o una gran maldición te caerá a ti y toda tu familia. Te quemarás en el infierno y para pagar el daño que has hecho dejarás libre a todos los cincuenta patos que tienes esclavizados y pondrás un bar y casa de comidas que llamarás Sudor de Pato, para que te recuerde lo que sufren los patos al ser asesinados para servir de comida a los humanos. En ese bar no se podrá servir pato alguno, de lo contrario la maldición te caerá a ti y tu familia.

—Qué gente más rara, ¿no? Con lo bueno que está el pato asado —dice Paula.

La vieja esa, Sagrario, está siempre rezando el rosario. Va cada domingo a confesarse y siempre dice confieso que no he pecado y no he comido pato. La mando a rezar un par de ave marías y ya está, problema resuelto para ella; en fin, ahora me ducho —dice Juan fumando marihuana.

—Pongo la mesa y comemos ya —dice Paula.

Paula saca el pato del horno condimentado con sal, semillas de hinojo y canela. El pato va acompañado de unas patatas asadas con romero y zanahorias al vapor con mantequilla. La grasa y aceite del pato Paula lo ha apartado y lo guarda para hacer patatas fritas durante la semana. El aceite del pato da un sabor especial a las patatas fritas, un truco que le enseñó su madre.

—Que bien huele ese pato asado —dice Juan apareciendo en la cocina vestido con un pantalón vaquero y una camiseta negra donde se puede leer: «Dieta Equilibrada, una Cerveza en Cada Mano».

—¿Ya estás mejor? —pregunta Paula

—Sí, la ducha me ha sentado bien.

—Vamos a comer que ya es tarde y estoy muerta de hambre, dame tu plato que te sirvo.

Paula y Juan se sientan a la mesa y comienzan a disfrutar el pato asado acompañando el guiso con una copa de vino tinto joven.

—Está delicioso este pato, me recuerda el que hacía mi abuela en el sur de Francia.

—Ah, no sabía que tu abuela era francesa.

—Sí, cocinaba muy bien. Era de un pueblo llamado Gordes en el parque Nacional de Luberon. Todo allí huele a Lavanda. Pasaba los veranos con mis abuelos y la lavanda estaba por todos lados. Mis dos abuelos paternos eran franceses del sur de Francia, mi abuela se llamaba Matilde Moreau y mi abuelo Didier Laurent, luego mi padre emigro a Cartagena en Colombia donde estaba metido en el comercio de café que llevaba a Francia, pero después conoció a mi madre allí y se quedó en Colombia donde yo nací. De allí viene mi nombre Juan Laurent Rangel. Mi madre se llamaba Marisa Rangel y era de religión judía y también hacía un pato asado delicioso y su pan challah era buenísimo.

Este es un pato de una granja de por aquí cerca, criado en el campo. La materia prima hace la buena cocina —dice Paula.

—Te ha quedado estupendo, siempre has sido buena cocinera —dice Juan.

—Bueno, estudiando para chef y trabajando en los fogones del restaurante he aprendido los trucos, pero es una vida dura y pagan poco, así que tú a buscar el tesoro ese de la iglesia, para eso hemos venido aquí —dice Paula.

—Ya sé que tengo que buscar el tesoro, pero no es fácil.

—Es que te veo más preocupado de pasar por cura que buscar el oro que dejó el pirata escondido allí.

—Es que todo el tiempo vienen muchas viejas a confesarse, traen donaciones, flores y no puedo concentrarme en el oro del pirata.

—Pues tendrás que concentrarte y empezar a buscar. Por cierto, ¿por qué que no le preguntas a alguna de las viejas si saben algo de la historia del tesoro? Quizá te podrían dar una pista —dice Paula.

—Mira, no es mala idea. Así por último nos podremos enfocar en algún lugar de la iglesia para empezar a buscar.

—Qué lista eres. El domingo tengo que hacer misa y después de la misa se quedan algunos conversando a la salida, así que les preguntaré por si saben algo. De todas maneras, debo tener mucho cuidado, porque hace dos meses llegó un loro de no sé dónde y se ha quedado a vivir cerca de la iglesia. El jodido loro se entera de todo y va repitiendo cosas. Por las mañanas se asoma a la ventana y dice levántate «cabrón» y luego sale volando. No he podido atraparlo.

—Cuando tengas el tesoro nos largamos de estos pueblos infestos, así que tu ve buscando —dice Paula.

—Sabes que al lado de la casa del cura vive un hombre mayor, se llama Fermín Naranjillo y su familia es de las más antiguas del pueblo. Quizá él pueda saber algo del tesoro. Me parece que el pueblo Naranjillo toma el nombre de su familia, no sé por qué. También dicen que su abuela era una bruja que hacía pociones. Este hombre sigue haciendo curas con hierbas y pociones.

Quizá allí pueda haber alguna información importante —dice Juan.

—Pues, tú mismo. A ver si vas allí y consigues algo —dice Paula.

—Ya veré como lo hago. Iré a comprar marihuana y otras hierbas al hombre ese, con la excusa que es para aliviar a un enfermo en el centro psiquiátrico que tienen a las afueras de Naranjillo. Pasando a otro tema, ¿a ti como te va en la cocina de ese restaurante donde trabajas?

—Pues allí voy tirando. Ahora me dedico más a diseñar y preparar los postres, porque estar en los fogones friendo era una puta mierda. Mis postres ya se han hecho famosos es lo que me ha permitido negociar más horas libres. Pues ahora ya no voy muy seguido y cada dos semanas tengo libre, desde el viernes al domingo, como esta semana. Dejé preparado para esta semana tiramisú, tarta chilena de mil hojas y brazo de gitana. Así que con eso tienen. Si no tienen los helados para que se apañen. Los helados se sirven mezclados con fresas del pueblo. Apropósito de postres, he traído tiramisú del restaurante.

—Qué rico, lo probamos —dice Juan.

—Ahora lo probamos —dice Paula levantándose de la mesa en dirección hacia la cocina. Mientras tanto Juan levanta su copa y bebe un sorbo saboreando el vino lentamente.

—Aquí está el tiramisú especial —dice Paula, entrando en el comedor con el postre.

—Esta es la receta de mi abuela italiana de Treviso, la región donde se inventó el tiramisú. En el restaurante a todos les encanta, por eso siempre hago extra —dice Paula.

—Está buenísimo este tiramisú y tiene el toque de licor en su punto —dice Juan.

—Estoy cansada de trabajar en el restaurante haciendo los pasteles y tartas y ya quiero irme a descansar. Así que tú ve buscando el tesoro con más prisa que últimamente te veo más místico, como si te estuvieras metiendo mucho en tu papel de cura —dice Paula.

—Ya te he dicho que debo tener cuidado para no despertar sospechas, así que me he estado leyendo la Biblia para estar preparado. Acuérdate que tengo que bautizar, casar, hacer misas fúnebres y todo eso son ritos distintos. Creo que debo estar haciendo bien mi trabajo, ya que los del pueblo se creen el cuento del cura. Me traen comida, hacen donaciones en dinero para la iglesia y me invitan a sus fiestas —dice Juan.

Paula y Juan se habían conocido hace dos años y soñaban con hacerse ricos, tener dinero para montar un rancho, criar animales y vivir en el campo. Él había trabajado de jardinero, de sol a sol en casas de millonarios y ella en los fogones de restaurantes en la ciudad de México. Cuando se presentó la oportunidad, por cosas del destino, servir de cura en un pueblo donde se esconde un tesoro, era una opción que les permitiría tener un mejor pasar en el futuro.

Ya ha caído la tarde y las sombras se hacen más largas. El calor ha pasado; los vecinos sacan mesas y sillas para instalarlas al frente de las casas. Beben cerveza, juegan al dominó, fuman y charlan. El pueblo vuelve a vivir y la noche se presagia larga. Hacia la una de la madrugada, dos vecinos discuten.

—Vos sos una mierda, me tenés podrido —grita un hombre con acento argentino. Una moto acelera llenando de ruido la principal calle. Tres adolescentes con un balón de futbol practican penaltis en una portería improvisada con dos rocas. En la casa junto a la carnicería, Paula y Juan sentados en un sofá de color rosa, beben la aromática absenta y fuman marihuana mientras siguen hablando de sus temas.

A las tres de la mañana, todavía se escuchan voces provenientes de la calle. Paula y Juan se van a dormir.

Un nuevo día comienza y el sol dominical ilumina el pueblo. Son las seis de la mañana y varios cerdos chillan antes de ser degollados en la carnicería al lado de casa de Paula. Juan se despierta agitado y comienza a rezar en voz baja, mientras Paula duerme plácidamente bajo la almohada, sin oír los cerdos chillar. Juan se levanta y se arrodilla frente a una fregona en un rincón del cuarto y comienza sus plegarias. Primero en forma de susurro y luego alzando la voz

—Soy un pecador, de obra de palabra y omisión. San Francisco de Asís, amante de todas las criaturas de Dios, escucha mi oración por el alma de estos cerdos. Te ruego que intercedas ante el Todopoderoso para que estos pobres cerdos encuentren paz. Soy un asqueroso pecador que no puedo hacer nada para salvar a los cerdos de su destino.

Paula se despierta al oír a Juan.

—¿Qué haces?

Juan está en trance con los ojos en blanco y sigue arrodillado frente a la fregona.

—Perdóname, soy un pecador. He pecado mucho y me iré al infierno, al fuego eterno.

—Deja de hacer el idiota y levántate de ahí —dice Paula.

Juan sigue con sus rezos y lamentos. Paula se dirige a la cocina.

—Purifícame de mis pecados y quedaré limpio; lávame, y quedaré más blanco que la nieve.

—Ahora te lavo, pedazo de idiota —dice Paula arrojándole un cubo con agua fría a Juan.

El hombre sale del trance.

—¿Qué ha pasado? ¿Por qué estoy desnudo y mojado?

—Eso me pregunto yo. Sigues haciendo el imbécil creyéndote cura. Ahora mismo te vas al pueblo ese a buscar el tesoro y nos marchamos de aquí cuando lo tengas, si no tú vas a acabar mal —dice Paula.

Capítulo V

Rogelia camina en dirección a la biblioteca del pueblo seguida de Bimba la perra que va diez metros detrás. En el trayecto ve movimiento de la copa de un árbol. En lo más alto hay una iguana verde de dos metros de largo comiendo hojas. Rápidamente, Rogelia sube al árbol y trata de coger la iguana. Bimba la mira sentada al lado del árbol. Rogelia estira los brazos y atrapa la iguana, pero la rama no resiste el peso de Rogelia y la iguana, caen a tierra abrazados. Todo el pueblo está en la misa de domingo, así que nadie ha visto nada de lo que pasaba en el árbol. Rogelia ata la iguana con un cordel próximo a ella que se usa para tender la ropa para secar al sol. Se echa el animal al hombro y emprende el camino de regreso al hospital con la fiel Bimba siguiendo. Por las polvorientas calles del pueblo Rogelia camina con su pesada carga verde, no se divisa un alma. Una rica sopa para los pacientes voy a hacer con este pedazo de iguana, piensa, mientras se dirige al hospital. Al llegar al hospital Rogelia deja la iguana atada en el sótano donde hace sus sanaciones y vuelve sobre sus pasos en dirección a la biblioteca.

La misa de mediodía ha terminado, los feligreses se han marchado. Solo se ve al cura en la puerta de la iglesia hablando con Fermín Naranjillo, el hombre de la tienda herbolaria. Rogelia observa desde lejos a los dos hombres y sigue su camino hacia la biblioteca.

A menos de cien metros de la iglesia se encuentra un edificio antiguo de color gris que alberga la biblioteca, rodeado por árboles frondosos que hacen sombra. Una estatua de bronce da la bienvenida al visitante en el pequeño jardín delante del edificio. El monumento es en honor a don Bartolomé Chinchón y Mendoza III marqués de la zapatilla benefactor y protector de esta biblioteca, reza una inscripción junto a la estatua; Rogelia mira la estatua.

—Qué viejo más feo —murmura.

—Espérame aquí al lado de este viejo feo, no te muevas —dice Rogelia a Bimba.

Bimba se va a un matorral a orinar y luego se sienta al lado de la estatua del marqués y se queda mirando a Rogelia que se dirige a la entrada de la biblioteca.

A unos cinco metros de la estatua del marqués está el pintor Florencio Botijo Ortega armando su caballete con la intención de captar algo para plasmar en el lienzo.

Rogelia sube las escalinatas e ingresa en el edificio donde todo es silencio. A lo lejos se ve la secretaria, una mujer mayor con gafas de varias dioptrías, auriculares puestos y escribiendo algo.

—Buenas tardes —dice Rogelia

La mujer no se inmuta y sigue escribiendo.

—Buenas tardes —repite Rogelia, golpeando la mesa.

—Ay, perdón, no le oí, es que con la música me desconcentro y no oigo a nadie —dice la mujer sacándose los auriculares.

—Quería ver al señor Plutarco, el director —dice Rogelia.

—No, podrá ser. Don Plutarco está muy ocupado.

—Es que vengo de parte de sor Trinidad —dice Rogelia.

Vaya, eso es otra cosa. Espere aquí. Voy a ver si don Plutarco puede atenderle —dice la secretaria desplazándose por un pasillo.

Al llegar al final del pasillo, llama a una puerta de madera antigua con los nudillos de la mano.

—Don Plutarco, tiene visita —dice la secretaria.

No hay respuesta. La secretaria sigue tocando a la puerta, pero nadie abre. Apoya el oído en la puerta y se oye un ronquido. Abre la puerta y don Plutarco está tirado en un sofá apoyado en una pequeña almohada de color rosa, haciendo la siesta. La mujer ya en la habitación hace ruido para ser notada y tose levemente. Don Plutarco se despierta de pronto y salta del sofá.

—¿Qué ha pasado, Cherezada? ¿Han venido los extraterrestres? —pregunta en forma preocupada.

—Tiene una visita enviada por sor Trinidad —dice la secretaria.

—Deme cinco minutos y la recibo —dice don Plutarco.

—A sus órdenes, eso le diré a la visitante.

Al marcharse Cherezada, la secretaria, don Plutarco comienza a hurgar en las estanterías de libros. En el despacho tiene libros por todos lados, sobre su mesa de trabajo, en el suelo y en unas estanterías protegidas con cristales.

Plutarco Ordóñez, el alcalde de Naranjillo, es un hombre singular, conocido tanto por su carisma como por sus métodos poco convencionales. En un pueblo donde la vida transcurre tranquila y alejada de las prisas del mundo moderno, Plutarco entiende que la cultura y el conocimiento puede ser una herramienta poderosa. Su decisión de pedir a los ciudadanos que lean un libro para librarse del pago de impuestos no es simplemente un capricho excéntrico, sino el resultado de una visión más profunda de lo que significa la libertad, la dignidad y el progreso para Naranjillo.

Para Plutarco, la cultura no solo era una forma de educar, sino una manera de empoderar a su gente. Había observado con atención cómo las generaciones más jóvenes del pueblo se habían ido alejando de las tradiciones, las costumbres y las enseñanzas del pasado. Los libros, piensa él, son una forma de recuperar lo perdido y, al mismo tiempo, de ofrecer algo mucho más valioso que el dinero o los bienes materiales: la libertad mental. En su mirada, la verdadera independencia no se encontraba en el hecho de no pagar impuestos, sino en la capacidad de pensar por uno mismo, en la riqueza del pensamiento crítico que se desarrollaba al leer.

Plutarco había vivido muchas experiencias que le habían enseñado que la ignorancia era la verdadera carga que oprimía a la gente. Aunque su propuesta parecía inusual, tenía un profundo sentido para él: si un ciudadano de Naranjillo lograba leer un libro y comprenderlo, se estaba liberando de las cadenas invisibles de la ignorancia. La lectura se convertía en una forma de resistencia contra los sistemas de control externos que opacaban el pensamiento libre. Para él, el conocimiento era el antídoto para la manipulación, el olvido y la pasividad.

No era que Plutarco estuviera simplemente interesado en que todos se convirtieran en eruditos. No era su objetivo transformar a todo el pueblo en una especie de biblioteca ambulante. Su verdadera intención era mucho más práctica y revolucionaria. Al ofrecer esta «exoneración fiscal» como incentivo, estaba transmitiendo un mensaje profundo: que el conocimiento es el camino hacia una comunidad más fuerte, más unida y capaz de tomar decisiones informadas y justas.

Plutarco también tiene una profunda empatía por su gente. Sabe que el trabajo diario en el campo, la rutina de la vida en Naranjillo puede ser arduo y monótono, y que a menudo las personas se sentían atrapadas en una existencia sin grandes horizontes. Pero él cree que, al abrir un libro, cada ciudadano puede descubrir un nuevo mundo, una nueva perspectiva. Cree que el acto de leer representa un gesto de libertad personal, y que, al comprender mejor el mundo a través de la lectura, los habitantes de Naranjillo podrían participar más activamente en su comunidad, creando una sociedad más justa, consciente y responsable.

Plutarco es, sin duda, un hombre con una visión idealista y altruista. Es un líder carismático, pero también un poco utópico. Cree firmemente que el cambio no debía venir de fuera, sino desde adentro, y que la verdadera revolución comenzaba en las mentes de las personas. Tiene una visión del mundo en la que la cultura y el conocimiento son las armas más poderosas contra la tiranía de la ignorancia y la complacencia.

Así que, más que una simple estrategia para hacer frente a los impuestos, la propuesta de Plutarco es una invitación a transformar la vida misma de los ciudadanos de Naranjillo. No se trata solo de librarse de un pago; es un intento de elevar el espíritu, de hacer de su gente no solo trabajadores, sino pensadores, soñadores y, por, sobre todo, seres humanos más libres.

Plutarco Ordoñez es un hombre de cincuenta y pocos años, relativamente joven comparado con los otros habitantes del pueblo. Al parecer él, el cura Ruperto, sor Trinidad y el Dr. Alejandro Mendieta son los más jóvenes del lugar. Su pasión por los libros llevó a don Plutarco a estudiar filosofía y lógica en la Universidad de Elche en España. Se especializó en Grecia que él llama la cuna de la civilización occidental. Mientras estuvo en Elche, de lunes a sábados estaba todos los días en la biblioteca leyendo y estudiando. Los domingos se iba a la playa en invierno y verano, aprovechando el buen tiempo todo el año en la zona. Después de acabar los estudios había decidido volver a Naranjillo y contribuir de alguna manera a la educación de la población. Este objetivo es que le hizo crear la biblioteca y para tener más poder e influencia se postuló a alcalde que en Naranjillo es un cargo vitalicio. Salió elegido, pues de todos los candidatos era el único que pasaba por cada casa del pueblo solicitando el voto y regalando a cada poblador una barra de chocolate. Al ver el gesto generoso del hombre los habitantes lo apoyaron y ganó la alcaldía por amplia mayoría. Es desde el despacho de la alcaldía donde ha comenzado su misión de educar y premiar a los que se culturizan. Según el alcalde, la educación es un pasaporte a oportunidades y también permite tomar mejores decisiones respecto al futuro individual. Consciente que a la mayoría de la gente no le agrada que le toquen el bolsillo y sabiendo también, que la mayoría de la gente no lee y no se educa por motu propio, don Plutarco ha ideado un sistema que es ganancia para todos. Nadie quiere pagar impuestos. Sin embargo, don Plutarco les ofrece la oportunidad de no pagar impuesto si se estudian bien un libro de su propia elección y le presentan un resumen. Si el análisis tiene lógica, don Plutarco entonces los exime de pagar los preceptivos impuestos. Muchos se acercan a don Plutarco, para pedir concejos que libros pueden leer y cumplir con las obligaciones de impuestos.

Don Plutarco coge un libro pequeño de una estantería.

—Vaya, por fin. Aquí está el libro —dice don Plutarco.

En ese momento llaman a la puerta y aparece nuevamente Cherezada seguida de Rogelia.

—Don Plutarco, ella es Rogelia que viene de parte de sor Trinidad —dice la secretaria.

—Pase usted, bienvenida, soy el alcalde dice, don Plutarco.

—Encantado de conocerle señor —dice Rogelia.

En la pared detrás del escritorio de don Plutarco se ve colgada una cruz tallada en madera y al lado una cruz gamada o esvástica también en madera, ambas color caoba, sobre un fondo negro. Rogelia se queda petrificada con los ojos en blanco mirando la pared.

—¿Se encuentra bien? pregunta don Plutarco.

—Sí, sí estoy bien. Solo que me he llevado una impresión.

—¿Oiga y usted por qué tiene la cruz de cristo al lado de la cruz de los nazis? —pregunta Rogelia.

—Ah, buena pregunta. Le contestaré en forma simple.

Un símbolo es una imagen visual o un signo representando una idea, ¿verdad? —dice don Plutarco. Muchas veces la gente se encasilla en algo y se olvida del origen de las cosas. Es por eso por lo que tenemos los libros, que nos permiten verificar y estudiar lo que la memoria ha olvidado o lo que nuestros mayores experimentaron en carne propia, pero nosotros desconocemos.

Si examinamos la historia antigua vemos que los asirios, babilónicos y persas usaban ya la crucifixión en el siglo VI antes de la era común como una forma de ajusticiamiento y dejando al convicto se muera allí colgado al cabo de varios días. La práctica se expandió luego al imperio romano. Cicerón decía que la crucifixión era el castigo más horrible y cruel que se podía realizar. Esto pretendía infundir el mayor terror en la población como un escarmiento. Por lo tanto, cuando Jesús fue condenado a morir, se usó el método en práctica en la época. Así la cruz pasó a identificarse con Jesucristo, pero muchos murieron crucificados, no solo Jesucristo. Los primeros cristianos tenían varios símbolos que pudieran haber sido elegidos para identificarse con la nueva religión, como Jesús subido a la barca predicando, la última cena, la piedra a un lado del sepulcro vacío una vez que Jesús resucito. El Libro *La Cruz de Cristo* de John Scott nos da una visión de los símbolos que fueron usados por los primeros cristianos y la aparición del crucifijo, es decir la cruz con Jesús clavado. Se cree que el uso del crucifijo como símbolo de la cristiandad comenzó a usarse a partir del siglo II. Constantino, el emperador romano convertido al cristianismo, ayudó a propagar el símbolo de la cruz que comenzó a ser la religión oficial del imperio romano. Aparentemente en la batalla del Puente Milvio entre los emperadores romanos Constantino I de Oriente y Majencio de Occidente el 28 de octubre del 312. Constantino vio el símbolo de la cruz y las palabras: «con este símbolo vencerás» (IHS: *In Hoc Signo Vinces*). Antes de la época del emperador Constantino en el siglo IV, los cristianos evitaban representar la cruz porque los podría exponer al ridículo o castigos. Después de que Constantino se convirtiera al cristianismo, abolió la crucifixión como pena de muerte y promovió, como símbolos de la fe cristiana, tanto la cruz como el criptograma del nombre de Cristo que está formado por las letras griegas X (ji) y P (rho), que son las dos primeras del nombre de Cristo en griego koiné: Χριστός (Khristós, «el ungido»). Los símbolos se hicieron inmensamente populares en el arte cristiano y en los monumentos funerarios a partir de c. 350.

—Qué interesante, esta historia de la cruz que me ha contado.

—Bueno, seguimos —dice don Plutarco. En cuanto a la cruz gamada que usted ha relacionado con los nazis, es también un símbolo muy antiguo y universal relacionado con el sol y los ciclos de nacimiento, los puntos cardinales, los cuatro elementos. Era muy popular en la India hasta que los nazis se apoderaron de él. Es el símbolo nazi que popularizó el Partido Nacionalsocialista Obrero Alemán a partir de 1920. Como resultado de la Segunda Guerra Mundial — en Occidente se identifica mayoritariamente como un símbolo exclusivamente del Tercer Reich. Se llama cruz gamada, pues los brazos de la cruz se asemejan a la letra griega gamma. El símbolo tiene más de 12.000 años de antigüedad, como lo indica los análisis hechos a una cruz gamada de marfil encontrada en Mezine Ucrania. La Suástica o cruz gamada está considerado también como un signo de paz milenario. En las culturas antiguas la suástica se usa en sentido horizontal, en cambio, en la simbología nazi, la svástica está rotada en un ángulo de cuarenta y cinco grados. Así, la svástica que usted puede ver a mis espaldas está en forma horizontal, que precede a la que usaron los nazis. Son muchas las culturas que cuentan con este símbolo como un icono de paz. En Japón, por ejemplo, estas connotaciones oscuras o negativas de la cruz gamada no están presentes.

—Cada día se aprende algo nuevo —dice Rogelia.

—Efectivamente, cada día tenemos que aprender algo nuevo y muchas de esas cosas están en los libros. Si no aprendemos cosas nuevas cada día, el cerebro se atrofia y nos volvemos imbéciles. Imagínese usted si no tuviéramos libros; seriamos unas bestias. No podríamos aprender lo que los mayores nos dejaron antes de morir. Si dejamos la palabra escrita de lado seríamos más estúpidos. El libro es uno de los inventos más importantes de la humanidad. Al menos aquí en Naranjillo no tenemos internet, que es muy perjudicial, y la gente ha vuelto a interesarse por los libros, aunque tengo que empujarlos un poco para que lean porque muchos son holgazanes y no hacen nada, pero como va para mejorar sus impuestos, entonces si leen y hemos empezado a tener gente culturizada; después me lo agradecen, pues se lo pasan bien leyendo —dice don Plutarco.

—Usted viene por el libro, ¿verdad? —pregunta don Plutarco.

—Si señor.

—Pues bien, aquí le tengo el libro que me encargó sor Trinidad. *El Demonio se ha Comido mi Sopa*, se titula. Es una edición antigua, está muy bien encuadernado. Este libro estuvo prohibido durante el tiempo de la inquisición española. Trata sobre una monja italiana que tiene muchas dudas y al final se escapa del convento en Triste y termina trabajando en un bar.

Don Plutarco va hojeando el libro y admirando la encuadernación en piel del pequeño libro con ribetes dorados.

—Este estilo de libros pertenece a la categoría de libros iluminados.

Rogelia mira sentada en una silla y se atreve a interrumpir el monólogo de don Plutarco.

Señor, le llevaré el libro a sor Trinidad, sin ningún problema, pero yo venía a que usted me facilite un libro que me ha recomendado sor Trinidad para cumplir mis obligaciones con los impuestos.

—Claro, por su puesto. Como venía de parte de sor Trinidad, pensé que solo venía por el libro que ella me había pedido. Bueno, el clero no paga impuestos, así que el libro que me ha solicitado ella es para su propio beneficio.

—¿Qué libro le ha recomendado?

—Mire, ella me ha recomendado *La Conquista de Nuevo México por Juan de Oñate.*

—Sí, creo que ese libro lo tenemos aquí. Muy importante ese Juan de Oñate. Unos de los primeros europeos en llegar a lo que ahora llamamos Estados Unidos de norte América. Si no me equivoco, llegó al actual Nuevo México por allí por 1558. Mucho antes que los peregrinos ingleses llegaran a Massachussets, que fue en 1620.

—Llamaré a Cherezada la secretaria para que verifique que tenemos el libro.

Don Plutarco aprieta un bottom sobre su despacho y al momento aparece la secretaria.

—Diga, señor.

—Mire Cherezada Averigüé si tenemos una copia del libro *La Conquista de Nuevo México por Juan de Oñate.* Si está en la biblioteca, se lo dejaremos como préstamo a la señorita para la preparación de los impuestos.

—Sí, señor, ahora mismo.

Cherezada sale rápidamente del despacho a cumplir su misión.

—Le daré dos meses para que lea el libro, lo estudie y haga un resumen que me presentará aquí en la biblioteca. ¿Le parece bien?

—Sí, señor.

En ese momento regresa Cherezada.

—Señor, el libro está, tenemos dos copias.

—Muy bien, acompañe a la señorita, le toma los datos y le facilita el libro. Tiene que venir en dos meses a presentar el resumen —dice don Plutarco.

—Sí, señor. A propósito, en la sala de conferencias está esperando la señora Ángeles, la panadera, que viene a presentar su resumen —dice Cherezada.

—Voy en cinco minutos, gracias Cherezada.

—Muchas gracias, señor, por facilitarme el libro de la Conquista de Nuevo México. Le haré llegar a sor Trinidad el otro libro que me ha dado para ella.

—No hay de nada, mujer. La espero ver en dos meses con su resumen.

Rogelia se despide de don Plutarco y sale acompañada de Cherezada.

En la sala de conferencias de la biblioteca está doña Ángeles, hecha un flan. Muy nerviosa, preocupada por la presentación de su libro que lleva estudiando cuatro meses y de ello dependerá si tendrá que pagar impuestos o no. Mientras espera a don Plutarco admira la gran sala de conferencias de la biblioteca. La sala tiene el techo muy alto desde donde cuelga un gran candelabro y las paredes están tapizadas de libros en estanterías antiguas de madera. Las librerías llegan hasta el techo mismo. En un rincón de la sala hay una chimenea de mármol color rojo y en la pared sobre la chimenea se puede ver el escudo de armas del marqués de la Zapatilla en madera, incorporado a la pared. El escudo está coronado por una corona marquesal y en el centro de éste se ve la representación de un caldero y sobre el caldero se representa una zapatilla.

Ángeles está absorta observando los libros de la biblioteca, muchos de ellos hechos a mano del periodo antes de la invención de la imprenta.

Se oyen pasos, don Plutarco entra en la sala.

—Buenas tardes, Ángeles, ¿cómo está usted? Hace tiempo que no la veo. ¿Debe tener mucho trabajo con la panadería?

—Hola, don Plutarco. Yo muy bien. Efectivamente tenemos bastante trabajo en la panadería para tener pan fresco cada día.

—Se agradece, pues su pan es de primera calidad —dice don Plutarco.

—Tratamos de mantener la calidad del pan, así todos están contentos. Nos piden mucho pan del centro Virgen del Socorro. Allí hay muchos internos y extranjeros que me han dicho que les agrada nuestro pan.

—Me alegro, pero lleve cuidado que en ese sitio hay gente muy extraña. Ya sabe que algunos de ellos vienen cada año a arruinarnos nuestra fiesta mayor y uno de ellos se lanzó del campanario de la iglesia aquí en Naranjillo, diciendo que era el Arcángel Gabriel o Ícaro. El pobre desgraciado acabó chafado en el suelo y nos arruinó la semana de celebraciones.

—Sí, me acuerdo perfectamente. Por culpa de ese problema nos quedamos sin celebrar —dice Ángeles.

—En fin, vamos a la tarea de hoy. Como somos casi cien en el pueblo tengo bastante trabajo con la revisión de los resúmenes y me toma gran parte del año. Hago evaluaciones por las mañanas —dice don Plutarco.

—¿También hace evaluaciones de los libros los fines de semana? —pregunta Ángeles.

—No. No faltaba más. El fin de semana a descansar y leer; de vez en cuando tenemos algún duelo los fines de semana donde voy de testigo. Ya sabe, no son comunes, los duelos aquí, pero la gente tiene sus controversias y a veces un disparo soluciona el tema. Además, soy el responsable de las armas que son dos pistolas especiales para estos asuntos —dice don Plutarco.

—Vaya con los duelos, qué horror —dice Ángeles con cara de angustia.

—Usted Ángeles la tengo apuntada con el libro de la Odisea. Un libro clásico y muy interesante. A ver que me cuenta.

—Sí, don Plutarco, me ha resultado un libro muy interesante *La Odisea* —dice Ángeles.

—Cuénteme la trama del libro, los personajes y lo que a usted le ha parecido interesante en su lectura —dice don Plutarco.

Ángeles examina sus notas manuscritas y varios folios escritos a máquina.

—Lo primero que quería comentar es acerca del autor, si le parece bien —dice Ángeles.

—Muy bien, adelante.

Primero que nada, ha habido alguna controversia en torno a Homero el autor de *La Odisea* y la *Ilíada*. En algunos escritos se dice que nunca existió y todo se debió a una tradición oral que se fue transmitiendo de generación en generación. Sin embargo, datos más recientes apuntan que Homero sí existió y vivió alrededor del siglo VIII de la era común en Grecia y fue el autor de al menos *La Odisea* y la *Ilíada.*

—Sí, efectivamente, también se le adjudican otras obras, pero no está comprobada su autoría —dice don Plutarco.

—Podríamos decir que *La Odisea* es la continuación del libro La Ilíada. La Ilíada trata del último año de la guerra de Troya. En la mitología griega, la guerra de Troya es el conflicto donde se enfrentaron los ejércitos aqueos contra la ciudad de Troya. Así, la *Odisea* es la travesía que realizó Odiseo, desde Troya a Grecia. Odiseo era también conocido como Ulises, el que diseñó la estratagema del Caballo de Troya para conquistar dicha ciudad. El libro se divide en tres secciones muy claras. La primera sección trata del viaje de Odiseo a su hogar en Ítaca. Es un largo viaje, que duró casi diez años, después de la guerra de Troya, lleno de dificultades, de allí viene la palabra odisea. La segunda parte del libro trata sobre la situación imperante en Ítaca donde está Penélope, la esposa de Ulises que lleva esperándolo casi veinte años. Penélope, fiel esposa de Ulises, teje y desteje un sudario para evitar casarse con uno de los pretendientes que pretenden aprovechar la ausencia de Ulises para quedarse con el reino. El hijo de Penélope y Ulises trata de buscar a su padre y proteger el reino para que no caiga en mano de los usurpadores. Por último, en la tercera parte del libro se narra el regreso triunfal de Ulises. Con la ayuda de los dioses regresa a Ítaca, pero se disfraza de mendigo para probar la lealtad de sus sirvientes y desenmascarar a quienes querían usurpar su reino. El único que reconoce a Ulises disfrazado de mendigo es su fiel perro Argos.

Revela su identidad y junto con su hijo se enfrentan a aquellos que querían usurpar su reino. Se desata un feroz combate. Odiseo recupera su hogar y se encuentra con su esposa Penélope. Hay también algunas frases célebres atribuidas a Ulises que se describen en el libro. «Es dulce recordar aquellos sufrimientos pasados cuando están lejos de nosotros.» «No puedo darme el lujo de quedarme inmóvil, mi destino me llama.» «El conocimiento es un arma poderosa, mi inteligencia me ha salvado en innumerables ocasiones.» Al hijo de Odiseo, Telémaco, se le atribuye la siguiente frase: «La paciencia es amarga, pero su fruto es dulce». Hay una frase atribuida a Atenea, diosa de la sabiduría y la estrategia, que dice: «En todas partes, el hombre prudente adelanta a los negligentes».

—Muy bien, Ángeles. Me ha parecido estupendo su resumen de la *Odisea* de Homero. Que me puede contar de alguno de los otros personajes, por ejemplo, ¿los cíclopes? —pregunta don Plutarco.

—Sí. Efectivamente se menciona los cíclopes y Polifemo, uno de ellos, el más famoso de los cíclopes. Es hijo de Poseidón, un horrible ogro barbudo, con un solo ojo en la frente. Ulises se encuentra con Polifemo y para escapar dice que su nombre real es Nadie. Se enfrenta al cíclope y lo deja ciego. Después de cegarlo, Polifemo grita pidiendo ayuda diciendo que Nadie lo ha dejado siego y Nadie le ha hecho daño. Los demás ciclopes no vienen en su ayuda, ya que nadie le ha hecho daño. También en el relato se menciona a Circe una poderosa hechicera, que ayuda y retiene a Ulises en su isla durante un tiempo.

Al final creo que el mensaje más importante de la Odisea es la demostración de la fuerza del espíritu humano, la importancia de la perseverancia, la lealtad y el amor.

—Estupendo resumen. Veo que ha captado muy bien la trama de la obra y sobre todo el mensaje —dice don Plutarco.

—Es que esto de la cultura griega me gusta mucho. Ahora me he motivado para leer la Ilíada. Me han regalado para mi cumpleaños un libro de viajes por Grecia llamado *Corazón de Ulises* de Javier Reverte, un escritor español. El próximo año le puedo presentar un resumen de ese libro, si le parece bien.

—Me parece estupendo. Ahora ya está eximida de pagar impuestos por su buen trabajo de análisis con la Odisea. Ahora le firmo el documento y antes de salir, pase donde Cherezada que le pondrá el sello al papel; así tiene el comprobante que ha cumplido su obligación referente a los impuestos.

Capítulo VI

Es pasado el mediodía de un día nublado con viento y calor húmedo; se oye las conversaciones de los comensales que están comenzando a llenar el bar restaurante Sudor de Pato, pues ya es hora de comer. Contiguo al único gran comedor del restaurante hay una sala llamada la sala de la radio. Allí hay dispuestas sillas en forma de platea y en una pequeña mesa al frente hay un mueble radio: Philco Radio —Fonógrafo de 1950 donde la gente del pueblo se reúne a escuchar las noticias a las ocho de la mañana y por la tarde a las ocho de la noche. La radio es el medio de enterarse de lo que pasa en el mundo. Aunque los del pueblo son muy desconfiados y no se creen todo lo que se dice en la radio. Últimamente la radio no ha dejado de hablar de una supuesta pandemia, de un virus mortal llamado COVID-19 que está matando mucha gente en el mundo. Sin embargo, en Naranjillo nadie está afectado por la llamada enfermedad de la COVID. Algunos creen que la pandemia de COVID es una mentira más. Algunos sospechan que la calidad de vida en el pueblo con frutas y verduras frescas, vino natural y carnes especiales ha matado el virus si ha llegado a entrar en Naranjillo. Así que nadie se preocupa del tema.

Cuando son los campeonatos mundiales de futbol, la sala de la radio se llena de señores con su copa de vino disfrutando de los partidos con solo oír al locutor narrar los encuentros deportivos; nadie extraña un televisor. Las tradiciones simples se mantienen por generaciones, aunque se viva en el año 2020. Es hora del almuerzo, la radio está encendida y los altavoces dispuestos en el comedor transportan la voz de Charles Aznavour cantando en castellano.

Yo sé muy bien que un día yo despertaré
Y para mí el sol no brillará
El amor que te di no será ya tu amor
Por mi bien, por mi bien.

La diminuta dueña del restaurante, doña Sagrario Tijeras, vestida de riguroso negro, se pasea por el restaurante rezando el rosario, mirándolo todo y dando órdenes al personal. En la zona reservada a los camareros tiene una copa de pacharán, un aguardiente de varias graduaciones, que va sorbiendo mientras camina haciendo inspección por el restaurante. Doña Sagrario es muy simpática y atenta con las personas que ella cree que valen más que otras. Así el cura, el médico don Erasmo y el alcalde tienen sus preferencias y siempre tienen mesa, aunque el restaurante esté lleno, pero el cura no es de ir por el restaurante. Dona Sagrario dice que el padre Ruperto es muy místico y prefiere la soledad. Ester, la hija de Sagrario va sirviendo mesas con dos chicas mellizas del pueblo vecino de Alcorcón de la Mula que hacen de camarera por media jornada. La hija de Sagrario es madre soltera y vive con su madre y su hijo pequeño Lucas de cuatro años, pero ambas tienen constantes peleas y Ester ya quiere largarse a otro pueblo lejos para evitar las discusiones con su madre que se mete en todo. En la cocina está el sepulturero Jacinto Stich a cargo de los fogones, donde tiene más trabajo en el restaurante que enterrando muertos, ya que los habitantes de Naranjillo todos viven más de cien años. Jacinto es un hombre muy alto y fornido con el pelo de color rojizo y ojos azules. En su juventud había jugado en el futbol profesional de México como portero del equipo Toluca, equipo al cual apodan los choriceros. Curiosamente Sagrario también trata muy bien al sepulturero, ya que es supuestamente Jacinto el que la enterraría cuando ella deje el mundo de los vivos y quiere que le hagan un buen entierro, ya que la cremación no es una opción en un pueblo tan tradicional como Naranjillo.

Jacinto tiene libertad en la cocina para hacer el menú del día. Eso sí, las opciones de platos del día se cantan a viva voz, no hay carta escrita para los comensales.

La espera para ser atendidos es larga ya que el restaurante está lleno y solo hay tres camareras que van corriendo de lado a lado. En un rincón del restaurante hay dos chinos jóvenes sentados esperando ser atendidos. No parecen ser del pueblo.

—La «calta», por favor —dice uno de los chinos al ver a una camarera pasar.

—No hay cartas, señor, ya vengo y le digo los platos —dice la camarera marchando raudamente.

—No entender —dice el chino con un mal castellano.

El hombre de la mesa de al lado sentado junto a una mujer se dirige a los chinos con una sonrisa.

—Aquí la comida es muy buena. Tardan un poco, pero buena comida dice el hombre.

—¿Ustedes de dónde vienen?

—Shanghái —dice uno de ellos. —Somos Dr. Wu and Dr. Xie.

—Qué bien. ¿Estáis de turistas?

—No, somos becarios en el centro Virgen del Socorro.

—Ah, el sitio de los locos —dice el hombre riéndose.

—Bueno, nosotros hacemos cirugía plástica a los americanos del centro Virgen del Socorro —dice uno de los chinos con una gran sonrisa y vestido con una camisa de color verde intenso.

—Nosotros rejuvenecer gente con dinero —dice Dr. Xie, el chino vestido de camisa color rojo.

—Yo soy Carlos el herrero. Hago los zapatos para los caballos, cuchillos y todo lo que sea de metal —dice el hombre. Ella es Carmen, mi mujer, señalando a una mujer de pelo negro.

—Muy bien, muy bien —dicen los dos chinos riendo.

La camarera se acerca a la mesa de los chinos y comienza a recitar la carta del día.

Tenemos ensalada de lechuga con tomate de la huerta, croquetas de jamón, churrasco con patatas, sopa de iguana verde con nabos, búho a la olla con verduras. Espaguetis con salsa boloñesa todo acompañado con el vino de la zona que puede ser blanco o tinto. No tenemos ni jabalí ni cerdo que son platos típicos del restaurante, pero al parecer hay escasez de cerdos en la zona.

Mientras los chinos se van pensando que pedir y preguntando por los detalles del menú, Ángeles llega a la mesa del lado de la de los chinos.

—Hola mamá, ¿qué tal? ¿Cómo ha ido con tu libro?

—Hola, perdonad por llegar un poco tarde, pero me atrasé con el tema del libro con el señor alcalde.

—Cuenta, cuenta, ¿cómo ha ido todo? Pregunta Carmen ansiosa.

—Calma mujer, ya nos explicará tu madre —dice Carlos.

—¿Qué le apetece? —pregunta Carlos.

—Pues la sopa de iguana que la hacen bien y una ensalada —dice ángeles.

—¿Tú, Carmen?

—Yo creo que la pasta natural de aquí es muy buena y unas croquetas —dice Carmen.

Yo creo que tomaré el churrasco con patatas y una ensalada de tomates. A ver que nos dice la camarera de los platos del día. Por el momento, ya hemos decidido —dice Carlos.

—Para beber nos podemos pedir una botella de tinto y agua —dice Ángeles.

—Sí, estupendo —dicen Carmen y Carlos.

Mientras los chinos deciden que pedir, Ester, la camarera, se da vuelta y comienza a explicar el menú del día a Ángeles, Carmen y Carlos.

—Como ya sabéis y sois clientes, tenemos los platos clásicos y hoy tenemos de plato especial: estofado de búho a la olla con verduras y lenguado en escabeche.

—No, eso no —dicen Ángeles y Carmen.

Pediremos lo de siempre —dice Ángeles.

—Entonces para mi madre la sopa de iguana y la ensalada, para Carlos el churrasco con patatas y ensalada de tomate y para mí la pasta con ensalada. Nos trae también el vino tinto de la casa —dice Carmen.

—Muy bien. Os traeré el pan y el aceite para untar. Ya sabéis que como el pan lo hacéis vosotros y es de tan buena calidad, doña Sagrario no os cobra por ello.

Ester la camarera se vuelve a la mesa de los chinos.
—¿Estáis listos, señores, para pedir?

—No todavía, estamos pensando —dicen los chinos.

—Vale. Vuelvo ahora —dice la camarera y se marcha.

En la mesa contigua a la de los chinos, Ángeles está muy contenta explicando que su presentación del libro fue todo un éxito y que el señor alcalde por hacerlo tan bien ha dicho que para el próximo año puedo seguir con el tema de Grecia que a él también le encanta.

—Así que nada de pagar impuestos y hay que celebrarlo, que bien —dice Carmen.

—Pues yo me tengo que ir poniendo las pilas, pues pronto me toca presentar mi resumen. Ya le comuniqué al alcalde que hablaré del arte de herrar, que es lo mío. El alcalde quiere una reseña histórica de por qué les ponemos herraduras a los caballos y de donde salió todo aquello. Bueno, ya iré preparando el resumen —dice Carlos.

—Seguro que te saldrá bien. Tú sabes del tema —dice Carmen.

—Sé todo lo práctico como se hace el trabajo, pero estoy investigando la parte histórica que quiere el alcalde y he encontrado bastante información en un libro antiguo titulado *De Arte Ferrandi.*

—No creo que el señor alcalde conozca el libro, así tengo opciones que se quede encantado con el tema. Porque hablando claro, el señor alcalde sabe de todo, es muy culto.

—Qué interesante —dice Ángeles.

—A ver cuéntanos un poquito del libro —dice Carmen.

—Sí, cuéntanos tu libro —dice Ángeles.

—Solo un resumen cortito, para practicar tu presentación al alcalde —dice Carmen.

—Vale, vale.

—El libro es un ejemplar singular y antiguo, datado en el siglo XV. Su título es *De Arte Ferrandi: El noble oficio de herrar caballos*, y está considerado uno de los tratados más importantes sobre la herrería ecuestre de la época. La obra fue escrita por un misterioso herrero llamado Hugo de Viro, un hombre que, según los pocos documentos que se han encontrado, viajaba por Europa y trabajaba en distintas cortes reales, ofreciendo su conocimiento y experiencia sobre cómo cuidar de los caballos mediante el arte del herrado.

El libro original es de tamaño pequeño y encuadernado en cuero envejecido, se encontraba en un estado notablemente bueno para su edad cuando lo vi en la biblioteca del librero don Mariano Castells en Barcelona, hace muchos años, aunque algunas páginas habían sufrido los estragos del tiempo. Las páginas interiores estaban llenas de complejos diagramas y descripciones detalladas de las herramientas utilizadas por los herreros de la época. Yo tengo una edición facsímil del libro que me regaló mi padre.

Lo más fascinante de este libro, sin embargo, no es solo la precisión de sus descripciones técnicas sobre cómo forjar herraduras, sino la perspectiva cultural y filosófica que se ofrece sobre el arte de herrar, dice Carlos muy entusiasmado con la historia que relata.

Hugo de Viro no solo se dedica a hablar de la técnica, sino que profundiza en el papel crucial que jugaban los caballos en la vida medieval y renacentista. En sus palabras, los caballos no eran meros animales de trabajo o transporte, sino compañeros de guerra, símbolos de nobleza y de poder, que merecían ser cuidados con el mismo esmero que cualquier objeto preciado en la vida de la corte.

El primer capítulo del libro está dedicado a la filosofía detrás del herrado, y Hugo de Viro escribe que «el caballo es el reflejo de su herrador, tal como el alma refleja al cuerpo». De esta forma, el arte de herrar no es solo un trabajo técnico, sino también una labor espiritual que conecta al herrador con la nobleza del animal. En su tiempo, los caballos eran vitales en la guerra, en el comercio y en la vida cotidiana, y mantener su bienestar era considerado una noble responsabilidad. A lo largo de las siguientes páginas, Hugo describe detalladamente las herramientas necesarias para el arte de herrar: el martillo, la tenaza, la fragua, el yunque, y, sobre todo, el conocimiento de las patas del caballo, que eran esenciales para asegurar que las herraduras se colocaran correctamente sin causar daño al animal. Los dibujos, realizados con una meticulosidad impresionante, muestran las diferentes formas de herraduras, adaptadas según el tipo de trabajo o el terreno que debía atravesar el caballo. En ese tiempo, había herraduras para caballos de guerra, para caballos de tiro, y otras para caballos de paseo, cada una con sus especificidades.

—Qué interesante, es un arte que no ha cambiado con la modernidad. Los caballos se siguen herrando de la misma manera —dice Ángeles.

—Exactamente, por eso que el libro es tan actual como en los tiempos antiguos —dice Carlos.

—Uno de los pasajes más enigmáticos del libro se refiere a un «herrar sin hierro», una técnica que, según Hugo de Viro, fue enseñada por «maestros secretos de la antigua Roma», aunque no proporciona detalles claros sobre cómo se realizaba. Algunos estudiosos contemporáneos han especulado que Hugo de Viro estaba haciendo referencia a una práctica antigua que involucraba el uso de materiales menos comunes o incluso algún tipo de tratamiento mágico para los cascos del caballo, aunque esto nunca ha sido confirmado.

En el último capítulo del libro, Hugo de Viro hace un enfoque sorprendente sobre el simbolismo de las herraduras. Según él, la herradura era un amuleto de protección tanto para el caballo como para el hombre. Creía que el hierro del que se forjaban las herraduras tenía propiedades especiales, que lo hacían capaz de repeler las malas energías y proteger a quienes montaban o cuidaban de los caballos. Este enfoque místico del herrado era común en la Europa medieval, y el libro de Hugo se convierte en un reflejo de cómo los saberes técnicos y espirituales estaban intrínsecamente conectados en la mentalidad de la época. Creo que en Irlanda la herradura continúa siendo un objeto que simboliza la energía positiva y la suerte.

—Con el paso de los siglos, el libro de *De Arte Ferrandi* pasó de mano en mano, primero por las cortes reales y luego por pequeños talleres de herreros, hasta que desapareció en la niebla del tiempo. Se decía que, en algún momento, una copia del libro estuvo en las manos de un noble de la región de Naranjillo, un amante de los caballos y la caza, quien lo guardó como un tesoro familiar, según dicen. No sé si es solo leyenda, ya que en Naranjillo tenemos muchas leyendas.

—Algunos creen que las enseñanzas de Hugo de Viro aún pueden contener secretos que van más allá del simple arte de herrar, y que quizás las antiguas prácticas del herrado y sus vinculaciones con el mundo espiritual aún guardan misterios por descubrir.

—Bravo, qué interesante. Seguro que el alcalde te dará el aprobado —dice Ángeles.

—Ahora brindemos —dice Carmen.

—Salud —dice, Carlos.

Mientras brindan con el vino de la casa, se aproxima doña Sagrario que está en una de sus rondas por el restaurante con el rosario en mano.

—Ya me he enterado de que te ha ido muy bien la presentación de tu libro, felicidades —dice doña Sagrario.

—Uhh, las noticias vuelan —dice Ángeles.

—Ya sabes, aquí todo se sabe —dice doña Sagrario sonriendo.

—Yo presenté el mes pasado mi resumen, así que estoy libre de pagar impuestos. Me leí el libro *Tibetano de los Muertos: Guía espiritual para el alma después de la muerte. Bardo —Thohol.* Es un libro de budismo tibetano, muy interesante. El libro describe los estados de transición que experimenta el alma después de la muerte y da bastantes consejos para ayudar al moribundo y difunto a alcanzar la liberación y reencarnación consciente. El libro fue escrito alrededor del siglo VIII si no recuerdo mal. Para el budismo tibetano, al morir, la conciencia de un individuo entra en el bardo, que tiene una duración de cuarenta y nueve días, antes de renacer en otro estado de reencarnación (humano, divino, demoníaco, animalesco, fantasmal o infernal), de acuerdo con el karma poseído, según se explica en el libro —dice doña Sagrario.

—Bastante complejo el tema —dice Carlos.

—Usted que todo lo sabe, le puedo hacer una pregunta —dice Carmen.

—A ver si sé la respuesta —dice doña Sagrario sonriendo.

—Esos dos hombres que están sentados allí en la otra esquina, al lado de la mesa donde está don Fermín y el pintor Florencio Botijo Ortega, los he visto aquí en el restaurante alguna vez, ¿pero no son del pueblo, verdad? —dice Carmen.

Doña Sagrario se da vuelta y dirige la mirada hacia una esquina del restaurante. Sentados se ve un hombre gordo de camisa blanca fumando un puro, el otro alto y delgado, muy moreno, con chaqueta de cuero marrón claro y una medalla dorada colgada al cuello.

—Al gordo le llaman don Anselmo y el otro es Covarrubias. No tengo muchos detalles de ellos. No viven en el pueblo, pero el que llaman don Anselmo tiene una finca hacia las afueras de Naranjillo en el límite con Alcorcón de la Mula y Baena del Cerdo. Covarrubias, el del collar dorado es su guardaespaldas. Oí decir por ahí que producen vino y creo que también organizan peleas de gallo. Tienen la finca en Baena del Cerdo muy cerca de Alcorcón de la Mula; así captan las señales de internet y telefonía móvil del pueblo de Alcorcón de la Mula que es más grande. Vienen por aquí a menudo y dan mucha propina —dice doña Sagrario.

—Es que los he visto en el pueblo y el gordo camina siempre delante y el otro va detrás mirando para todos lados —dice Carmen.

—La verdad que no sé más de ellos. Siempre piden lo mismo, sopa de iguana verde y churrasco con patata y vino tinto. No comen ni pan ni ensalada y de postre se toman un helado cada uno, luego fuman y beben ginebra; no hablan con nadie, es lo que sé de ellos —dice doña Sagrario.

—Aquí siempre llega mucha gente de otras partes, será por la buena comida —dice Carlos.

—La verdad que sí, tenemos el restaurante lleno casi siempre. Bueno, alguna vez tenemos algún turista gilipollas que no quiere pagar o algún loco de la Casa Virgen del Socorro que arma escándalos. A esos los sacamos rápidamente. Suerte que tenemos a Jacinto que es fuerte y se encarga de la gente que nos da problemas —dice Sagrario.

Ester, la camarera, ha vuelto a la mesa de los chinos.

—¿Habéis decidido ya señores lo que pediréis?

—Restaurant Sudor de Pato, nosotros querer pato asado para los dos —dice uno de los chinos sonriendo con un castellano que poco se entiende.

—Aquí no se sirve pato —dice Ester.

—Nosotros querer pato, gustar mucho el pato —dice el chino en voz alta, siempre sonriendo.

Doña Sagrario al oír a los chinos mencionar pato asado comenzó a hiperventilar. «Por favor, agua, agua, por favor. Llamad a Jacinto, que saque los amarillos de aquí».

Carmen le da un vaso de agua a doña Sagrario y la hace sentase en la silla, mientras Ester corre a la cocina a avisar a Jacinto. Como un rayo aparece Jacinto en el comedor y se dirige rápidamente a la mesa de los chinos.

—Señores, venid conmigo a la cocina a ver los patos que tenemos para que podáis escoger —dice Jacinto.

Los chinos sonriendo se levantan de la mesa y siguen a Jacinto a la cocina.

En la cocina Jacinto les dice a los chinos que está prohibido hablar de patos o pedir pato en el restaurante. Los chinos le miran con cara sonriente.

—Nosotros no entender —dice Dr. Xie.

—Ahora vais a entender —dice Jacinto.

Jacinto abre la puerta que da al patio y de una patada empuja a los chinos fuera.

—A comer pato a China —les grita Jacinto.

Los chinos, al ser ágiles, esquivan la patada y uno se

agarra a la pierna de Jacinto como una lapa y el otro se le sube al cuello tratando de tumbarlo. En el patio logra Jacinto sacarse el chino del cuello y lo arroja al suelo de estiércol y barro. El chino grita palabras en chino y comienza a volar por los aires dando saltos preparándose para atacar a Jacinto, pero con tan mala suerte que en su vuelo se dio en la cabeza con una viga suelta del techo y cayó inconsciente al suelo. Dos perros de la raza Teckel de pelo duro con barbas y orejas color naranja observan desde la distancia. El otro chino, Dr. Wu seguía pegado y forcejeando con Jacinto e intentaba morderle la pierna. Jacinto coge una sartén vieja y oxidaba del patio y le asesta un golpe en la cabeza. El chino suelta la pierna y cae al suelo de barro, estiércol y materia orgánica en descomposición. Jacinto regresa a la cocina a continuar su trabajo. Uno de los perros Teckel se aproxima a Dr. Wu que cayó cerca de ellos y lo olfatea, levanta una pata y se orina en la cara de Dr. Wu. El otro perro hace lo mismo en el hombro de Dr. Xie.

En el comedor, los comensales siguen disfrutando de la variedad de platillos que ofrece el restaurante. La comida está animada con la música de la radio. Se oye una canción que Frank Sinatra hizo famosa.

Y ahora el final está cerca.
Y entonces me enfrento al telón final.
Mi amigo, lo diré sin rodeos.
Hablaré de mi caso, del cual estoy seguro.
He vivido una vida plena.
Viajé por todas y cada una de las autopistas.
Y más, mucho más que esto, lo hice a mi manera.

Capítulo VII

Son pasadas las siete de la tarde un día muy caluroso. La gran puerta de madera de la casa junto a la iglesia se abre y aparece fray Ruperto. Va vestido de negro con un sombreo de paja para protegerse del tórrido sol. Desde lejos y junto a una fuente de agua observan en silencio dos perros de la raza Teckel. La calle está desierta. El ventanal de la casa al frente de la iglesia está abierto, detrás de la cortina una mujer reza el rosario. A lo lejos se oye una voz entre los árboles.

—Cabrón, cabrón, vieja metiche —dice la voz.

Los perros observan en silencio.

Fray Ruperto sigue su camino sin inmutarse. Camina cinco metros y golpea la puerta de una casa. Abre la puerta un hombre mayor con gafas circulares, que lleva una camisa blanca, pantalón negro con sujetadores color granate. Al lado se encuentra su fiel perro Otis, un Cairns terrier de color negro que olfatea a fray Ruperto.

—Hola, fray Ruperto, ¿qué hace usted por aquí con este calor que están cayendo patos asados? Perdón, no digo nada, no me vaya a oír doña Sagrario —dice el hombre.

—Yo muy bien, don Fermín, quería comprarle unas hierbas para aliviar el dolor a unos pacientes, que el rezar no ha sido suficiente para ellos.

—Muy bien, pase usted. Dependiendo del mal que sea tengo varias hierbas, ya lo sabe usted. La más común y sencilla de usar es la valeriana, con sus propiedades calmantes y relajantes, con los mismos efectos que la tila. Contribuye a facilitar el sueño, relaja y permite calmar la angustia, la tristeza o la ansiedad a la vez que disminuye alteraciones como cefaleas, dolor muscular, arritmias o taquicardias. Asimismo, es antiinflamatoria. Lo tiene todo, esta valeriana. Después tenemos los antidepresivos como la hierba de San Juan. El hinojo para el estreñimiento, el yanten para problemas renales que ayuda a bajar la tensión arterial y la glucemia. La celándola es antiinflamatoria y antiséptica. Hay muchas hierbas de todo tipo. Luego tenemos alucinógenos como la ayahuasca y otros. Aquí tengo todo tipo de hierbas, ya le enseño las hierbas. Algunas ya con olerlas como un buen té, al paciente se le van todos los males. Bajemos al sótano donde está más fresco y tengo todo el archivo herbolario y la historia de cada hierba que hemos preparado hasta ahora —dice don Fermín.

—No había estado nunca aquí. Esto parece un museo con tantas hierbas en sus potes tan bien organizado todo —dice fray Ruperto.

—Me olvidaba que usted siempre ha venido a la pequeña tienda que tengo en la calle los Entuertos, pero no había venido a nuestro laboratorio. Digo nuestro laboratorio, porque esto lo empezó a hacer mi abuela Amelia hace muchos años. Mi abuela comenzó a hacer extractos de hierbas cuando era muy joven, después de obtener acceso a libros del archivo medieval de las monjas Clarisas del Monasterio de Pedralbes en Barcelona, ya que tenía una tía que fue monja allí. Entre los manuscritos medievales encontró muchas fórmulas que empezó a desarrollar cuando se vino a Naranjillo. Mi abuela tenía una finca no muy lejos de aquí, pero por esa época la iglesia la acusó de hacer brujería. Desde el vaticano enviaron un cura experto en exorcismo para quitarle el supuesto demonio a mi abuela, pero apareció muerta en su laboratorio con la lengua negra y los ojos en blanco y el cura enviado también murió durante el exorcismo. A partir de esa época el Vaticano ordenó que la familia se trasladara a vivir junto a la iglesia, así estaríamos más cerca de Dios y más lejos del demonio. Mi padre fue el que llegó aquí a esta casa primero y continuó con la labor de producir hierbas medicinales. Al morir mi padre, he seguido yo con el oficio y experimentando con los miles de recetas que tenemos en el archivo de mi abuela. Perdón que me he extendido hablando de mi familia.

—No se preocupe. Me parece muy interesante la historia de su familia —dice fray Ruperto.

—Le puedo contar muchas cosas de mi familia, pero vamos primero a lo que usted busca —dice don Fermín.

—Necesito algo de valeriana y marihuana para aliviar los dolores a un paciente con cáncer —dice fray Ruperto.

—Vale, sígame. La valeriana y la marihuana las tengo por allí —dice don Fermín desplazándose a un extremo de la sala laboratorio donde se ve buretas, matraces, rotavapores, microscopios ópticos, embudos de decantación y balances analíticas. Todo el material de laboratorio le parece muy desconocido a fray Ruperto.

—Todos estos instrumentos, ¿para qué son? —pregunta fray Ruperto.

—Aquí aislamos los compuestos activos de algunas plantas medicinales y los obtenemos de alta pureza. Hay algunos empresarios que vienen aquí con sus hierbas y que se las entregue en polvo. Pagan muy bien, pero es algo que hacemos dos veces al año solamente. Es bastante trabajo —dice Fermín.

—Vale, aquí está la valeriana. ¿Le parece bien 400 gramos de valeriana y 400 de marihuana? —dice don Fermín.

—Sí, creo que con eso estaría bien.

Mientras don Fermín pesa las hierbas en las balanzas analíticas, fray Ruperto se percata de una puerta en una esquina del laboratorio.

—¿Allí continua el laboratorio? —pregunta fray Ruperto señalando la puerta.

—No. Ese es nuestro archivo. Allí tenemos las fórmulas para obtener los compuestos activos de las hierbas y plantas. Algunas fórmulas y procedimientos muy antiguos y también tenemos el archivo de la familia Naranjillo —dice don Fermín.

—Muy interesante. ¿Tenéis documentos familiares muy antiguos allí? —pregunta fray Ruperto con mucha curiosidad.

—Claro, por supuesto. Mi familia es la que da el nombre a este pueblo. Allí tenemos documentos desde el año 1554 aproximadamente. Muchos de los documentos tratan de las disputas por tierras que hemos tenido los Naranjillos con la familia Chinchón Mendoza, que son los marqueses de la Zapatilla. Ahora los descendientes de los marqueses no viven en el pueblo. Creo que el actual marqués vive en Madrid. Uno de los marqueses, no recuerdo cuál, se batió a duelo con mi séptimo abuelo en 1718 resultando muerto mi antepasado en ese duelo y los de la Zapatilla se quedaron con las tierras que incluyen al rio que pasa por la quebrada. Naranjillo fue un pueblo muy importante, porque cerca del río había unos lavaderos de oro que atraía mucha gente buscando el metal. Están también los planos de la iglesia del pueblo, la lista de los primeros obispos que hubo aquí, pues también hay mapas y muchos otros documentos que no hemos analizado —dice Fermín.

—Qué maravilla que tengáis ese archivo tan fabuloso. Ya sabéis que nosotros, los hombres de iglesia, somos gente que nos gusta mucho leer, estudiar y los libros en general. ¿Podríamos ver el archivo? —pregunta fray Ruperto.

—Claro, por supuesto no hay ningún problema. Eso sí, allí hay mucho polvo y está todo muy sucio, pues no voy mucho por esa parte de la casa.

Fermín coge una llave antigua que está sobre el marco de la puerta y la introduce en la cerradura. Da dos vueltas de llave hacia la derecha y empuja la pesada puerta de madera. Aprieta un interruptor y dos tenues bombillas alumbran una sala muy larga y angosta donde se ve lleno de cajas de cartón con documentos manuscritos. En las estanterías hay libros incunables y rodillos de pergaminos que parecen muy antiguos.

—Pero si esto parece la biblioteca de Alejandría —exclama fray Ruperto mirando y tocando los documentos a la vista.

—Venga, aquí al fondo están los temas religiosos. Tenemos una biblia medieval, unos libros de hora y algunas cosas más.

—Le confieso que yo no soy creyente. La fe es un don que no me ha tocado. Yo hago el bien sin seguir ninguna doctrina cristiana. Es algo intrínseco del ser humano ser bueno o malo. Creo más bien en el Dios de Espinoza. En lugar del Dios personal de las religiones tradicionales o dioses de la antigüedad. Spinoza nos revela un Dios que es la esencia misma de todo lo que existe. Para Espinoza, la divinidad es evidente en todas partes, solo esperando a ser reconocida por aquellos con la voluntad de razonar. No podemos tener un dios con formas humanas, por lo tanto tampoco creo ni en el paraíso ni en el infierno. No es que esté tratando de convencerle a usted de cómo y dónde está Dios, solo le doy mi punto de vista. En este pueblo ya sabe, somos muy directos y nos importa un comino las modas pasajeras del mundo.

—Sí, entiendo, cada uno debemos buscar nuestro mejor camino y no convertimos en los ratones que siguieron a Hamelin solo por el sonido de la música y acabaron despeñándose al río. Debemos creer en la música, sentirla con nuestro corazón y eso nos llevará lejos. Esto se aplica a la religión y a todo orden de cosas —dice fray Ruperto.

—Me alegra saber que usted lo ve también de una forma menos dogmática. Ya ve como está el mundo lleno de gente que se hace llamar *influencers* y muchos son subnormales profundos y los idiotas les siguen —dice Fermín.

—Bueno, siguiendo con el pequeño recorrido del archivo, por este otro lado hay documentos en latín, griego, castellano y catalán. También creo que hay algunas cartas en inglés, en este armario, pero no sé de qué tratan, ni recuerdo quién las escribió —dice Fermín.

¿Ah, también tiene documentos en inglés? —pregunta sorprendido y ansioso fray Ruperto.

—Sí, hay mucha documentación del siglo XVIII en inglés, creo recordar. Bueno, ya sabe, como este pueblo es muy antiguo, por aquí han pasado españoles durante la conquista de México, ingleses y holandeses durante la colonización de Estados Unidos y algunos piratas también. La huella de los que alguna vez han visitado este pueblo está en este archivo —dice Fermín.

Don Fermín, con su voz pausada y profunda, recorría el pasillo de su archivo familiar deteniéndose para acariciar con ternura los lomos de los libros que llevaban décadas, si no siglos, aguardando ser consultados. En su mente, el legado escrito era un mapa para entender el pasado, un faro para guiar a las generaciones futuras.

Fray Ruperto escuchaba atentamente mientras hojeaba un antiguo cuaderno de cuero que había encontrado en una estantería escondida. Los dos compartían una visión similar sobre el valor de lo que estaba escrito, aunque con énfasis en distintos aspectos de la vida.

—Es una pena, hermano Ruperto —decía don Fermín, con una mezcla de tristeza y sabiduría en sus palabras— que hoy en día la gente ya no se tome el tiempo para leer. El teléfono móvil se ha convertido en el señor de sus vidas, las redes sociales han invadido sus pensamientos y, lo peor de todo, lo que dejan atrás son solo píxeles vacíos. Ya no hay contacto profundo con la sabiduría que nuestros antepasados dejaron. Es como si el mundo estuviera perdiendo la capacidad de reflexionar.

Fray Ruperto asintió en silencio, observando los dibujos de plantas y flores que ilustraban los márgenes del manuscrito antiguo en sus manos.

—Pero, en Naranjillo, como bien dices, estamos apartados de todo eso. La desconexión no solo nos ha liberado, sino que nos ha permitido conectarnos con algo mucho más grande, algo que no puede ser visto en una pantalla. ¿Quién necesita internet cuando se puede escuchar el viento en los árboles o ver cómo crecen los frutos, como bien dices? Las generaciones pasadas nos dejaron mucho más que palabras; nos dejaron el espíritu de la tierra misma.

Don Fermín se acercó a una de las ventanas de la biblioteca, desde donde se podía ver el campo y el horizonte que se extendía hacia los cerros. La luz del atardecer pintaba de colores cálidos todo lo que tocaba.

—El amanecer, el atardecer, el sonido de las aves... todo eso tiene un significado profundo que solo podemos entender si nos detenemos a observar, a respirar, a sentir el pulso de la tierra. El mundo moderno ha perdido esa conexión con lo esencial, y esa desconexión es la que nos está haciendo perder nuestro rumbo.

Fray Ruperto guardó el cuaderno con cuidado y miró a don Fermín con una sonrisa suave.

—Lo importante, Fermín, es que nosotros, aquí en Naranjillo, seguimos en pie. La sabiduría que buscamos en los libros también la encontramos en lo que nos rodea. Y aunque el resto del mundo se pierda en la corriente de la modernidad, aquí estamos, como guardianes de la tradición, observando y aprendiendo de la naturaleza.

Don Fermín sonrió levemente, satisfecho con la conversación. Mientras el sol se ponía detrás de las montañas, se sintió agradecido de vivir en un lugar donde aún se podía encontrar sentido en las cosas sencillas.

Don Fermín caminaba de un lado a otro, con el paso lento y pensativo de quien lleva años reflexionando sobre el mismo tema. Fray Ruperto lo observaba en silencio, sabiendo que las palabras de su amigo siempre venían acompañadas de una profunda sabiduría que no era fácil encontrar en el bullicio del mundo moderno.

—Antes —continuó don Fermín, mientras pasaba la mano por un viejo libro— las cosas se hacían con calma. El tiempo tenía un ritmo más lento, más profundo. Se escribía una carta en papel, se enviaba por correo, y podía tardar semanas o incluso meses en llegar a su destino. Pero nadie sentía la ansiedad por recibir una respuesta inmediata. Había un respeto por el tiempo del otro, un entendimiento de que las cosas llevaban su curso natural. El intercambio de palabras no era solo un acto de comunicación, sino un proceso cargado de paciencia.

Fray Ruperto asentía, comprendiendo la nostalgia que impregnaba cada palabra de su amigo. Don Fermín se detuvo un momento y miró al horizonte, como si buscara en el paisaje la respuesta que le faltaba.

—Hoy —prosiguió— ya nadie escribe cartas. Todo es más rápido, más inmediato, y lo que se envía es efímero. Los mensajes de texto, los correos electrónicos, todos esos mensajes que cruzan el aire no dejan rastro. No son como las cartas, que uno podía guardar y releer años después, o como estos libros que están aquí, que han sobrevivido siglos. Los mensajes digitales son vacíos, carecen de la sustancia que se encuentra en lo tangible. Y aunque no se pierden de inmediato, la verdad es que, con el paso de los años, se perderán de todos modos. Los dispositivos serán obsoletos, incompatibles entre sí, y esa información digital, aunque infinita en su número, desaparecerá con el tiempo.

Fray Ruperto, que había conocido muchas veces la importancia de las palabras que perduran, reflexionó sobre las palabras de don Fermín.

—Es cierto —dijo al fin—, la historia de hoy está siendo construida sobre una base de mensajes fugaces.

Como bien dices, todo parece ir hacia una velocidad vertiginosa, y las conexiones humanas se diluyen en esa rapidez. Pero el futuro, como bien señalas, no tendrá acceso a lo que ahora creemos que es tan importante. Las redes sociales, los mensajes instantáneos, se desvanecerán como la niebla al sol. Y en quinientos años, ¿quién podrá reconstruir el siglo XXI a partir de todo esto?

Don Fermín suspiró y se acercó a una mesa donde reposaba un manuscrito de hace más de cuatrocientos años.

—Aquí, en esta biblioteca, los documentos más antiguos que tengo son del siglo XVI. Están amarillentos, frágiles, pero aún cuentan historias que se pueden leer y comprender. Cada palabra que fue escrita en ese entonces, cada letra cuidadosamente formada, lleva consigo la esencia de una época. Puedo sentir la conexión con aquellos que vivieron en ese tiempo, como si ellos estuvieran aquí.

Fray Ruperto miró a don Fermín con una mezcla de respeto y tristeza.

—Entonces, ¿qué nos queda? ¿Cómo preservamos lo que hoy somos, lo que vivimos?

Don Fermín sonrió levemente y miró los libros a su alrededor.

—Lo que podemos hacer, hermano, es seguir aquí, en este espacio, guardando lo que nos es posible salvar. Aunque el mundo cambie, aunque el futuro nos arrolle con nuevas tecnologías, nosotros seguimos siendo los guardianes de lo que se ha escrito, de lo que ha perdurado. Y si hay algo que nos queda, es nuestra capacidad de transmitir lo que hemos aprendido, lo que hemos sentido, de una forma que no dependa de pantallas, ni de *bytes*, ni de redes que se deshacen.

De pronto suena el timbre.

—¿Alguien llama a la puerta? ¿Quién podrá ser a esta hora?, Le dejo un momento solo y voy a ver quién llama. Usted vaya mirando allí los temas religiosos que le interesen —dice don Fermín subiendo las escaleras que dan a la primera planta de la casa.

Al abrir la puerta, Fermín se encuentra con una monja vestida de blanco.

—Buenas tardes —dice Fermín

—Buenas tardes, señor.

—En que puedo servirla —dice Fermín.

—Soy sor Áurica y trabajo de enfermera voluntaria en el hospital. El doctor don Erasmo Rivera me ha enviado.

—Ah, muy bien. Pase usted —dice Fermín.

—El doctor necesita morfina para calmar el dolor de unos pacientes terminales de cáncer.

—Sí, creo que nos queda algo de morfina.

En el hospital se ha acabado la morfina y no nos llega el nuevo envío hasta la próxima semana. El doctor Rivera ha dicho que usted nos podría ayudar, por suerte —dice sor Áurica.

—Acompáñeme al laboratorio y le preparo la morfina para que la lleve.

Sor Áurica y Fermín bajan las escaleras que conduce al laboratorio. Al llegar al laboratorio de hierbas, sor Áurica, como aficionada a la herbología, se queda maravillada de ver la gran cantidad de hierbas que Fermín tiene en las estanterías, todas bajo cristales en forma de copa para conservar su esencia.

—Qué maravilla de colección. ¿Tiene usted aquí, también la shatavari (*Asparagus racemosus*), una planta de la medicina india tradicional, originaria del Himalaya y el subcontinente indio? —pregunta sor Áurica.

Claro, por supuesto, venga aquí. Veo que usted sabe de hierbas —dice Fermín.

—Esta es la *Asparagus recemosus*, que acelera la recuperación tras una infección y ayuda al correcto funcionamiento del hígado —dice Fermín enseñando un vaso con la hierba.

—No me lo puedo creer —exclama sor Áurica.

—Vaya usted mirando mientras preparo la morfina —dice Fermín. Aquí también tengo algunas esencias en frascos de cristal que hay que tener cuidado. Esta tiene un olor cítrico, pero tiene una actividad biológica muy especial; es un derivado del Peyote. Sor Áurica se acerca al frasco de olor cítrico y el aroma es muy intenso que por unos momentos se siente en completa relajación. Esto es lo que necesito yo para relajarme. Solo con oler basta. Coge uno de los pequeños frascos y lo guarda en su bolsa, sin ser vista por Fermín.

Sor Áurica sigue atraída por los diferentes aromas, la lavanda, olores a madera y se detiene a observar un grupo de cactus pequeños sin espinas con una flor de color rosa.

—Ah, creo que esto es peyote.

—Vaya, don Fermín, todo esto parece de otro mundo. Cada uno de estos frascos y plantas tiene un propósito tan específico... —dice sor Áurica, con un tono de asombro. Don Fermín asiente con una sonrisa.

—Así es, hermana. La naturaleza tiene formas sorprendentes de ayudarnos, pero también hay que ser respetuosos con sus poderes. Y usted tiene la sabiduría para manejar lo que sabe, sin duda. Pero recuerde, siempre hay que ser cautelosos con las dosis y el contexto. Cada planta, cada esencia tiene su tiempo y lugar.

Sor Áurica asiente, comprendiendo la seriedad del asunto, mientras observa cómo Fermín guarda las ampollas que emiten el olor cítrico en una caja con hielo seco. Se siente algo desconcertada por la cantidad de tratamientos y sustancias que existen para sanar, pero también agradecida por aprender tanto en este momento.

¿Y esta morfina, don Fermín? ¿Debería estar preocupada por su potencia? —pregunta, mirando las ampollas con cierto respeto.

Fermín se vuelve hacia ella, todavía con la misma expresión calmada.

No se preocupe, hermana. La morfina tiene su lugar en el tratamiento del dolor, especialmente en situaciones críticas. El Dr. Rivera sabe cómo usarla correctamente, y como enfermera usted también está preparada para actuar si es necesario. Lo importante es recordar que, aunque pueda ser poderosa, debe administrarse con mucho cuidado. Un mal uso puede ser peligroso.

Sor Áurica siente un nudo en el estómago, pero se asegura de mantener la calma. Su formación como enfermera le da seguridad, aunque sabe que cada sustancia tiene sus riesgos.

—Entiendo... y este peyote, ¿qué propósito tiene? – pregunta con curiosidad, mirando el pequeño cactus. Fermín le lanza una mirada de reojo antes de responder con tono serio.

—El peyote tiene una historia complicada. Usado con precaución, puede tener propiedades curativas, pero también es conocido por sus efectos alucinógenos. En ciertas culturas se usa para rituales de sanación, pero no es algo que deba tomarse a la ligera. Usarlo en exceso puede tener efectos secundarios graves. Yo diría que no lo toque más de lo necesario.

Sor Áurica se siente algo más tranquila tras escuchar las advertencias de Fermín, pero la duda sigue flotando en su mente. ¿Realmente está preparada para manejar todas esas sustancias? ¿Cuál es el límite entre sanar y arriesgarse?

Gracias por toda la información, don Fermín. Seguiré sus consejos... con mucha cautela. Fermín le lanza una sonrisa, complacido de que la hermana esté tomando en serio las advertencias. Eso es todo lo que se puede pedir, hermana. La sabiduría es tan valiosa como las plantas que cultivamos.

Fermín se acerca a un pequeño refrigerador y saca cinco ampollas pequeñas conteniendo un líquido incoloro.

—Vale. Aquí tengo las ampollas de 10 mg de morfina para administración intravenosa. Cada ampolla contiene 1 ml, lo que significa que la concentración por ampolla es 10 mg/ml para inyectar. El Dr. Rivera sabe cómo aplicarla y los cuidados que hay que tener, así que no le explico nada más —dice Fermín poniendo las ampollas en una bolsa de plástico y para después introducirlas en una pequeña caja con hielo seco para mantener la temperatura.

—Ahora mismo las llevo al hospital —dice sor Áurica.

—¿Cuánto le debo?

—Aquí está el recibo, ya me puede pagar el Dr. Rivera cuando pase por aquí a final de mes, como siempre —dice Fermín.

—Muchas gracias, y ahora me voy volando con las medicinas —dice sor Áurica.

Ahora mismo la acompaño a la entrada —dice Fermín.

Ambos suben la escalera que conduce a la primera planta y sor Áurica sale por la puerta principal y se sube a un pequeño coche Fiat 600 de color verde. Dos Teckels de pelo duro miran desde lejos. Doña Sagrario está en el balcón de la ventana de su casa observando el coche verde que levanta polvo al marcharse del lugar.

Al bajar al laboratorio, Fermín se encuentra a fray Ruperto leyendo un libro.

—Fray Ruperto, ¿cómo va? ¿Ha encontrado algún libro interesante?

—Sí. Mire, este es el libro de horas que perteneció a la reina de Castilla Isabel la católica. Parece ser que fue reencuadernado en el siglo XVII para el cardenal Trivulzio en un taller milanés. El libro está en perfectas condiciones y está iluminado, es una maravilla —dice fray Ruperto.

Sí. Este libro es magnífico. Estos libros de horas nacen como el resultado de la religiosidad y el desarrollo de una piedad íntima y personal del individuo con Dios en esa época. Están magistralmente decorados con miniaturas relacionadas con las oraciones que en él se encuentran y con la devoción concreta de cada propietario —dice Fermín.

—Hay muchas cosas interesantes en su archivo. Me gustaría poder venir otro día a estudiar aquí, ya que el archivo es magnífico —dice fray Ruperto.

—Claro, venga cuando quiera, excepto sábados y domingos, que esos días no atiendo a nadie y a veces salgo de excursión con mi amigo el pintor —dice Fermín.

—Yo también estoy ocupado los fines de semana con misas, confesiones y reuniones con algunos feligreses —dice fray Ruperto.

—Vale, venga usted cuando quiera los días de semana por las tardes, que siempre estoy aquí —dice Fermín.

Es ya casi las ocho de la noche cuando fray Ruperto sale de la casa de Fermín. Las sombras se hacen más largas, es casi la penumbra, el sol va desapareciendo a través de las montañas emitiendo reflejos de tonos amarillentos, naranjas y rosados. No se ve un alma en la plaza frente a la iglesia. Solo el sonido del agua cayendo en la fuente principal interrumpe el silencio. Fray Ruperto contempla la puesta de sol hasta que la oscuridad invade el lugar y luego camina los pocos pasos que le separan de la casa episcopal, su residencia.

Al llegar a su habitación que da a la plaza, se aproxima a la ventana para cerrarla y ve los dos Teckels sentados mirando desde el balcón de la casa del frente. Cierra la ventana y las dobles cortinas. Debajo de su camisa saca dos pergaminos que deposita en la mesa. Va a la cocina y coge un vaso donde pone dos cubos de hielo y luego agrega medio vaso de güisqui. Mueve el vaso en forma circular y bebe un sorbo de güisqui. Se sienta y comienza a mirar los pergaminos escritos en inglés.

Manzanillo, 3 of February 1712

To Michel Stich
Dear Michel
Greetings. We have experienced several delays in our operations in the Caribbean due to a significant storm that damaged part of our fleet. We thank you for the excellent quality wine that you provided to the crew. You can inform Mr. A. Naranjillo that we will need an additional 26 imp gal in a few months. As usual, we offer many gold coins for good wine. Keep me informed of the progress.

CAPTAIN E.T

Ocracoke 26 of June 1712

To Michel Stich
Greetings! We are now in our haven on the island of Ocracoke, but we must remain vigilant, as there are many challenges in North Carolina, and the gold may not be safe here.

We received the 26 —gallon barrel of the good wine, and I am also quite satisfied that our friend Mr. A. Naranjillo has received the payment in gold coins that we agreed upon. Although sending the goods and reaching the town in the middle of the mountains was challenging, it appeared to be a safe area to hide our belongings.

Additional instructions will be provided in a few months.

Sincerely

Captain E.T.

Fray Ruperto intenta leer las cartas en inglés, pero al desconocer el idioma no se entera del contenido de ellas. Se pregunta si el que firma las cartas como E.T. es realmente el pirata llamado Barbanegra, o algún lugarteniente de éste que supuestamente dejó un tesoro enterrado en la iglesia de Naranjillo. Si, E.T son las iniciales de Barbanegra, entonces esto demostraría que el pirata tuvo algún contacto con Naranjillo. ¿Quién sería ese Michel Stich con el que ET tenía correspondencia epistolar?, se pregunta fray Ruperto caminando de un lado para otro en la habitación. Mañana voy a ir donde Paula a ver si puede traducir estas cartas y nos enteramos de algo más que aquí no tenemos internet para hacer una traducción en el ordenador. El reloj marca la medianoche y fray Ruperto cansado ya se va a dormir.

A la mañana siguiente fray Ruperto se despierta con los rayos de luz que entran en la habitación. Mira el reloj que marca las diez y veinte de la mañana. ¡Qué tarde es!, exclama, salta de la cama y abre la ventana. En la plaza, junto a la fuente de agua, están los dos Teckels de pelo duro sentados mirando a un pintor que tiene su atril puesto y está haciendo un bosquejo de los dos perros. El ventanal de casa del frente está abierto y detrás de la cortina blanca de encajes se divisa la sombra de una mujer que observa sin tratar de ser vista. Fray Ruperto se lava los dientes y se viste rápidamente, coge un maletín de piel de color negro donde pone las dos cartas, pergaminos y una pequeña biblia; se cala su sombrero de paja y sale de la casa girando a la izquierda por la calle de los Entuertos. Al salir de la casa una voz desde un árbol grita.

—Cabrón, hijo de puta, cabrón.

El pintor dirige la mirada hacia el árbol de donde viene la voz; los dos Teckels siguen silenciosos, sentados mirando en dirección al árbol. Doña Sagrario se asoma al balcón y sigue con la mirada a fray Ruperto. La voz grita nuevamente.

—Vieja metiche. Veja metiche.

Fray Ruperto se aleja por la calle de los Entuertos y su silueta ya no se ve. Doña Sagrario Tijeras se protege detrás de la cortina y sigue observando sin ser observada. El pintor continua su bosquejo y los dos Teckels permanecen sentados mientras solo se oye el agua de la fuente.

Fray Ruperto baja la cuesta de la calle de los Entuertos donde están los pocos locales comerciales de

Naranjillo. La frutería, una carnicería y la tienda de venta de artículos de montañismo y caza que también vende latas de conservas, guisantes, lentejas, garbanzos, velas, azúcar y aceite de oliva. Frente a la puerta de la carnicería hay un camión descargando carnes rojas y blancas. Un perro de la raza Dóberman con una oreja de color naranja y un collar color dorado está sentado próximo al camión. Al pasar fray Ruperto frente a la carnicería, el perro lo olfatea y comienza a ladrar. Fray Ruperto acelera el paso, pero el perro le sigue y ladra cada vez más fuerte.

—Rita, ven aquí —grita un hombre gordo de camisa blanca saliendo de la carnicería y mirando al perro.

—Su perro me quiere comer —dice fray Ruperto.

—Perdone, señor —dice el hombre gordo atando la perra a una reja junto a la entrada de la carnicería. A través del ventanal de la carnicería se ve al carnicero Uldarico, cortando huesos con una sierra eléctrica. Uldarico es también un hombre extraño. Es viudo, vive solo, es vegetariano, de esos que bien encarnan el dicho «en casa del herrero cuchillo de palo».

Fray Ruperto sigue su camino y en la intersección con la calle de la Ciruela se sube a un coche.

—Un perro atacando a un hombre de Dios, ¿dónde se ha visto? Ya no hay respeto por nada —murmura fray Ruperto.

Al cabo de cinco minutos un coche Ford impala 1970 de color rojo de dos puertas pasa frente a la plaza de la iglesia levantando polvo del camino de tierra. El pintor se cubre los ojos, doña Sagrario se asoma a la ventana.

—¿Es el coche del cura, donde irá ahora? —murmura.

El coche sigue la dirección hacia la salida del pueblo y comienza a seguir los estrechos senderos que bordean el río. Silencio, olor a bosque de pinos y un par de siervos comiendo hierba en un monte próximo al camino. Al subir hacia las partes más altas se nota un cambio de temperatura, unos seis grados más baja la temperatura que en Naranjillo. Fray Ruperto va recordando los malabares que debe hacer en invierno en esa zona de altura con el camino con nieve y hielo para ir a ver a Paula en Alcorcón de la Mula. A ver si Paula puede traducir estas malditas cartas y ver que dicen. Estoy seguro de que debe haber más información sobre Barbanegra en el archivo de Fermín. Bueno, iré a visitarlo nuevamente a ver que encuentro allí que nos pueda ayudar a llegar al tesoro y largarnos del pueblo a vivir bien.

El coche se desplaza lentamente por los senderos serpenteantes de la montaña. De pronto al girar una curva, a lo lejos se ve dos hombres que hacen señas con las manos. Uno va de camiseta de color rojo y el otro con una camiseta color verde ambas camisetas tipo Polo con pantalones oscuros ambos. Al llegar casi cincuenta metros de los hombres se puede ver que están completamente embarrados y muy sucios. Fray Ruperto detiene el coche y baja la ventanilla del asiento delantero al lado opuesto al conductor. Al tener a los dos hombres más cerca ve que tienen rasgos asiáticos y huelen a orín o una mezcla de olores nauseabundo.

—Hola, que hacéis por aquí —pregunta fray Ruperto.

—Pato golpear, Virgen del socorro, xièxiè —dice el chino de Camisea roja.

—Perdone, no le entiendo —dice fray Ruperto

El chino de camiseta verde intenta hablar y explicarse

—Virgen del Socorro, pato, xièxiè.

—Pato golpear, Virgen del Socorro, xièxiè —dice el chino de camiseta color rojo.

—¿Cuál es vuestro nombre? Yo soy fray Ruperto.

—Pato golpear cabeza —dice uno de los chinos.

—¿Cómo os llamáis?

—Virgen del Socorro —dice el otro chino.

—Ahh, ya sé sois pacientes de la Casa Quita Pesares Virgen del Socorro, ¿verdad? —dice fray Ruperto.

—Virgen del Socorro, xièxiè, pato golpear —dice el chino de camiseta verde.

—Vale, los llevo al Virgen del Socorro que está en mi camino, suban atrás —dice fray Ruperto.

Los chinos abren la puerta y se suben al coche. Al subir al coche fray Ruperto nota el intenso hedor de los chinos, apestan y huelen muy mal.

—Abrid ventanillas —dice fray Ruperto.

—Xièxiè, pato abrir cabeza —dice el chino de camiseta roja.

—Xièxiè —dice el chino de camiseta color verde.

—Más encima no habláis castellano, no entiendo cómo os habéis venido de pacientes aquí tan lejos de China y ni siquiera habláis el idioma. Fray Ruperto se baja del coche y abre todas las ventanillas para que entre aire fresco y aliviar la peste que meten los chinos.

—Ahora os llevo al Virgen del Socorro —dice fray Ruperto.

—Pato golpear, Virgen del Socorro, xièxiè —dice el chino de camiseta color rojo.

—Qué peste metéis, vais muy guarros —dice fray Ruperto.

Fray Ruperto saca un pañuelo blanco y se lo amarra

para cubrir la boca y la nariz como los antiguos bandidos del lejano oeste.

Fay Ruperto con sus dos pasajeros sigue por los angostos senderos en dirección a la Casa Quita Pesares Virgen del Socorro que está mucho antes que la casa de Paula en Alcorcón de la Mula. Mientras conduce va pensando cómo puedo ser tan gilipollas de haber cogido a estos apestosos chinos. Bueno, ya sé. Ahora soy cura y estoy obligado a hacer buenas acciones y esta es una buena acción; ayudando al prójimo, aunque apesten.

Durante el trayecto los chinos no dicen ni una frase coherente van sonriendo y repitiendo la misma cantinela, pato golpear, xièxiè. Virgen del Socorro, pato abrir cabeza, xièxiè.

—¿Voy a poner música, os gusta Julio Iglesias? —pregunta fray Ruperto.

—Pato golpear cabeza —dice uno de los chinos.

—Ya, basta de pato golpear cabeza y cheichei. Ahora escuchad a Julio Iglesias —dice fray Ruperto.

Y es que yo
Amo a la vida y amo el amor
Soy un truhan, soy un señor
Y casi fiel en el amor…

El resto del trayecto fue en silencio por parte de los chinos que se limitaron a escuchar la música de la radio. Al cabo de veinte minutos llegan a la Casa Quita Pesares.

—Virgen del Socorro —dice el chino en camiseta roja al ver el centro.

Los dos chinos bajan solos del coche como si reconocieran el lugar. Feíto está sentado en un asiento de madera junto a la entrada principal del centro.

—¿Habéis visto a Elvis esta mañana? —pregunta Feíto.

—Pato abrir cabeza —responde uno de los chinos sonriendo.

El chino de camiseta verde hace reverencias a fray Ruperto mientras va repitiendo xièxiè, xièxiè

—A ver, señores, vamos a hablar con la recepcionista, que ya estáis en vuestra casa —dice fray Ruperto a los chinos.

Al entrar al centro hay un olor intenso a un desinfectante o alcohol que hace más tolerable el hedor de los chinos. De todas maneras, las dos mujeres de la recepción no se percatan de la peste que meten los chinos pues van con mascarillas para protegerse de la COVID, ya que el centro recibe pacientes de todas partes del mundo.

—Buenas tardes, señor, ¿va a hacer un nuevo ingreso? —pregunta una mujer de ojos exoftálmicos vestida de bata blanca y mascarilla color blanca al ver a fray Ruperto con los dos chinos.

—Buenas tardes. Mire yo voy a Alcorcón de la Mula y en la montaña me encontré a estos dos señores que repetían unas frases muy extrañas y decían también Virgen del Socorro. Creo que deben ser pacientes de este centro. No han sabido decirme sus nombres, Creo que tienen muchas limitaciones, deben tener un problema neurológico grave —dice fray Ruperto.

—No se preocupe señor. Seguro que son pacientes del centro, pues muchos de ellos se escapan, pero luego recuerdan el nombre del centro, Ha hecho bien usted en traerlos que los pacientes que no están muy graves pueden salir y recorrer la zona, pero algunos se pierden —dice la recepcionista.

—Claro, los problemas de la mente y el cerebro humano no los entendemos —dice fray Ruperto.

—¿Usted los trajo en su coche, ¿verdad?

—Sí, señora.

¿En algún momento los pacientes mostraron signos de violencia entre ellos o contra usted?

—No, solo sonreían.

—Muy bien. ¿Que decían? ¿Se comunicaban con usted?

—Tienen un vocabulario muy limitado. Solo decían Virgen del Socorro y yo al conocer este centro que me queda de camino deduje que eran de aquí.

—Muy bien.

—También repitan mucho la palabra pato golpear cabeza y xièxiè. No sé si ellos pronuncian mal alguna palabra del castellano y no he podido entenderles. Eso es todo aparte que huelen muy mal a orina, excrementos o no sé qué. ¿No sé qué les ha pasado?

—Muy bien, señor, gracias por traer a los pacientes de vuelta. Seguro son del nivel L donde están los pacientes no violentos que gozan de alguna libertad. Ya nos encargaremos nosotros de ellos. Ahora llamaré a los enfermeros para que les hagan una evaluación.

La recepcionista coge el teléfono.

—Teresa, mándame dos enfermeros a recepción que hay dos pacientes del nivel L que se habían escapado y un señor los ha traído de vuelta.

Al cabo de un rato aparecen dos hombres jóvenes vestidos de blanco que se acercan a los chinos y los cuatro se van caminado por un pasillo mientras los chinos van repitiendo «Virgen del Socorro, pato abrir cabeza».

Los enfermeros van diciendo «todo está bien ahora estamos en el Virgen del Socorro. Ya estáis en casa».

Fray Ruperto se queda mirando los chinos alejarse por el largo pasillo acompañados de los enfermeros.

—Bien, señor, muchas gracias nuevamente, que tenga un buen día.

Hasta luego, que pase usted un buen día y vaya con Dios —dice fray Ruperto saliendo del centro.

—¿Ha visto a Elvis? —pregunta Feíto.

—Hoy no lo he visto, pero siempre hay un mañana y no podemos perder la esperanza —le dice fray Ruperto a Feíto y se sube a su coche.

Capítulo VIII

En el hospital de Naranjillo, sor Áurica está ayudando a administrar morfina a un paciente de ciento cinco años que cayó del tractor, se ha roto la cadera y no aguanta el dolor. El paciente se retuerce en la camilla y no se queda quieto.

—Yo le sujeto y usted le pone la inyección —dice el Dr. Rivera.

—Don Guillermo, no se mueva, ahora se va a sentir mejor, deje que le ponga la inyección —dice sor Áurica.

Sor Áurica logra poner la inyección al paciente y en menos de un minuto ya se encuentra mejor y no le duele nada.

—Estoy curado, ahora me puedo ir a casa —dice el paciente.

—No está curado solo le hemos calmado el dolor. Tendremos que operar la cadera —dice el Dr. Rivera.

—Vaya faena —dice el paciente.

—Ahora duerma un rato que le hará bien —dice el doctor Rivera.

—Vale, vale. Ya me relajaré —dice el paciente.

—Si necesita algo apriete el botón que tiene aquí al lado de la cama.

—Muy bien, ya lo tengo claro. Una pregunta, doctor, después que me opere la cadera será posible caminar y subirme a mi tractor, ¿verdad?

—Claro, hombre, quedará como un chavalín y podrá correr por el campo, no se preocupe.

—Gracias, doctor.

Sor Áurica y el Dr. Rivera abandonan la sala donde está el paciente.

—Sor Áurica, hágase cargo con sor Trinidad de los otros pacientes que tengo que ir al laboratorio con el Dr. Mendieta a preparar la insulina para los diabéticos —dice el Dr. Rivera.

—No hay problema, doctor, sor Trinidad y yo nos encargaremos.

El Dr. Rivera se dirige al laboratorio donde está el Dr. Alejandro Mendieta realizando una cromatografía en una columna de intercambio iónico.

—¿Como va todo con la insulina? —pregunta el Dr. Rivera entrando en el laboratorio.

—Vamos tirando —dice el Dr. Mendieta mirando el ordenador donde va siguiendo el perfil cromatográfico de la muestra.

A ver si tenemos suerte porque obtenemos muy poca insulina de los páncreas y se necesitan muchos páncreas para preparar una buena cantidad de insulina. Esto que tenemos ahora es muy poco. Espero que nuestra suposición de mezclar páncreas de jabalí y cerdos nos resulte bien —dice el Dr. Mendieta.

—Yo creo que funcionará, porque la insulina de cerdo y la del humano solo difieren en un amino acido, la treonina al final de la cadena de la insulina humana es sustituida por alanina en la del cerdo. Así podemos pensar que la insulina de jabalí y cerdo puede ser la misma. Es lo que tenemos, no podemos sacarles insulina a los pacientes sanos para tratar los diabéticos —dice el Dr. Rivera.

—La otra opción es comprar la insulina recombinante en Estados Unidos o México, pero eso nos saldría carísimo y tardaría en llegar. Así que hacemos bien en prepararla nosotros para ayudar a nuestros pacientes —dice el Dr. Mendieta.

—La verdad que sí.

—A propósito, ¿cómo va el proyecto del cultivo de células de páncreas? —pregunta el Dr. Mendieta.

—Ayer estuve midiendo producción de insulina por las células en cultivo y hemos aumentado la producción. Esto nos salvará para tener una producción continua de insulina producida por las propias células. También evitaremos problemas porque ya nos hemos cargado todos los jabalíes de la zona de Baena del Cerdo. Menos mal que ese tal Anselmo paga bien por la carne de Jabalí sin los páncreas. Nosotros con el dinero mantennos el hospital, todos ganamos —dice el Dr. Rivera.

—¿Qué hará con la carne de jabalí el tal Anselmo? aquí en la carnicería no hay jabalí y en el Sudor de Pato, tampoco —dice el Dr. Mendieta.

—La vende en otros pueblos seguramente. Es un tipo muy raro ese Anselmo, no habla con nadie y va con ese tal Covarrubias que parece un matón.

—Bueno esta noche lo veremos, pues hay peleas de gallo en su palenque —dice el Dr. Rivera.

—Se me olvidaba lo de las peleas de gallos, ¿eso es cerca de Baena? pregunta el Dr. Mendieta.

—Sí, es en la finca de Anselmo. Empiezan a las diez de la noche, va gente muy rara, pero es divertido. Dejamos a sor Áurica y sor Trinidad a cargo del hospital y vamos esta noche. Además, por la noche nunca pasa nada en el hospital —dice el Dr. Rivera.

—Perfecto. Volviendo al proyecto de la insulina, me parece que el rendimiento de esta preparación de jabalíes va a dar muy poca insulina, el perfil cromatográfico lo muestra. Necesitáremos unos cinco páncreas más de jabalíes para tener una buena cantidad de insulina —dice el Dr. Mendieta.

—Alguna solución tendremos que encontrar porque los páncreas en cultivo van produciendo insulina, pero todavía es muy poca. Creo que en unos cinco meses más podremos prescindir de aislar la insulina de los páncreas de jabalíes y obtenerla mediante nuestra producción in vitro donde el mismo páncreas la produciría —dice el Dr. Mendieta.

—Es lo ideal, porque no podemos andar por las noches haciendo como comandos cuando estábamos en el ejército y disparando a los jabalíes. Alguien nos puede ver —dice el Dr. Rivera.

—No creo que sea problema, para eso vamos mimetizados con la cara pintada, visión de infrarrojo y ojo militar; somos muy precavidos, nadie nos reconocería —dice el Dr. Mendieta.

Es una noche apacible en Naranjillo. Las estrellas se divisan grandes, brillantes y cercanas, dando la impresión de que solo sería cosa de alzar las manos y atrapar alguna. En el hospital los pacientes descansan ya. Sor Trinidad y sor Áurica hacen rondas por el segundo piso del hospital. Por una puerta trasera del hospital, que da a la zona del cementerio, se ve dos hombres con mochilas y unas fundas de cuero alargadas que suben a un pequeño furgón de color blanco. El motor se pone en marcha y el vehículo se desplaza lentamente por las calles solitarias del pueblo. Al pasar frente a la plaza de la iglesia, camino obligado para salir o entrar al pueblo, la camioneta, disminuye aún más la velocidad para no hacer ruido. La ventana del segundo piso de la casa de doña Sagrario está abierta. Al pasar el vehículo frente a la casa, doña Sagrario se asoma al balcón y mira con atención.

Esa es la ambulancia. ¿ira a buscar algún paciente?, piensa mientras sigue con la mirada hasta que la ambulancia se ha alejado de su vista.

—Cierra la ventana que el niño va a coger frio —grita Ester.

—El aire fresco es bueno para los niños —dice doña Sagrario.

—La ventana abierta todo el día, por eso el niño se enferma constantemente.

—Mentira, es porque lo alimentas mal, por eso el niño coge catarros.

—Vale, vale, allá tú con tus ideas. Me voy al cuarto, que aquí no podemos estar, que el niño va a coger frio —dice Ester cogiendo al niño y dando un portazo.

Los dos Teckels miran sentados en el sofá sin inmutarse.

Hacia las afueras del pueblo de Baena del Cerdo, dos hombres vestidos con uniformes militares de combate, botas y boinas negras, con la cara teñida de negro, se encuentran agazapados por una zona boscosa. Los hombres llevan cada uno un rifle con silenciador y mira telescópica, uno de ellos lleva una mochila con una ballesta atada al exterior. La noche está iluminada por la luna. No se ve señal de actividad o asentamiento humano cerca. De pronto unos ruidos cerca de los árboles ponen a los hombres en alerta. Uno de ellos indica con la mano la dirección de los ruidos. Una manada de animales pasa a tres metros de los hombres. Los hombres apuntan y disparan en repetidas ocasiones en dirección a los animales. Los animales salen huyendo de la zona. Los hombres se levantan y se dirigen a donde estaban los animales.

—Bien, hemos cogido cuatro cerdos grandes —dice uno de ellos. Estos no son jabalíes, son los típicos cerdos blancos.

—Vale, saquemos los páncreas rápidamente y los ponemos en el hielo —dice el otro hombre.

Al cabo de media hora los hombres han extraído los páncreas de los animales y haciendo varios viajes arrastrando una camilla han transportado los cuatro cerdos al coche y han dejado la zona. Por un sendero oscuro en medio del bosque han llegado a una finca donde se ve una gran casona de piedra con una farola encendida en la entrada y a los costados de la casa hay focos que iluminan el jardín. A quinientos metros de la casa se ve un palenque circular en forma de teatro romano con capacidad para cien personas. Todo el palenque está iluminado produciendo un gran resplandor de luz en la oscuridad nocturna. Se oye voces y música. Los dos hombres aparcan el coche cerca de la casa y llaman a la puerta. Un hombre alto con un collar dorado al pecho abre la puerta.

—Buenas noches, ¿está don Anselmo? —pregunta uno de los hombres.

—¿Quién lo busca?

—Le tenemos cuatro cerdos como hemos convenido.

—A muy bien, os estábamos esperando. Don Anselmo está en el palenque con sus invitados, pero me ha dejado a mi encargado de recibirlos. Ahora envío unos hombres para que recojan los cerdos —dice el hombre con el collar dorado.

—Muy bien.

—Esperen aquí que traigo vuestro dinero —dice el hombre del collar dorado.

Al cabo de un rato el hombre entrega un fajo de dinero en un sobre.

Hoy tenemos varias peleas de gallos. Si queréis quedaros podréis ver un bonito espectáculo. Tenemos música, comida y variados licores. Así saludáis a don Anselmo —dice el hombre del collar.

Los tres hombres caminan por un sendero oscuro guiados por las luces titilantes venidas del palenque donde se oye gente hablar y reír.

El llamado palenque es un recinto circular como un circo romano con gradas para los espectadores donde se llevan a cabo peleas de gallos en un escenario similar a una plaza de toros, pero de dimensiones más pequeñas. Las peleas de gallos es una práctica importada desde España que llegó a México y Cuba en época de Hernán Cortés y se hizo muy popular en algunas regiones del caribe.

A los gallos se los cría con un entrenamiento específico para desarrollar las habilidades combativas y agresividad. Dependiendo de las condiciones de la pelea, esta puede ser a muerte o la pelea se puede dar por terminada cuando uno de los gallos hinca la pechuga. Las peleas se organizan en rondas donde se enfrentan gallos de peso similar. En la última ronda es cuando se enfrentan los gallos de mayor peso. En esta ronda los gallos llevan espuelas de acero y el combate es a muerte.

En el exterior del palenque hay mesas con varios licores y fuentes con ensaladas y carne asada. La gente va comiendo y bebiendo de pie, otros apoyados en la pared o sentados en la hierba. Detrás de las mesas hay unos hombres asando carne al calor de las brasas.

—Huele bien —dice el hombre del collar dorado.

—Sí, ya me está entrando hambre dice uno de los hombres con uniforme militar de combate.

En el interior del palenque, hay un hombre gordo hablando con dos hombres y a su lado un perro de la raza Dóberman con una oreja color naranja. El reflejo de las luces hace brillar el collar del perro.

—Don Anselmo, nuestros amigos ya han traído el encargo —dice el hombre del collar en el cuello.

—Muy bien, buenas noticias, ¿Qué tal, Erasmo, cómo estas?

—Muy bien. Le presento a mi nuevo colega. El Dr. Alejandro Mendieta, también viene del ejército.

—Bienvenido doctor. Erasmo es un gran amigo, nos ayuda también que nuestros gallos estén más fuertes —dice Anselmo estrechando la mano del doctor Mendieta.

Ya tenemos varios pedidos de carne de jabalí y cerdo. Así que estos cerdos que habéis traído van directamente a las carnicerías de la zona.

—Aquí todos ganamos, porque el dinero nos va bien para mantener el hospital —dice el doctor Erasmo.

—Buen negocio, hay que brindar. Dentro de nada empezaran las peleas, así que pónganse cómodos; tenemos unos buenos tacos al pastor, carnes asadas, el vino que producimos en la finca y tequila muy reposado —dice don Anselmo.

—Covarrubias, lleva nuestros amigos a comer algo que hay que estar bien alimentados antes de las peleas de gallos y nos vemos en un rato —dice don Anselmo sonriendo.

—Sí, jefe.

Los tres hombres se dirigen a la zona de las mesas de comida al exterior del palenque donde se oye música típica mexicana.

Hay varios hombres hablando en grupos diversos. Un hombre alto y rubio con acento americano junto a un castaño está enseñando un fusil de asalto a un grupo de hombres interesado en adquirir ese tipo de armas. Los doctores Mendieta y Rivera con sus platos de comida se acercan al grupo donde está el americano con el fusil.

—Hola, amigos, estáis interesados en adquirir fusiles, hago buen precio al por mayor —dice el hombre.

—Estamos solo mirando por ahora —dice el doctor Mendieta.

—Os dejo mi tarjeta, sin compromiso —dice el hombre.

El doctor Rivera recibe la tarjeta de color blanco con letras negras que pone «John, Colt, Juguetes de Metal por Encargo» con una dirección de correo electrónico. En ese momento aparece Covarrubias que anuncia que las peleas de gallos van a comenzar en quince minutos.

Los hombres se apresuran en terminar la comida y se dirigen a las mesas a rellenar sus vasos de vino o tequila y luego lentamente van caminando hacia el interior del palenque. Los que estaban hablando con el americano del fusil se han marchado. El fusil está apoyado en un castaño y el americano muerde una pata de cordero asado.

Erasmo y Alejandro se sientan en los asientos en el palenque con una botella de vino y dos copas. En el recinto hay alrededor de treinta asistentes, todos hombres con copas con licores o vino que se sirven directamente de las botellas. El humo del tabaco inunda el ambiente.

En una esquina del palenque hay un hombre con una tómbola y pone unos papeles doblados en ella.

—Allí se sortean las parejas de gallos en pelea —dice Erasmo.

—Todo muy bien organizado —dice Alejandro.

Alrededor de la media noche comienzan las primeras peleas con los gallos de menor peso. Los tres primeros combates no duran más de doce minutos. En todos ellos hay un claro ganador, debido a la disparidad de fuerzas de los combatientes.

—Fíjate Alejandro que a todos los gallos ganadores les he dado una terapia yo —dice Erasmo.

—¿Qué le has administrado? —pregunta Alejandro.

Una proteína que se llama GDF17, miostatina, que tiene que ver con el metabolismo de la glucosa y hace aumentar la masa muscular. Ya sabes que estoy interesado en diabetes y como tratarla. La diabetes es una enfermedad que afecta todo el metabolismo y no solo los carbohidratos. Debido a ello, descubrí la proteína que aumenta la masa muscular, pero no aumenta el peso por un sistema de compensación metabólica. Los gallos han sido mis conejillos de india. Ya que se puede tener gallos muy musculosos compitiendo en la misma categoría de pesos —dice Erasmo.

—Qué listo eres —dice Alejandro.

Los últimos gallos de la noche también los he tratado yo; son mucho más fuertes que los otros. Anselmo está contento porque gana dinero con las apuestas en las peleas, es un secreto el tratamiento, nadie lo sabe, solo Anselmo, yo y tú ahora. Necesitamos aislar más cantidad de la molécula GDF17, ya te contaré.

Es aproximadamente las dos de la madrugada, los asistentes al palenque están muy bebidos. El americano del fusil esta tirado durmiendo en una grada. Unos mexicanos comenzaron un intercambio verbal que termina a golpes ya que uno acusó al otro de que el gallo usó artimañas ilegales durante el combate. Covarrubias que aprovecha su gran fortaleza física, expulsa a los dos mexicanos del palenque que ofrecieron poca resistencia, ya que estaban muy bebidos dando manotazos al aire intentando agredir a Covarrubias. Mientras tanto se anuncia la última pelea de la noche entre dos gallos de gran tamaño. Uno de color naranja y negro del criadero de don Anselmo y otro de color gris y marrón del criadero de Tomillo en México. Se procede al pesado de los respectivos gallos por un hombre de un criadero de gallos neutral. Los dos gallos arrojan el mismo peso, sin embargo, el gallo de don Anselmo se ve mucho más musculoso. A ambos gallos se les pone espuelas de metal y se depositan en medio del palenque en sus respectivas jaulas. Un hombre que cumple las funciones de árbitro de la pelea da instrucciones a unos asistentes para que liberen los gallos de las jaulas y la pelea comienza. Los espectadores comienzan a gritar apoyando sus preferencias de gallos reflejadas en las apuestas en dinero que han hecho. Los gallos se lanzan uno contra el otro y se pican mutuamente. El gallo gris le clava un espolón al costado al gallo color naranja —marrón que rápidamente se da vuelta y también clava su espolón en el gallo gris y le muerde la cresta. El gallo se libera rápidamente y vuelve a intentar clavar sus espolones en el gallo naranja que rápidamente esquiva la embestida. Siguen los dos gallos atacándose mutuamente intentando usar el pico para hacer dañó. Al cabo de veinte minutos de intensa pelea, el gallo gris se ve un tanto cansando y ya no ataca con tanto ímpetu.

El gallo de color marrón se levanta del suelo y con un movimiento rápido clava los dos espolones en el cuello del gallo gris que queda aplastado bajo el gallo de color naranja. Al cabo de unos segundos el gallo de color naranja se aleja del gallo gris y este último ya no se levanta. La pelea ha concluido.

El reloj marca las cuatro de la mañana cuando los doctores Mendieta y Rivera comienzan a regresar al hospital. El doctor Mendieta va caminando dando tumbo debido a la gran cantidad de alcohol consumido.

—Estoy un poco mareado.

—Alejandro has bebido mucho —dice el doctor Rivera.

—Tenemos que dejar los páncreas de los cerdos en frío —dice el doctor Mendieta.

—Sí, para el hospital nos vamos rápidamente, al coche —dice Erasmo.

El doctor Rivera pone el coche en marcha e inician el camino de regreso a Naranjillo. La hierba está mojada con el rocío de la noche, ya que es una zona con un microclima especial donde también abundan las setas. El coche de los médicos pasa frente a la plaza de la iglesia cuando ya son casi las cinco de la madrugada. Una mujer salta de la cama y se aproxima el balcón al oír el ruido del coche. Dos perros Teckels están durmiendo en un sillón de terciopelo rojo próximo a la ventana. Al levantarse la mujer, uno de los Teckels se incorpora en el sillón y mira a la mujer.

—Ese es el coche del hospital, tan temprano. ¿Traerán un enfermo grave? Los doctores son unos héroes, no duermen ni descansan, todo por curar a los enfermos, murmura la mujer. La mujer mira hacia la casa del cura donde la ventana está abierta y se ve una luz encendida.

El padre Ruperto tiene luz en su habitación. Seguro está estudiando la biblia; es un santo, piensa la mujer.

El coche ambulancia llega al hospital y se aparca en el patio trasero. Los doctores bajan el contenedor con los páncreas, las dos mochilas y las fundas con las armas e ingresan al hospital por una pequeña puerta que da a un sótano.

Capítulo IX

Son las cinco de la madrugada y fray Ruperto está revisando el resumen de la traducción de las cartas del inglés al castellano que ha realizado Paula. El ruido de un coche que pasa frente a la iglesia le distrae de su tarea.

—¿Un coche por aquí tan temprano? —se pregunta sin levantarse de la silla.

Fray Ruperto sigue estudiando la traducción de las cartas y ya ha llegado a ciertas conclusiones como que el tal Michel Stich fue alguien que vivió en Naranjillo al servicio de ese tal E.H. y le proveía vino. El que producía el vino, era un tal A. Naranjillo, seguro un antepasado de Fermín el de las hierbas, pensaba fray Ruperto.

Fray Ruperto pone mucha atención en la carta donde se menciona «el oro puede no estar seguro en esta zona de Carolina del Norte», «quizá la región de Naranjillo sea un lugar seguro para esconder lo que nos pertenece». Fray Ruperto había consultado con algunos libros de historia donde se mencionaba que Barbanegra se llamaba en realidad Edward Teach. Por lo tanto, su hipótesis giraba en torno a que el que firmaba las cartas como E.T. era verdaderamente Barbanegra.

Seguro que más información debe haber en el archivo de Fermín, así que tendré que pasar más tiempo allí, a ver que encuentro. Bueno, ya es suficiente por hoy, me voy a dormir, que me he pasado la noche con este tema, piensa fray Ruperto.

Es ya el mediodía y fray Ruperto ronca con la ventana abierta. De pronto alguien en la habitación grita.

—¡Cabrón, hijo de puta!

Fray Ruperto se despierta de improviso.

—¿Qué pasa, han venido los extraterrestres? —dice fray Ruperto en voz alta.

Un loro posado en el extremo del armazón de bronce de la cama mira de frente a fray Ruperto.

—Qué pajarraco más inmundo —dice el fraile.

El loro vuela hacia la ventana.

—Cabrón, cabrón, repite el loro.

Fray Ruperto le lanza al loro una zapatilla de terciopelo rojo con tal mala puntería que la zapatilla sale volando por la ventana y cae junto a la fuente de la plaza de la iglesia. El loro abandona la habitación de fray Ruperto y se posa en el tejado del campanario. Los dos Teckels que están sentados bajo un árbol, salen corriendo y uno muerde la zapatilla y regresan con ella hacia el árbol donde estaban sentados.

Florencio Botijo Ortega, el pintor que está capturando a los Teckels en su lienzo, solo exclama.

—Vaya, ¡dos perros con zapatilla roja! Esto hace mucho más interesante el cuadro.

Fray Ruperto se levanta y se dirige al baño maldiciendo al loro. Al cabo de una hora, sale de su casa y se dirige hacia donde don Fermín. El pintor sigue en la plaza pintando los perros que están sentados bajo el árbol. La zapatilla roja es solo un montón de terciopelo y pedazos de un forro color blanco esparcidos por el suelo. Doña Sagrario mira desde su ventana detrás de la cortina fumando y rezando el rosario.

—Por la señal de la Santa Cruz, de nuestros enemigos líbranos, Señor Dios Nuestro. En el nombre del Padre, del Hijo y del Espíritu Santo, amén, va repitiendo.

Fray Ruperto camina unos metros y llama a la puerta en casa de don Fermín.

En la puerta aparece don Fermín junto a su perro Otis, el cual le lanza un gruñido a fray Ruperto, al parecer el olor que emite el cura no es del agrado del perro. El perro está acostumbrado a oler las diferentes hierbas de don Fermín y cuando no le agrada alguna emite un gruñido.

—Hola, ¿cómo está, fray Ruperto?

—Buenas tardes, don Fermín. Estoy muy bien, gracias. Perdone que le moleste, pero quería pasar a su archivo a continuar la lectura de los libros tan interesantes que tiene.

—Claro, no hay ningún problema, adelante.

Fray Ruperto y don Fermín bajan al sótano seguidos por Otis.

—Huele muy bien aquí, parece un tenue olor a un cítrico —dice fray Ruperto entrando al laboratorio.

—Sí, efectivamente es una esencia de limón especial. Hoy estoy preparando un perfume en vez de secar y empaquetar hierbas. Los limones nos vienen del centro de México, extraemos los aceites y hago el perfume para exportar. Hay que variar un poco —dice don Fermín sonriendo.

Me encanta los perfumes con aromas cítricas —dice fray Ruperto.

Siguen caminando hasta llegar al final del laboratorio donde está la puerta que conduce al archivo. Don Fermín abre la puerta y entran en el archivo biblioteca.

—Lo siento que no pueda acompañarle para ayudarle a buscar cosas que le puedan interesar del archivo, pero es que no puedo dejar el proceso de extracción de los aceites esenciales de los cítricos, pues todas las etapas del proceso tienen tiempos específicos y si no se respeta el protocolo no tendré la mejor esencia —dice don Fermín.

—No se preocupe, yo estoy acostumbrado a estar en las bibliotecas y no será ningún problema.

—Estaré ocupado con el proceso del perfume por un par de horas y después podría ayudarle si desea. La última vez que estuvo aquí, ya le expliqué dónde están los libros de horas y los incunables religiosos, códices, etc. En esta otra sección a la izquierda está la historia de la familia Naranjillo, por este otro lado está lleno de cartas diversas como le indiqué la última vez. El escritorio de la esquina tiene una silla más cómoda que las que hay por este lado —dice don Fermín, señalando un pupitre iluminado por una lámpara colgada del techo.

—Muchas gracias, ya me acomodaré —dice fray Ruperto.

—Vale, le dejo ahora y me voy a controlar el perfume.

Otis emite un gruñido.

—Tranquilo Otis —dice don Fermín.

Don Fermín sale del archivo seguido de Otis y se dirige al otro extremo de laboratorio donde se está filtrando un líquido compuesto de dos fases cayendo de un embudo de decantación. Mientras tanto, fray Ruperto se ha dirigido a la sección religiosa y comienza a examinar las biblias y los libros de horas. Hay un libro de horas pequeño con bordes dorados que atrae su atención. El libro tiene el siguiente título: Libro de horas, dedicado al ilustrísimo señor don Fernando de la Puerta Sierra y Toledo, duque de la Puerta en el año de nuestro señor de 1456.

Fray Ruperto abre el libro y admira los dibujos iluminados y se dirige a la mesa de la esquina del archivo y lo deja allí abierto en la página 52, donde se ve una imagen de San Miguel del Ala. Regresa a la zona del archivo donde están las cajas con cartas y códices y de su maletín negro saca las dos cartas firmadas por EH y las deja en el mismo sitio de donde las había cogido. Comienza a buscar las cartas que pudieran tener las iniciales EH como firma o algunas con la firma de Michel Stich. Las cajas no se han abierto en años, todo está cubierto de polvo, aunque las cartas y códices parecen estar en buen estado. Dentro de una de las grandes cajas con cartas hay una caja de madera de color rojo de aproximadamente treinta centímetros por veinte centímetros. Fray Ruperto coge la caja y la abre. Dentro de ella hay una serie de cartas dobladas en cuatro partes. Lentamente comienza a abrir las cartas y leer su contenido. Muchas de ellas son relacionadas a la venta de hierbas por Amelia Platanillo a un tal Antonio Chinchón Mendoza en los años 1680 — 1718. En la misma caja de color rojo hay otra carta que llama la atención de fray Ruperto. El reverendo Jorge Botijo Ortega le escribe a Amelia Naranjillo indicándole que la extraña y deberían volver juntos y el dejaría el sacerdocio. Aunque sea obispo puedo esperarte y aprovecharía mi visita a ciudad de México en el mes de mayo para pasar por Naranjillo los días 20 y 21 de mayo. La carta está fechada el 18 de enero de 1716 en Guadalajara. Qué curioso, este obispo tiene el mismo apellido que el pintor Florencio Botijo Ortega, ¿serían parientes? Aquí deben estar todos los secretos del pueblo, se pregunta fray Ruperto.

Fray Ruperto sigue examinando las cartas y hay una carta escrita por Amelia Naranjillo a un tal Michel Stich.

Naranjillo, 1de mayo de 1716.

Estimado Michel
A través de vuestro asistente don Gerardo Almirón me he atrevido a enviarle esta carta. Sabiendo que usted es un hombre de honor por haber servido en la real armada británica, necesito pedirle un favor sin abusar de su amistad. Aunque no lo crea, el obispo de Guadalajara Jorge Botijo Ortega me ha amenazado de muerte si no accedo a casarme con él. Temo que este hombre desquiciado intente hacerme daño. Si algo me sucede, será por culpa de él, quiero que usted esté al corriente de esta situación.

Le saluda atentamente
AMELIA NARANJILLO

Fray Ruperto sigue hurgando en las cartas contenidas en la caja de color rojo.

Naranjillo 30 de mayo de 1716
Ilustrísimo señor don Onofre Naranjillo

Muy señor mío

Primero que nada, le envió mis condolencias por la partida de vuestra hermana dona Amelia Naranjillo a la cual me unía una larga amistad. Debo decir que las circunstancias de su muerte no han sido por causas naturales y fue envenenada por un hombre de la iglesia, el obispo de Guadalajara Jorge botijo Ortega. Ella me había pedido que la protegiera de este hombre que intentaba hacerle daño, desafortunadamente no llegué a tiempo para salvarla, pues este hombre la tenía atada a una silla y le había hecho beber un veneno. En una carta ella apunto al obispo como el culpable de los que le pudiese pa-

sar. Sabiendo que nadie me creería, que un hombre de Dios había envenenado a dona Amelia, obligué al criminal a beber del mismo veneno y le sobrevino la muerte en pocos minutos. Al parecer se dice que el hombre había venido a Naranjillo a hacer un exorcismo en dona Amelia, pero la verdad es otra y es la que relato aquí.

Atentamente
MICHEL STICH
Teniente de la Real Armada Británica

Fray Ruperto sigue mirando las cartas del cajón rojo donde varias de ellas tratan de temas diversos como el terremoto de 1828 donde cayó la campana de la iglesia y aplasto a una señora, el relato del duelo entre el marqués de la Zapatilla y un Naranjillo, herencia de doña Alondra Naranjillo. Juicio a Ramón Tijeras por robo de ganado.

Este Ramón Tïjeras debe ser pariente de la vieja Sagrario Tijeras; aquí están todos los secretos del pueblo, piensa fray Ruperto.

Después de revisar todas las cartas del cajón rojo, comienza a mirar en una caja grande donde hay mapas antiguos, un libro de contabilidad y varias cartas puestas en protectores de plástico. Entre las cartas hay correspondencia entre el marqués de la zapatilla y A. Naranjillo por derecho a usar las aguas del río. Después de mover los papeles de la caja, encuentra tres cartas escritas en inglés que llaman la atención de fray Ruperto. De las tres cartas, dos están firmadas con las iniciales EH y una con la firma de Michel Stich. Coge las tres cartas y se dirige al pupitre donde las guarda en su maletín negro para que Paula las traduzca. De pronto, una intensa fragancia a lavanda proveniente del laboratorio invade la biblioteca; el aroma le recuerda la infancia en casa de su abuela en el pueblo de Gordes en Francia, los campos de lavanda en Luberon. Fray Ruperto está sentado con el libro de horas abierto, pero su mente se ha ido a esos recuerdos de niñez viajando a casa de su abuela disfrutando de la comida y el paisaje en tonos violetas, ocres, amarillos y verdes.

—¿Qué tal fray Ruperto? Veo que ha encontrado un libro interesante.

—Ah, don Fermín, no le oí entrar, estaba meditando. Sí, efectivamente, he encontrado este libro de horas muy bello; está magníficamente iluminado.

—Es uno de los mejores libros que tenemos aquí en el archivo. No recuerdo como el libro llegó a nuestra biblioteca. Como le he comentado, los Naranjillos éramos gente muy importante en el siglo diez ocho. Producíamos el mejor vino de la zona y algunos clientes agradecidos nos pagaban con especies. En fin, otros tiempos. Ya he acabado el proceso de extracción y el embotellado del perfume cítrico. Te traigo una muestra de extracto de lavanda, ya que me has dicho que te encanta la lavanda. Aquí también te dejo la marihuana que me habías pedido para calmar el dolor a los pacientes terminales.

—Muchas gracias, por el perfume, un gran regalo. La lavanda me recuerda la misteriosa Abadía de Senanque rodeada de un intenso aroma y sus campos color violeta en la región de Luberon en casa de mi abuela.

—Es una planta muy compleja. El aceite de lavanda tiene una gran variedad de fitoquímicos, cada uno contribuye algo especial que en conjunto liberan el preciado aroma y el color. Tenemos encargos del perfume de lavanda desde los Estados Unidos que es nuestro principal mercado. Desde tiempos de mis antepasados en el siglo XVIII hemos vendido este perfume en la región de Carolina del norte. En esa época había un ex oficial de la marina británica aquí en Naranjillo que era represéntate de un grupo que nos compraba el perfume en esa época.

¿Un ex oficial británico interesado en comprar perfumes?, ¿muy curioso no? —pregunta, fray Ruperto.

—Sí, no recuerdo quién era ese hombre.

Luego el tiempo pasó, vino la revolución e independencia americana, ya nadie se interesaba por los perfumes de lavanda, hasta que resurgió nuevamente el interés en 1815 con una empresa americana que se llama EH Lavanda, Inc. de Carolina del Norte, que se ha mantenido hasta hoy —dice don Fermín.

—¿Cómo dice que se llama la empresa?

—EH Lavanda, Inc. —dice don Fermín

—EH ha dicho usted? —repite en voz alta fray Ruperto.

—Sí, EH Lavanda, ¿Conoce usted la empresa?

—No lo sé. Algo me suena familiar en ese nombre, pero no recuerdo que es, ya me acordaré —dice fray Ruperto.

Son casi las cuatro de la tarde cuando fray Ruperto abandona la casa de don Fermín y se dirige a su casa a pocos metros. De pronto, del segundo piso de la casa del frente a la de fray Ruperto se oye gritos de una mujer.

—Me has quemado la comida del niño por estar espiando por la ventana.

—Cállate, eres una mala hija.

—No me callo, ya estoy harta de que pongas al niño en mi contra y no ayudas en nada.

—Yo trabajo y te doy trabajo.

—No trabajas, vas al restaurante a cotillear y murmurar solamente.

—Qué descarada eres.

Dona Sagrario coge un plato y se lo lanza a su hija. La hija se agacha y el plato vuela por la ventana y se estrella en la pared de la casa de fray Ruperto. El cura abre rápidamente la puerta de su casa e ingresa en su morada. En la casa del frente siguen los gritos. Desde un árbol próximo se oye una voz.

—Vieja chismosa, cabrona, Sagrario vieja mentirosa —dice la voz.

—Ay, me está dando algo, me muero, ve a buscar al cura.

—¿Qué te pasa? —pegunta Ester.

—Me falta el aire, que venga el cura, por favor, me estoy muriendo.

Ester sale corriendo y cruza la plaza en dirección a la casa de fray Ruperto y golpea la puerta en forma insistente.

—Hola, ¿qué ocurre? Pregunta el fraile.

—Mi madre está muy mal, necesita verle —dice Ester.

—Ahora voy, espere un momento que cojo el crucifijo —dice fray Ruperto.

Ester y fray Ruperto cruzan la calle rápidamente e ingresan en la casa de doña Sagrario.

Doña Sagrario está recostada en el sofá mirando el techo.

Le dejo con mi madre que tengo que ir a ver al niño —dice Ester.

—No hay problema, ya la atiendo.

—¿Qué le ha pasado, doña Sagrario?

—Me ha dado un soponcio, me encuentro mal. Écheme agua bendita, a ver si me recupero.

—Calma, calma. ¿Quizá tenemos que llamar al médico?

—No quiero médicos.

—Estoy estresada y me ha subido la presión, pero ahora que usted ha venido ya me sentiré un poco mejor.

—Voy a fumar un cigarrillo, padre, que ya me siento mejor.

Mire, yo le voy a dar un cigarrillo que la hará olvidar todos los problemas, estrés ansiedad incluidos —dice fray Ruperto. Los dos perros Teckels miran la escena sentados en el sofá.

—Si usted dice que ese cigarrillo es bueno para mí, pues lo acepto. Yo hago todo lo que la iglesia ordene —dice doña Sagrario.

—Mire, aquí tiene un cigarrillo especial, a ver qué le parece.

Fray Ruperto le da un cigarrillo de marihuana a doña Sagrario, que lo huele y luego lo enciende.

—Aspire profundamente, eso, muy bien —dice el fraile.

—Ya me encuentro estupendamente con solo dos aspiradas de ese cigarrillo especial. ¿Dónde consigue los cigarrillos?

—Mire, aquí al lado, donde Fermín Naranjillo, se puede conseguir la hierba y el papel para formar el cigarrillo —dice fray Ruperto.

—Que bien, porque mañana mismo iré a comprar esa hierba milagrosa. ¿Quiere acompañarme con un aguardiente?

—Le acepto la copa, pero debo ir pronto a preparar el sermón del domingo —dice fray Ruperto.

—No se preocupe, somos vecinos, en un segundo está en su casa —dice doña Sagrario.

Doña Sagrario se levanta del sofá y abre un pequeño armario de dónde saca una botella de aguardiente y dos vasos. Desde el sofá los dos Teckels continúan mirando atentamente los movimientos de doña Sagrario.

—Salud padre y gracias por venir a salvarme.

Fray Ruperto se queda mirando un cuadro de un hombre sentado en un tronco de un árbol con una escopeta en la mano, fumando una pipa y rodeado por una gran cantidad de vacas en la llanura.

—Es uno de mis antepasados —dice doña Sagrario al notar que el fraile observa la pintura.

—¿Es una escena en Naranjillo? —pregunta fray Ruperto.

—Sí, mi antepasado, Ramón Tijeras, fue el más grande terrateniente de la zona. Poco o casi nada sé de su vida. Este cuadro perteneció a la abuela de mi antepasado.

—Qué interesante. Me alegro de que usted está ya recuperada.

—Cuando se encuentre mal, un porro de marihuana le irá bien.

—Le invito al restaurante. Hace tiempo que no le vemos por allí.

—Es que con las cosas de la iglesia no tengo tiempo ni para comer. Siempre hay algún necesitado de la ayuda de Dios. Iré algún día por el restaurante.

—Ya sabe usted que le tengo mesa reservada cuando quiera.

—Gracias, doña Sagrario. Muy bueno el aguardiente.

—Es el mejor, aguardiente. El Jorobado se llama. Está producido en Galicia, España —dice doña Sagrario.

Viendo que doña Sagrario ya está recuperada, fray Ruperto se despide y regresa a su casa al otro lado de la calle. Doña Sagrario observa detrás de la cortina de su ventana, hasta que fray Ruperto entra en su casa. Aspira el porro y se toma un sorbo de aguardiente.

Al llegar a su casa, fray Ruperto se dirige al escritorio junto a la ventana abierta donde solo se oye el ruido del agua cayendo en la fuente de la plaza. Saca las tres cartas escritas en inglés que comienza a examinar cuidadosamente, sin entender nada de lo que versan aquellas misivas. El estudio de las cartas es interrumpido por una discusión entre dos hombres proveniente de la calle del Entuerto. El tono de las voces sube, doña Sagrario detrás de su cortina trata de escuchar, pero no puede ver con claridad quienes discuten.

—Eres un ladrón, me has robado cinco cerdos —dice un hombre.

—Yo no he robado nada, este es un negocio legal, soy un hombre de honor.

—Eres un cabrón y ladrón de cerdos.

—El viernes al amanecer te espero para hacer justicia donde diga el alcalde.

—Acepto —dice el hombre. Nos veremos el viernes a las siete de la mañana.

La discusión ha terminado, todo vuelve a estar en silencio. El agua de la fuente es el único sonido que interrumpe el silencio.

Parece que Uldarico, el carnicero, discute con alguien, ¿qué habrá pasado? se pregunta doña Sagrario.

Capítulo X

Viernes seis y treinta de la mañana, un día que comienza frío. Un manto de niebla cubre los alrededores del pueblo. Fray Ruperto conduce su coche por los estrechos caminos de la quebrada del ajo. La niebla se hace cada vez más densa subiendo el camino de la montaña. A más de un kilómetro de distancia se ven las titilantes luces del centro Quita Pesares Virgen del Socorro. Fray Ruperto sigue conduciendo lentamente hasta llegar a una gran planicie junto a unos castaños donde hay un cartel que pone Campo del Buitre. A unos trescientos metros del camino se ve las luces de dos coches detenidos en la zona del Campo del Buitre. Fray Ruperto dirige el coche por un sendero estrecho en dirección donde están los dos coches, guiado por las luces de los coches a la distancia.

—Buenos días, fray Ruperto, una mañana muy fría —dice don Plutarco.

—Buenos días, don Plutarco, sí, bastante helada, la mañana.

—¿Cómo está doctor? —dice fray Ruperto saludando al doctor Erasmo Rivera.

—Bien, un café nos vendría bien a esta hora.

A una distancia de tres metros está el carnicero, Uldarico con su padrino, un hombre de barba blanca llamado Cayetano Heredia. Buenos días, padre —dice Uldarico.

—¿Queréis confesar algo antes de iniciar el protocolo? —pregunta fray Ruperto.

—Deme su bendición —contesta Uldarico.

Fray Ruperto le hace la señal de la cruz en la frente.

A cien metros de distancia se observan dos coches que se aproximan. Del primer coche, un furgón de color negro, baja un hombre alto vestido con levita. Del segundo coche desciende Jorge Fonseca del pueblo de Baena del Cerdo con su primo Alcibíades.

Son las siete de la mañana, un viento del norte mueve las copas de los árboles. El hombre de la levita ha instalado dos banderas rojas a cincuenta metros de distancia, que marcan el sitio desde donde los duelistas abrirán fuego. Sobre una pequeña mesa cubierta con un paño de color negro el alcalde ha depositado una caja de caoba. A cada lado de la mesa están el hombre de la levita y fray Ruperto. El alcalde hace las presentaciones.

—Jacinto, le presento a fray Ruperto, nuestro guía espiritual. Encantado, fray Ruperto —dice Jacinto.

—Fray Ruperto, él es nuestro sepulturero y gran chef Jacinto Stich.

Fray Ruperto se queda paralizado al oír el apellido de Jacinto y solo atina a fingir una tos.

—Perdone, que de pronto me ha entrado algo a la garganta. ¿Me repite su nombre nuevamente? —dice fray Ruperto.

—Sí, por supuesto, soy Jacinto Stich, para servirle.

—Encantado de conocerle —dice fray Ruperto mirando de arriba abajo a Jacinto.

—¿Su apellido me suena mucho, no sé por qué? —dice fray Ruperto.

—Seguramente mi apellido lo debe conocer, pues un antepasado mío fue un oficial de la marina inglesa que vivió en Naranjillo y ayudó mucho al pueblo —dice Jacinto.

—Bueno, ya conversaremos en otra ocasión, pues estoy muy interesado en conocer la historia del pueblo —dice fray Ruperto.

Mientras tanto, el alcalde abre la caja de caoba y extrae dos pistolas de duelo del siglo XIX de calibre 45 con culata de nogal, fabricadas por el armero español Eusebio Zuloaga González. El alcalde carga la munición en cada una de las pistolas.

Uldarico está junto a su padrino y a cincuenta metros de distancia está Jorge Fonseca y su padrino Alcibíades. La mesa con las armas está a veinte y cinco metros de cada uno de los duelistas. Don Plutarco se dirige al centro del campo seguido de Jacinto que lleva la caja de madera con las pistolas sobre una bandeja de plata. Al llegar al centro del campo, don Plutarco llama a los duelistas y sus padrinos y explica las reglas del duelo.

—Cada uno recibirá una pistola cargada con una bala. Al recibir la pistola, caminaréis lentamente a vuestras posiciones marcadas con las banderas rojas. No podéis disparar hasta que os dé la autorización.

—¿Está claro? —pregunta el alcalde.

—Sí, señor alcalde, repiten al unísono los duelistas.

Sobre mi mano derecha sostendré un pañuelo blanco, cuando deje caer el pañuelo es la señal de disparar.

—¿Entendido?

—Sí, señor alcalde —repiten los duelistas.

—¿Alguna pregunta, señores?

—No —dice Uldarico.

—No, todo claro —dice Jorge Fonseca.

—A sus puestos y buena suerte.

El aire fresco de la mañana crea una atmósfera tranquila y serena, donde cada aliento se convierte en una nube efímera. El silencio es absoluto, solo interrumpido por el suave susurro del viento que acaricia el campo cubierto de rocío. Los rayos del sol empiezan a filtrarse, iluminando lentamente la vastedad del verde, transformando las gotas de rocío en pequeños destellos brillantes que parecen bailar sobre el suelo. Es un momento de calma, donde la naturaleza parece despertar en su máxima expresión. José Fonseca y Uldarico están en sus puestos, preparados para abrir fuego.

Don Plutarco deja caer el pañuelo blanco. Al unísono dos disparos retumban, varios pájaros pernoctando en los árboles salen volando. Uldarico cae al suelo. José Fonseca se toca el pecho, da dos pasos adelante y cae de bruces.

El Doctor Rivera corre en dirección donde ha caído Uldarico, que está tendido de espalda con los ojos abiertos y un balazo en la cabeza. Con el estetoscopio lo ausculta.

—Está muerto —dice el Dr. Rivera.

El doctor Rivera se aproxima donde ha caído José Fonseca para certificar que también está muerto.

Fray Ruperto se aproxima a los fallecidos y les rocía con agua bendita después de rezar un padre nuestro por cada uno de ellos.

—Llevaremos a los fallecidos al hospital que tenemos que completar el certificado de defunción —dice el Dr. Rivera mirando a Jacinto.

—Sí, doctor —dice Jacinto.

Jacinto carga los fallecidos al hombro y los transporta a su furgoneta.

—Vaya, vaya, no habíamos tenido un duelo con los dos duelistas muertos que yo recuerde. Siempre hay una primera vez —dice don Plutarco. Los padrinos Alcibíades y Cayetano Heredia están cabizbajos por el desenlace, pero lo han aceptado, pues en cuestiones de honor al morir ambos contrincantes en el duelo, han reinstaurado su dignidad.

El doctor Rivera, saca una bota de cuero con vino y se la pasa a los padrinos que beben de ella y se la van pasando en una especie de corro que se ha formado en el campo de duelo, mientras Jacinto sube los cadáveres a la furgoneta.

—¿Cuándo pasamos por el certificado de función? preguntan, Alcibíades y Cayetano Heredia al Dr. Rivera que ha encendido un cigarrillo.

—Mañana mismo podéis pasar por el hospital y os doy los certificados —dice el doctor Rivera.

—Mañana paso por el hospital —dice Alcibíades.

—Allí estaré yo también a las diez y seis horas, que aquí ya no hay nada más que hacer, hasta mañana —dice Cayetano Heredia.

—Vale, yo también me marcho —dice Alcibíades.

Los dos hombres se alejan del lugar hablando entre ellos.

Al regresar Jacinto, fray Ruperto le pasa la bota de vino.

—Para calentar el cuerpo —dice fray Ruperto.

—Gracias, padre. Qué frío que hace aquí.

—No me acostumbro al frío, pero tú llevas mucho tiempo en este pueblo, ¿verdad? —dice fray Ruperto.

—Soy nacido aquí, pero también he vivido fuera del pueblo, en México por mucho tiempo, pero siempre se vuelve al sitio que uno considera su casa y están sus raíces.

—Es cierto lo que dices, uno extraña su terruño. Antes me habías comentado que tus antepasados ingleses vivieron en Naranjillo —dice fray Ruperto.

—Sí. El primero de mis antepasados en llegar aquí fue Michael Stich alrededor de 1716 si no recuerdo mal. No tengo muchos datos de él, pero sirvió en la real armada británica con el grado de capitán de fragata y fue condecorado por algunas acciones valerosas contra los holandeses.

—Qué interesante, a mí me interesa mucho la historia de la navegación. Esos hombres con instrumentos de navegación rudimentarios cruzaban los océanos —dice fray Ruperto.

Pues sí, verdaderos valientes. Aunque mi padre decía que mi antepasado, el capitán de fragata, era un hombre muy misterioso. La verdad que no tengo gran información de mi historia familiar y en particular del capitán Michael Stich. Recuerdo mi abuelo decir que este antepasado tenía gran cantidad de oro y lo había dejado oculto en algún lugar de Naranjillo. No sé si eso era solo fantasías de mi abuelo. En todo caso, el herbólogo, Fermín Naranjillo, conoce bastante de la historia del pueblo y le podría informar, pues su familia ha vivido aquí desde casi el siglo XVIII —dice Jacinto.

—Buena idea.

—Ya es hora de marcharnos —dice el Dr. Rivera aproximándose con don Plutarco, donde están Jacinto y fray Ruperto.

—Sí, marchemos ya que hace mucho frío —dice Jacinto.

—Te espero en el hospital con los cuerpos —dice el Dr. Rivera.

—Allí estaré —dice Jacinto.

—Ya le informaré, fray Ruperto, cuando tenga que ir al cementerio para el entierro —dice don Plutarco.

La luz del sol ilumina la fría mañana en el Campo del Buitre. Los cuatro hombres se alejan, se montan en sus coches y emprenden el regreso a Naranjillo.

Capítulo XI

Rogelia camina nerviosa a paso raudo por un polvoriento camino. Son las diez de la mañana, y el calor húmedo se siente. Se dirige a la biblioteca donde tiene cita con don Plutarco.

—Buenos días, Cherezada, vengo a ver a don Plutarco

—buenos días, ¿tiene cita verdad?

—Sí.

—¿Usted es Rogelia?

—Efectivamente.

—Vale. Aquí veo que hoy tiene que presentar su resumen del libro. Pase al salón que está al fondo a la derecha y ya aviso a don Plutarco.

Rogelia se dirige al salón con la gran chimenea. Al cabo de un rato hace su entrada don Plutarco.

—Hola, Rogelia, ¿cómo estás?

—Hola, señor alcalde. Estoy bien, ¿y usted?

—Yo, muy bien, con mucho trabajo —dice don Plutarco. —Hoy precisamente tengo la presentación de tres resúmenes, incluyendo el tuyo. Temas muy diversos.

—¿Cómo va todo en el hospital?

—Hacemos lo que podemos con los doctores y las monjas para ayudar a los enfermos, pero a veces creo que falta personal sanitario. Somos muy pocos. Yo ayudo en lo que puedo en la cocina. Solo estoy media jornada.

—¿Tienes otro trabajo?

—Pues sí, trabajo también en la carnicería, pero me han informado que el dueño, el señor Uldarico, ha fallecido, así como de pronto. No sé lo que pasará con la carnicería, pues al parecer don Uldarico le dejó la carnicería y sus bienes a su proveedor, un hombre de nombre Anselmo. Este fue el que me informó de la muerte de don Uldarico. Estoy a la espera que me diga ese señor si me va a necesitar en la carnicería.

—Ya veo. Uldarico ha fallecido y ¿no tenía familia? No sé quién ese don Anselmo, no lo tengo inscrito como del pueblo —dice don Plutarco.

—Pues yo tampoco sé quién es don Anselmo. Me dijo que tenía una finca a las afuera de Naranjillo.

—A ver si se mantiene la carnicería, que es la única del pueblo. Bueno, por ahora vamos al tema del libo —dice don Plutarco.

—Pues mi libro es sobre la expedición de Juan de Oñate. El título es: *La Expedición de Juan de Oñate* del autor José Antonio Crepo Frances y Valero, Ediciones Souter, Madrid, 1997 —dice Rogelia.

—Muy bien. El último conquistador español —dice don Plutarco.

—Sí, efectivamente, fue el último conquistador.

Rogelia saca de una carpeta una serie de folios con notas manuscritas de su puño y letra.

—Tengo que leer mis notas, pues mi memoria a veces me falla.

—No se preocupe, puede usar sus notas.

Bueno, lo primero. Voy a situar los hechos como relata el libro en el año 1598. Por esa época ya los conquistadores españoles habían emprendido y consolidado la conquista de la América del Sur y Centroamérica y lo que hay conocemos como México. Sin embargo, en lo que hoy corresponde a los Estados Unidos de América no había sido explorada por los europeos. Por lo tanto, podemos decir que la expedición de Juan de Oñate representa la primera vez que los europeos llegaron a Estados Unidos. Yo misma creía que los primeros en llegar a Estados Unidos fueron los llamados peregrinos ingleses que llegaron a las costas de Massachusetts en 1620. Más adelante me referiré a por qué en Estados Unidos hoy en día no se conoce este hecho importante. Cada año una de las fiestas más populares en Estados Unidos y que reúne a todos los autollamados «americanos», —digo «americanos» entre comillas, porque el resto de los países de la América hispana también son americanos, es el llamado Día de Acción de Gracias, que celebra la primera comida que compartieron los peregrinos ingleses con los nativos en el año 1620. Sin embargo, el primer Día de Acción de Gracias, ocurrió, mucho antes y fue el 30 de abril de 1558, cerca de la zona de El Paso, en Texas, entre las huestes de Juan de Oñate y los indígenas de la zona. Hay un documento histórico citado en el libro, que dice lo siguiente:

> *El día 30 de abril de 1598 y a corta distancia de El Paso, nos reunimos todos los sobrevivientes alrededor de una gran hoguera, donde se asaba pescado, carnes y fruta para rememorar lo sufrido y para agradecer al Señor el feliz resultado de tanta agonía. Todos nos sentíamos muy felices.*

¿Quién fue Juan de Oñate? Es la primera pregunta que me hice al comenzar a leer el libro. En realidad, Juan de Oñate fue el último de los conquistadores españoles.

Juan de Oñate no nació en España sino en Minas de Pánuco, Zacatecas en 1550 y falleció en España, hacia 1626. No se le ha dado crédito a la proeza que emprendió. Invirtió una gran suma de dinero en la exploración de lo que hoy llamamos Nuevo México y Texas. Inicio la agricultura en la zona e introdujo una gran cantidad de plantas y el caballo y animales que no se conocían en la zona. Con el viajaron varios misioneros franciscanos que implantaron la fe en esa región. Juan de Oñate ha sido uno de los exploradores importantes de esa región de Estados Unidos y debería estar en todos los libros de historia de ese país. Pero la gran mayoría de norteamericanos desconocen quién fue Juan de Oñate y generalmente se asocia a los conquistadores españoles como salvajes y despiadados que exterminaron a los nativos. Al contrario, los conquistadores españoles trataron de mezclarse con los llamados pueblos originarios y establecer lazos de comunicación entre dos mundos diferentes, como lo eran en esa época los europeos y los nativos de la zona. Hay mucha literatura en la cual se denostó a los conquistadores españoles, pero eso más bien tiene que ver con la leyenda negra inglesa que por pura envidia de lo que era el gran imperio español, se esparcieron falsas noticias. Podemos decir que los grandes genocidas del siglo XVI fueron los ingleses y holandeses que no trataron de establecer lazos de comunicación con los pueblos originarios, sino todo lo contrario, los exterminaron y los holandeses se dedicaron al comercio de esclavos. Es bien conocido que Francis Crick fue un despiadado pirata que tenía patente de Corsario otorgada por la corona inglesa para atacar el imperio español, pero en Inglaterra se le considera un héroe.

—Es cierto. Los ingleses se dedicaron al pillaje asaltando los barcos españoles —dice don Plutarco.

—Bueno, volviendo a Juan de Oñate y la conquista de Nuevo México, se puede decir que hubo una batalla entre los Acomas y las huestes de Juan de Oñate en enero de 1599 donde setenta españoles se enfrentaron a dos mil indígenas Acomas donde resultaron muertos más de quinientos guerreros Acomas y el poblado fue destruido y hombres y mujeres fueron tomados prisioneros y se torturaron. Al llegar la noticia de la batalla al Rey Felipe II y el maltrato a los indígenas a manos de las huestes de Juan de Oñate, el Rey ordenó que se relevara del mando a Oñate.

Uno de los mayores logros de Juan de Oñate fue fundar la provincia de Santa Fe de Nuevo México que es precisamente de donde viene mi familia. Juan de Oñate recibió el título de adelantado, así como los cargos de gobernador y capitán general de dicho territorio. Por otro lado, la obra misionera en América, al margen de las calumnias de la llamada leyenda negra en contra de España y de la cultura hispánica, fue la estrella que ilumino la colonización del nuevo mundo. ¿Qué impulsó a aquellos hombres a arriesgar sus vidas en tierras lejanas? Aparte de encontrar riquezas, muchos fueron a la conquista de América, pues el Rey Felipe II al ver las colonias amenazadas por los ingleses, para asegurar las tierras concedió privilegios de Hidalgo de reconocida nobleza a quienes se establecieron en la región de Nuevo México para ellos y sus descendientes. Debemos recordar que antes de la llamada confusión de estados de 1836 o abolición de los privilegios de la nobleza, España era una sociedad estamental existiendo tres estamentos claros que no se mezclaban entre ellos, el pueblo llano, que realizan diversos oficios y labraban la tierra, el clero encargado de la educación y las plegarias y por último la nobleza que debía velar por la protección de los otros estamentos. Los nobles tenían una serie de privilegios, como no pagar impuestos (privilegios fiscales), privilegios militares, judiciales, políticos y sociales. Se nacía en una condición y no se podía cambiar de estatus a no ser por dispensa del Rey. Vale la pena mencionar que, desde el comienzo de la conquista española, la Reina Isabel la católica reconoció a la nobleza de los indígenas que gozaban de una especie de estado de distinción dentro de su propia organización, algo que los conquistadores ingleses nunca hicieron durante la conquista de Norteamérica. Posteriormente el Emperador Carlos (I de España, V de Alemania) reconoce a la nobleza Inca por Real Cedula de 1545.

En 1606, Oñate fue llamado a la Ciudad de México por el Virrey don Luis de Velasco para una audiencia sobre su conducta. Entre el sufrimiento y la gloria donde se había gastado gran parte de su fortuna, al finalizar la planificación para la fundación de la ciudad de Santa Fe, renunció a su cargo. Antes de abandonar el territorio que había gobernado por diez años tuvo que sufrir la pérdida de su hijo Cristóbal de Oñate cuando un grupo de indígenas atacó su destacamento al sur de Socorro. Allí, en las tierras nuevomexicanas, quedaría enterado el cadáver de su hijo junto a sus esperanzas. Juan de Oñate fue juzgado y condenado por crueldad tanto hacia los nativos como hacia los colonos. Fue desterrado de Nuevo México de por vida. Regresó a España donde falleció en 1626 y es reconocido como el último conquistador español.

—Bueno, aquí concluyo el resumen del libro.

—Muy buen resumen Rogelia. Como has podido ver, Juan de Oñate fue un hombre de luces y sombras, como todo el mundo.

—Gracias, don Plutarco. ¿Si le ha agradado mi resumen, entonces no tengo que pagar impuestos, verdad? Que últimamente voy mal de dinero.

—No te preocupes, Cherezada te dará el papel que certifica que quedas excepta de pagar impuestos este año, pero no dejes de leer y aprender —dice don Plutarco.

—Me ha quedado una duda referente a la figura de Juan de Oñate. Se le acusa de haber infligido castigos severos a los indígenas que tomaba prisioneros. ¿Eso era algo común en la época?

—Durante el siglo XVI, muchos países, como España, Inglaterra, los actuales países bajos y Francia, se vieron envueltos en frecuentes guerras y conquistas territoriales. Los prisioneros de guerra, así como cualquier persona sospechosa de ser una amenaza o un traidor, podían ser torturados para obtener información o como castigo. Los métodos de tortura en el siglo XVI eran a menudo brutales, incluyendo dispositivos como el potro, la rueda de rotura, los tornillos de mariposa. A menudo, el objetivo no era solo el castigo, sino infundir miedo en la población. Aunque las normas modernas de derechos humanos y el derecho internacional han condenado estas prácticas, la tortura ha formado, lamentablemente, parte del panorama político y jurídico durante siglos. No solo eran los conquistadores españoles, ingleses, franceses, etc., que usaban la tortura, también lo hacían los indígenas, que les arrancaban el corazón a los europeos estando vivos, les cortaban las manos, extremidades o bebían en sus cráneos.

—¿Por qué que siempre ha habido barbarie en el mundo? —pregunta Rogelia.

—Difícil responder a tu pregunta. Muchos actos de violencia o crueldad a lo largo de la historia han tenido como objetivo mantener el poder o subyugar a otros. Los gobernantes, imperios o grupos a menudo recurrían a la violencia para afirmar el control sobre las personas, los recursos y los territorios. Para justificar la violencia contra los demás, la gente a veces deshumaniza a sus enemigos, viéndolos como «menos que humanos» o «bárbaros». Esto hace que sea más fácil para las personas cometer actos horribles sin culpa o cuestionamiento moral. Aunque se ha progresado, la historia de la humanidad todavía contiene muchos capítulos oscuros de violencia, pero también está llena de historias de compasión, progreso y lucha por la justicia. El mundo ha experimentado cambios significativos, pero como hemos visto en muchos conflictos a lo largo de la historia, el progreso no siempre es lineal, y la lucha por alejarse de la violencia y la barbarie sigue en curso.

—Muy interesante el tema de la violencia. Quizás el próximo libro que analice vaya por esos lados y como se relaciona la violencia con el trauma y abuso en la niñez —dice Rogelia.

—Una idea excelente.

En ese instante el diálogo es interrumpido por Cherezada, que ha entrado a la sala.

—Don Ruperto, perdone, pero le espera una persona que tiene hora para presentar su libro.

—Gracias, Cherezada. La hora ha pasado muy rápido, me olvidaba del próximo análisis.

—He traído también el comprobante que tiene que rellenar para la señorita Rogelia, si ha cumplido con su obligación literaria.

—Vale, déjeme el impreso y en cinco minutos le dice al próximo invitado que pase.

—Sí, don Plutarco —dice Cherezada.

Rogelia sale de la biblioteca con su certificado que la acredita como exenta de pagar impuestos.

Mientras tanto, en la biblioteca, un hombre alto de pelo rojizo se dirige por el pasillo a la gran sala con la chimenea. Allí, sentado espera don Plutarco.

—Buenos días, don Plutarco —dice el hombre.

—Adelante, Jacinto. ¿Cómo estás?

—Muy bien, ¿y usted?

—Resolviendo problemas. A propósito, ¿has enterrado ya a los que se batieron a duelo, el carnicero Uldarico y el otro tipo, Jorge Fonseca ¿creo se llamaba así? —pregunta don Plutarco.

—Sí, Uldarico y Jorge Fonseca. Precisamente esta semana los enterramos. Estuvieron diez días en el congelador del hospital, pero a los pobres desgraciados nadie los reclamó. Al parecer no tienen familia conocida, según relataron los padrinos del duelo, o nadie se quiso hacer cargo. Así que los pusimos en una fosa común y el cura fue a hacer los ritos fúnebres antes de enterrarlos.

—Mejor que no tuvieran familia esos dos desgraciados, así nadie se entera que se batieron a duelo, ya que en muchas zonas el batirse a duelo está prohibido y nos podría traer problemas. No digas nada del duelo a nadie.

—No se preocupe, mantendré el secreto y el doctor Rivera es muy discreto.

—Muy bien. Nosotros somos un pueblo original, innovador en algunas cosas y también mantenemos las tradiciones. Menos mal que no usamos redes sociales. Los efectos de las intervenciones en las redes sociales incluyen problemas de salud mental, depresión, trastornos del aprendizaje. Muchas personas pasan horas navegando por las redes sociales sin darse cuenta, lo que puede afectar su productividad y bienestar. Las redes sociales facilitan la propagación de rumores, *fake news* y desinformación, lo que puede tener efectos negativos en la opinión pública y en la toma de decisiones. Ya nadie lee un libro en el mundo fuera de Naranjillo. Las bibliotecas se han quedado en silencio. Ya nadie va a una biblioteca. En fin, es lo que hay por ahora. Sin embargo, la directora del centro Virgen del Socorro siempre me pide libros para instruir a los pacientes, así que se los mando con Carmen, la panadera, para ayudar a culturizar a esa gente. La directora es un poco especial y solo me pide libros de psicología, lucha con bayoneta, esgrima, supervivencia en la adversidad, temas militares en general. Al menos algo leen esos en el centro ese.

—En cuanto a tu libro, te tengo aquí apuntado por un tema histórico más que de literatura propiamente tal. *La Batalla del Cabo San Vicente* según tengo en mis apuntes —dice don Plutarco.

Jacinto Stich siempre había sentido una conexión especial con el mar, como si la esencia de la marinería de su antepasado, el capitán Michael Stich, flotara en su sangre. Aunque su vida había tomado giros inesperados, desde ser portero de fútbol en un equipo mexicano hasta convertirse en sepulturero y chef del modesto restaurante Sudor de Pato en Naranjillo, Jacinto nunca dejó de admirar la vida de los marineros, los barcos y las aventuras del océano. De hecho, muchos en el pueblo lo veían como un hombre de espíritu inquieto, un hombre marcado por una historia que no terminaba de comprenderse.

A lo largo de los años, Jacinto había escuchado susurros en las tabernas y entre los viejos del pueblo, rumores que hablaban de su ancestro, el capitán Michael Stich, y de su misteriosa vida después de abandonar la Real Armada Británica. Había servido en las guerras napoleónicas, una figura de alto rango, temido y respetado, pero después de la guerra, la historia de su vida tomaba un giro extraño y poco claro. Al parecer, Michael Stich había desaparecido del radar oficial, y algunos de los viejos relatos hablaban de una alianza con el temido pirata Barbanegra, conocido por saquear y sembrar terror en las aguas del Caribe.

—Me he decantado por un tema histórico relacionado con la armada inglesa, ya que mi décimo abuelo, el capitán Michael Stich, sirvió en la real armada y en 1700 participo en la batalla de Lagos contra los franceses en la costa de Portugal antes de retirarse y vivir aquí en Naranjillo —dice Jacinto. Fue la última batalla en la que participó, batalla que fue parte de La Guerra de Sucesión Española que se extendió desde los años 1701 al 1714. Este fue un conflicto europeo que se libró sobre quién debía suceder en el trono español tras la muerte de Carlos II de España en 1700. La muerte del Rey Carlos provocó una crisis de sucesión porque no dejó herederos, y el trono fue disputado por dos pretendientes principales que eran

Felipe de Anjou, nieto del rey Luis XIV de Francia (a través de su madre, María Teresa de España), que fue apoyado por Francia y España. El Archiduque Carlos de Austria, miembro de la familia de los Habsburgo e hijo del emperador del Sacro Imperio Romano Germánico Leopoldo I, que fue apoyado por el Sacro Imperio Romano Germánico, Inglaterra, la República Holandesa y varias otras potencias europeas. La victoria inglesa permitió tomar el control del mediterráneo. Bueno, hoy no voy a hablar de la batalla de Lagos sino de la batalla de San Vicente, en 1797 que la podemos considerar la antesala a la gran victoria inglesa en Trafalgar.

—Perfecto, te escucho, que la historia es muy importante. Lo que ayer fue noticia, hoy es historia y debemos aprender de la historia ya que nos permite entender mejor el presente y prepararnos para el futuro. Nos ayuda a entender cómo los eventos pasados, como las guerras, revoluciones o avances tecnológicos, moldearon el mundo en el que vivimos hoy. Esto nos da una perspectiva más profunda sobre la sociedad, la cultura y la política actual. La historia nos conecta con nuestro pasado, nuestras raíces y nuestras tradiciones, lo que contribuye a formar nuestra identidad colectiva, ya sea a nivel nacional, cultural o familiar. Hoy en día a casi nadie le importa la historia. Por lo tanto, y sin más demora, adelante, Jacinto —dice don Plutarco.

—He traído unas notas donde he ordenado las ideas que quiero exponer —dice Jacinto.

—Muy bien.

—La Batalla del Cabo San Vicente fue una importante confrontación naval que tuvo lugar al amanecer el 14 de febrero de 1797 durante las Guerras Revolucionarias Francesas, en la cual se enfrentaron las flotas británica y española en aguas cercanas al Cabo San Vicente, al sur de Portugal, en el océano Atlántico. Podemos decir que la batalla se enmarcó en el conflicto más amplio entre las potencias europeas, que incluía a Gran Bretaña contra la Francia revolucionaria y sus aliados, entre ellos España. En ese momento, España se había alineado con Francia en la lucha contra Gran Bretaña, pero las tensiones dentro de la coalición y las circunstancias de la guerra llevaron a la confrontación en esta batalla. La fuerza naval española era mucho más grande que la flota inglesa en aquella batalla. La flota española, compuesta por veinticuatro navíos de línea de batalla y siete fragatas zarpó de Tolón el 1 de febrero de 1797. La flota inglesa de diez navíos de línea del Almirante Jervis patrullaba frente al cabo de San Vicente y posteriormente se le unieron cinco más bajo el mando de Sir William Parker. Como parte de la flota estaba también Horacio Nelson, quien más tarde se convertiría en uno de los más grandes héroes de la historia naval británica. En la batalla, Nelson dirigió una fuerza de 15 barcos. El almirante español, José de Córdoba y Ramos, había llevado sus barcos al Atlántico para capear una tormenta y se dirigía a Cádiz cuando las dos flotas se avistaron al amanecer del 14 de febrero de 1797. La flota británica con sus quince navíos de línea contra los veinticuatro navíos españoles se dispuso para la batalla. En el alcázar del Victoria, Jervis y su capitán de bandera, Robert Calder, contaron los barcos. Fue en este punto cuando Jervis descubrió que lo superaban en número, casi dos a uno. La escuadra española estaba formada en dos grupos tácticamente mal dispuestos para el combate. La batalla comenzó cuando las flotas se encontraron cerca del Cabo San Vicente. A pesar de estar en desventaja numérica, los británicos, bajo el liderazgo de

Nelson, realizaron una táctica arriesgada y audaz. Nelson rompió el tradicional formato de batalla de línea para atacar por separado los flancos de la flota española, (que tenía mejores barcos), dividiendo su atención y debilitando su capacidad de defensa. Entre los buques de la flota española se encontraba el Santísima Trinidad, entonces el mayor buque de guerra del mundo, con 136 cañones y el único con cuatro cubiertas de artillería que fue construido en los astilleros de la Habana. Nelson, al mando de una flota más pequeña, pero mejor entrenada y con una mayor rapidez de maniobra, aprovechó su experiencia y tomó la iniciativa para atacar directamente las naves españolas, lo que resultó en una victoria decisiva para Gran Bretaña. Durante la batalla, Nelson también se hizo famoso por su valentía, ya que personalmente se enfrentó a los barcos enemigos en un combate cercano. Así, La flota británica obtuvo una victoria decisiva, capturando o hundiendo varios barcos españoles, a pesar de las desventajas numéricas.

—¿Cuál fue la consecuencia de la Victoria en el Cabo San Vicente? —dice Jacinto. La victoria en el Cabo San Vicente permitió a Gran Bretaña consolidar su supremacía naval y asegurar el control de las rutas marítimas del Atlántico, lo que tuvo un impacto importante en la guerra. Por otro lado, la victoria aumentó considerablemente la reputación de Horacio Nelson. Aunque ya era conocido por su destreza en la guerra naval, esta batalla consolidó su estatus como uno de los grandes líderes navales de la historia. Como consecuencia para España la derrota naval en el Cabo San Vicente significó una devastadora pérdida para España, que vio reducida su capacidad para hacer frente a la amenaza británica en el mar, a pesar de que no significó la derrota definitiva en la guerra. La Batalla del Cabo San Vicente es recordada como un ejemplo de táctica naval audaz y de la importancia de la habilidad de los comandantes, más allá de la simple superioridad numérica. La victoria británica aseguró la supremacía naval durante gran parte de las Guerras Napoleónicas y tuvo repercusiones a largo plazo en el equilibrio de poder en Europa. Es también destacada porque marcó el comienzo de la reputación internacional de Horacio Nelson, quien más tarde jugaría un papel clave en otras victorias británicas, como la Batalla de Trafalgar en 1805. Tanto Jervis como Nelson fueron aclamados como héroes, y Jervis fue nombrado barón Jervis de Meaford y conde de San Vicente. Nelson, por sus servicios, fue investido como Caballero de la orden del Baño.

Podemos decir que la batalla de San Vicente tuvo una gran importancia estratégica por varias razones: Protección de las rutas comerciales y la soberanía. La batalla se libró en un momento en que España estaba defendiendo sus intereses en el océano Atlántico, especialmente en relación con las rutas comerciales con las colonias de América. La flota española trataba de proteger su poder naval frente a la expansión británica, que había estado buscando cortar las líneas de suministro y comercio de España y Francia, sus aliados.

La victoria en esta batalla permitió a la flota británica continuar con su estrategia de bloqueo naval contra las flotas de España y Francia, que eran cruciales para mantener la comunicación y el abastecimiento de recursos entre Europa y las colonias. El control del mar otorgaba una ventaja estratégica al Reino Unido en la guerra, debilitando a sus enemigos de manera efectiva. La victoria británica tuvo un gran impacto en la moral de las fuerzas españolas. Aunque la flota española luchó valientemente, sufrió grandes pérdidas y quedó debilitada, lo que dificultó su capacidad para enfrentar futuras amenazas navales. El hecho de que el almirante español José de Córdoba fuera incapaz de frenar el avance británico reflejaba la fragilidad de la Armada Española frente a la potencia naval británica. La batalla tuvo un gran impacto en el contexto de la lucha entre las grandes potencias europeas durante las Guerras Napoleónicas. El control naval era esencial para el desarrollo de las estrategias de invasión y defensa, y el dominio británico del mar permitió al Reino Unido continuar bloqueando y atacando las flotas de los países enemigos, como España, Francia y los Países Bajos, sin que estos pudieran unirse para desafiar el poder británico de manera efectiva. En resumen, la Batalla de San Vicente fue un enfrentamiento crucial para el control del océano Atlántico y las rutas comerciales.

—Si gusta, el próximo año puedo seguir con el tema náutico y hacer mi resumen sobre la batalla de Trafalgar de Benito Pérez Galdós. Como sabemos, la batalla de Trafalgar fue una de las confrontaciones más importantes de las Guerras Napoleónicas, en la que la flota británica, comandada por el almirante Horacio Nelson, obtuvo una victoria decisiva, asegurando la supremacía naval británica durante el resto de las guerras napoleónicas. Esto se debió a la pericia de Nelson, pero también algunos historiadores sugieren que Villeneuve, el almirante francés comandante de la flota francoespañola, pudo haber estado indeciso en momentos cruciales de la batalla y que su flota no estaba tan bien preparada como la británica. Sin embargo, no hay evidencia concluyente que demuestre que Villeneuve actuó por miedo o cobardía. En fin, puedo seguir estudiando el tema y lo discutimos el próximo año.

—Me parece muy bien, Jacinto, además he aprendido mucho con tu reseña de la batalla de San Vicente que no la tenía en mi memoria, pero en realidad fue la antesala a la gran batalla de Trafalgar. A ver si el próximo año discutimos la táctica empleada en la batalla de Trafalgar y lo que estimes conveniente.

—Muchas gracias, señor alcalde, que a mis los temas navales me interesan mucho. En realidad, soy un marino frustrado, ya que debería haber seguido la carrera naval. Sin embargo, acabe de portero de futbol en mi juventud y ahora de jefe de cocina del restaurante y sepulturero. Las decisiones que tomamos en la juventud nos marcan mucho. Muchas veces no se puede volver atrás y desandar el camino ya recorrido.

—Es cierto Jacinto. Sin embargo, a menudo esas decisiones están basadas en la falta de experiencia y en la búsqueda de identidad. Aunque algunas decisiones pueden tener consecuencias a largo plazo, muchas de ellas pueden ser rectificadas o adaptadas a medida que crecemos y aprendemos más sobre nosotros mismos y el mundo que nos rodea.

—Otros como yo no acabamos nunca de encontrar nuestro camino. Qué decir ahora en el mundo de los *influencers* y los teléfonos móviles donde los jóvenes van más perdidos. En fin, es lo que hay. Por cierto, debo ir al restaurante a preparar el menú para el mediodía.

—Te acompaño a la entrada y así Cherezada te dará el certificado que te firmo en el momento.

—Gracias, don Plutarco.

Después de recibir el certificado, Jacinto sale de la biblioteca en dirección al restaurante Sudor de Pato a cumplir con sus obligaciones laborales. Mientras tanto, el alcalde se dirige al lavabo. Al salir del lavabo, Cherezada se aproxima.

—Don Plutarco, su próximo invitado está en la sala esperando.

—Vale, vale, ya voy. Hoy ha sido un día muy ocupado.

Sentado en el gran salón hay un hombre de barba blanca, camisa del mismo color con tirantes negros.

—Hola, don Fermín, ¿cómo está?

—Hola, Plutarco, estoy estupendamente, ¿tú cómo estás?

—Aquí, resolviendo problemas de la comunidad que son muchos.

—Yo también estoy cada día muy liado entre las preparaciones de perfumes y opiáceos para el hospital, no paro. Mira, te he traído un frasco del perfume de lavanda que he preparado recientemente. Esta loción te ayudará a relajarte, evoca sensaciones de calma, tranquilidad y frescura. La lavanda es apreciada por sus propiedades relajantes. Se utiliza para reducir el estrés, la ansiedad y la tensión, promoviendo una sensación de bienestar y calma, así que te irá bien.

—Gracias, don Fermín, con solo olerla ya me siento relajado. Bien, vamos a la faena entonces. Te tengo apuntado con una obra de Shakespeare. Es difícil leer a ese autor.

—Sí, efectivamente, sobre todo si se lee en inglés, pues es un inglés muy complejo. Sin embargo, a mí me gusta leer a los autores en sus versiones originales, en castellano, francés o inglés. Al alemán y el ruso ya no llego, así que me tengo que conformar con la traducción, que a veces en la traducción se pierde la esencia del autor. Es como las películas, es mejor verlas en su versión original.

—Tiene toda la razón, don Fermín.

—Voy a comentar la obra de Shakespeare llamada *Macbeth,* ya que trata de temas relevantes en este mundo moderno. La obra fue escrita en 1606 y se basa en eventos históricos, pero Shakespeare la adapta y la mezcla con elementos de la tragedia y el drama psicológico. En general, la obra de William Shakespeare explora profundamente la naturaleza humana, sus emociones, ambiciones y contradicciones. En una de sus tragedias más conocidas, titulada *Macbeth*, Shakespeare examina los efectos destructivos de la ambición desmedida, el poder y la culpa que afecta a muchos. Basta solo mirarnos a nosotros mismos aquí en Naranjillo para ver las escenas descritas por Shakespeare.

—Sí, las pasiones humanas, don Fermín.

En *Macbeth*, los personajes principales, Macbeth y su esposa Lady Macbeth son consumidos por su deseo de poder. Macbeth, un noble escocés, comienza como un hombre honorable, pero cuando se le profetiza que llegará a ser rey, la ambición lo lleva a cometer un asesinato. Macbeth se siente profundamente perturbado por el hecho de haber matado a un rey que era su anfitrión y su pariente. A medida que avanza la obra, su paranoia se intensifica, y se ve consumido por la ansiedad y el miedo, lo que lo lleva a cometer más asesinatos para asegurarse su poder. Lady Macbeth, por su parte, es la instigadora de la tragedia, impulsando a su esposo a seguir sus deseos y cometer el crimen. Sin embargo, la ambición de ambos no solo destruye a otras personas, sino que también los consume a ellos mismos, llevándolos a la paranoia, la locura y, finalmente, la muerte. El tema de la culpa también es fundamental en la obra. Tras el asesinato del rey Duncan, tanto Macbeth como Lady Macbeth sienten un peso insoportable sobre sus consciencias, lo que se refleja en sus manifestaciones de angustia. La famosa escena en la que Lady Macbeth, al estar en un estado de delirio, intenta «lavarse» las manos para borrar la culpa del asesinato, muestra cómo el alma humana puede ser marcada por los actos que comete.

—Esta obra es muy interesante, don Fermín, pues a través de *Macbeth*, Shakespeare no solo nos presenta a un hombre que se ve arrastrado por sus ambiciones, sino también las consecuencias emocionales y psicológicas de actuar en contra de la moral y de los propios valores.

—Efectivamente. La obra explora cómo el poder y la ambición pueden corromper el alma humana, pero también plantea preguntas sobre la fatalidad y el destino, ya que las profecías de las brujas parecen jugar un papel crucial en el desenlace de la historia. Las brujas, o Hermanas Fatídicas, juegan un papel clave en el desarrollo de la obra al profetizar el futuro de Macbeth. Al principio de la obra, cuando se encuentran con Macbeth y Banquo, le revelan a Macbeth tres importantes profecías: 1) que será rey, 2) que se convertirá en el Thane de Cawdor (un título que aún no había recibido) y 3) que sus descendientes no serán reyes, sino que Banquo será el ancestro de reyes. En resumen, *Macbeth* es una obra que examina las profundidades de la psique humana, cómo las decisiones basadas en deseos egoístas pueden llevar a la ruina, y cómo el remordimiento, la culpa y el poder son fuerzas que nos definen. A través de un lenguaje metafórico y sensorial, la obra indaga en lo prohibido, explora la trasgresión y ofrece la oportunidad única de compartir la vida interior de un asesino con su horror y misterio. La obra deja abierta la interrogante de si Macbeth es realmente un hombre destinado a la tragedia o si él mismo, a través de sus decisiones y su interpretación de las profecías, crea su propio destino trágico.

—¿Cuáles cree que son las principales enseñanzas de esta obra? —pregunta don Plutarco.

—Hay muchas enseñanzas en esta obra, pero quiero destacar la culpa. La culpa es una de las fuerzas más poderosas en la obra. Tanto Macbeth como Lady Macbeth experimentan un intenso tormento psicológico después de cometer el asesinato de Duncan. Este tormento muestra cómo los actos inmorales pueden afectar profundamente a la mente y el alma. La culpa se convierte en una carga que es difícil de quitar, y la obra enseña que los crímenes, aunque aparentemente solucionados o encubiertos, dejan una marca profunda en la conciencia. Shakespeare analiza cómo las decisiones morales y los dilemas internos pueden llevar a la autodestrucción. Esto también refleja el creciente interés de la época en los aspectos psicológicos de la tragedia, que ya eran prominentes en otras obras de Shakespeare. Sin embargo, podemos sanarnos de la culpa. La culpa no siempre tiene que ser una carga eterna. Muchas veces, enfrentarse a la culpa y reconocer nuestros errores puede ser el primer paso hacia el perdón y la sanación, tanto con los demás como con nosotros mismos. En algunos casos, podemos aprender de nuestros errores y hacer cambios positivos. En resumen, la culpa es una emoción humana que nos ayuda a reconocer y corregir nuestros errores, pero cuando se vuelve excesiva o mal gestionada, puede tener efectos negativos en nuestro bienestar emocional, como hemos visto en la obra que hemos resumido.

—Magnífico, don Fermín. Este tema es muy interesante y nos puede servir a todos en Naranjillo para reflexionar sobre nuestras propias culpas, ambiciones desmedidas, etc.

—Bueno, quizá podríamos discutir esta obra en las reuniones con la comunidad —dice don Fermín.

—Buena idea. En un par de meses podrimos organizar una tertulia para hablar de esos temas.

Capítulo XII

—Hola, fray Ruperto, ¿cómo está hoy?

—Muy bien, a pesar del calor. ¿Y tú? No nos vemos desde el día del famoso duelo.

—Sí, es verdad que no hemos coincidido. Voy de camino al trabajo para poder pagar las cuentas y poner un plato caliente en la mesa.

—Qué coincidencia que nos encontramos aquí, estaba pensando pasar por el restaurante para charlar contigo un rato. Por lo demás, doña Sagrario me ha invitado muchas veces al restaurante, —dice que me tiene mesa reservada —, mis labores pastorales no me dejan mucho tiempo. Hoy, si tengo tiempo, podríamos comer juntos.

—Me encantaría, pero debo estar en la cocina. Solo he salido para presentar mi resumen anual al señor alcalde.

—Ah, ya entiendo.

—Podemos quedar otro día, si te parece bien, me gustaría saber un poco la historia del pueblo y sus primeros habitantes. Tengo entendido que tenías un pariente que vivió aquí en el pueblo en el siglo XVIII y era oficial de la real armada británica. Estoy tratando de hacer una crónica de la historia del pueblo.

—Sí, mi décimo abuelo fue capitán en la real armada británica, un hombre de valor. Me parece una buena idea lo de la crónica. Si quiere que conversemos sobre mi antepasado, podría pasar por su casa el miércoles por la tarde después de las diez y nueve horas.

—Sería estupendo.

Fray Ruperto y Jacinto caminan juntos en dirección al restaurante El Sudor de Pato. Al llegar al restaurante Jacinto se despide de fray Ruperto.

—Nos vemos el miércoles —dice Jacinto.

—Perfecto, te espero en casa. Pensándolo mejor, voy a entrar a almorzar aquí, ya que es hora de comer —dice fray Ruperto.

—Estupendo. Doña Sagrario va a estar encantada que venga al restaurante. Hoy tenemos de primero sopa de iguana verde que está muy buena y es uno de los platos típicos del restaurante, de segundo creo que tenemos la opción de chuletón con patatas o trucha de río.

Son las trece treinta horas. Fray Ruperto y Jacinto entran al restaurante donde hay mucha gente. Doña Sagrario se pasea por el restaurante con su vaso con pacharán. Fray Ruperto y Jacinto avanzan entre las mesas, con paso firme pero cauteloso, observando la animada conversación de los comensales y el murmullo de la música de fondo que llena el aire. El restaurante, aunque abarrotado, tiene una atmósfera acogedora, con la luz suave de las lámparas creando sombras danzantes en las paredes. Doña Sagrario, siempre de paso, parecía como un susurro entre las mesas, con su vaso de pacharán siempre a medio terminar. Su mirada se posa en cada rincón con una curiosidad afilada, mientras su sonrisa parece guardar secretos.

—¡Ay, Jacinto! —exclamó fray Ruperto, bajando la voz—. Este lugar me parece... peculiar. La gente aquí parece estar buscando algo más que comida. ¿No lo notas?

Jacinto, el hombre alto de pelo rojo con un rostro marcado por los años de trabajo, se encogió de hombros.

—La gente busca lo que busca, padre. Algunos, un buen trago. Otros, un buen rato. Y unos pocos, quizás algo más profundo. Pero no me atrevería a preguntar qué.

Mientras tanto, doña Sagrario llegó al lado de fray Ruperto, sin hacer ruido, con su paso ligero.

—Bienvenido fray Ruperto, qué alegría verlo. Su mesa lleva meses esperando ¿Usted también siente esa vibra? —preguntó en voz baja, como si compartiera una confesión que nadie debía descubrir.

Fray Ruperto la miró con una mezcla de intriga y recelo. —¿Qué quiere decir, doña Sagrario?

—Este lugar… —dijo ella con un leve toque de misterio—, no solo alimenta el cuerpo, sino también el alma. Hay algo en el aire… algo que hace que todos vengan aquí buscando algo más. Y algunos lo encuentran. Otros, no tanto.

Jacinto levantó una ceja, pero no dijo nada. En ese momento, la atención de todos se desvió brevemente hacia la camarera, que se acercaba con una bandeja llena de copas de vino, interrumpiendo la conversación. Sin embargo, la inquietud persistió en el aire, como si las palabras no dichas estuvieran a punto de revelarse en cualquier momento.

El restaurante, con su bullicio constante, parecía albergar mucho más de lo que mostraba a simple vista. La madera del restaurante, los azulejos rotos y la pintura deslucida en las paredes le daban una sensación de nostalgia, como si todo estuviera marcado por el paso del tiempo, pero a la vez, inmune a él. Dona Sagrario le indicó la mesa que le tenía reservada a fray Ruperto; Jacinto se marchó a la cocina. En ese momento, un hombre con un sombrero de ala ancha y un abrigo largo, de esos que no se ven a menudo, entró al restaurante. Sus ojos oscuros recorrieron la sala con una intensidad que, aunque parecía casual, no pasó desapercibida para aquellos que estaban atentos.

El hombre se acercó a la barra sin pronunciar palabra, y apenas se sentó, el camarero le sirvió una copa de vino tinto. No pidió nada más. Por un instante, el ruido del restaurante se apagó en los oídos de fray Ruperto y doña Sagrario, como si el hombre de sombrero hubiera cortado el aire con su presencia.

Fray Ruperto lo observó por un momento. Su rostro me resulta familiar, pensó. Hay algo en su manera de entrar que me inquieta. Como si estuviera esperando algo, o alguien, pensó el fraile. Doña Sagrario, siempre observadora, no desvió la vista de él. La atmósfera del restaurante, tan viva y bulliciosa de repente parecía haberse congelado en un breve instante. Los murmullos se volvieron susurros, y todos parecían inconscientemente alinearse con la mirada fija en el hombre del sombrero. No hubo un solo movimiento, ni una palabra, solo una tensión palpable en el aire.

Finalmente, el hombre se levantó, y con calma, se dirigió hacia la mesa de fray Ruperto.

—Buenas tardes —saludó el hombre, su voz profunda y serena. No parecía una pregunta, sino una afirmación.

Fray Ruperto, por primera vez en mucho tiempo, sintió un escalofrío en la espalda.

—¿Puedo acompañarlo? —preguntó el extraño, mirando a fray Ruperto.

El hombre tomó otro sorbo de vino, pero su mirada seguía fija en fray Ruperto. Había algo en sus ojos que delataba más que una simple búsqueda de compañía. La desesperación estaba ahí, oculta detrás de una calma tensa, como un torrente de dudas que amenazaba con desbordarse en cualquier momento.

Fray Ruperto, consciente de esa inquietud, no tardó en comprender que aquel hombre necesitaba algo más que una conversación trivial. Algo más profundo. Algo que solo él podría ofrecer.

—¿Te sucede algo, amigo? —preguntó fray Ruperto, con voz suave pero firme. Su tono, cálido y directo, intentaba calmar la tormenta interna del extraño.

El hombre suspiró profundamente, como si llevara consigo años de carga, y al fin rompió el silencio.

—He venido… porque ya no sé qué hacer —dijo, su voz temblorosa, como si se tratara de un secreto de años que, finalmente, había decidido revelar—. He perdido la fe, padre. Ya no creo en nada. Y eso me está carcomiendo por dentro.

Doña Sagrario, que estaba de pie junto a la mesa de fray Ruperto, hasta entonces había estado observando en silencio, no pudo evitar reaccionar. Sus ojos se entrecerraron, y por un momento, su tono habitual de misterio se desvaneció, sustituyéndolo por una sinceridad inusitada.

—Perder la fe no es algo fácil, querido —dijo suavemente, casi como si estuviera hablando consigo misma. —Pero no se trata de un simple «perder» y «encontrar». A veces, lo que perdemos, en realidad, se convierte en la puerta para descubrir algo más grande.

El hombre la miró con confusión, pero fray Ruperto asintió lentamente, reconociendo la sabiduría en sus palabras.

—Es cierto —dijo fray Ruperto, dirigiéndose al hombre—. La fe no es algo que se pueda encontrar fácilmente cuando se pierde. A veces, es más un viaje, un camino de incertidumbre. Pero lo importante, mi amigo, es que no estás solo en ese viaje. El primer paso es reconocer el dolor, y ya lo has hecho.

El hombre, cuya expresión de angustia había sido palpable desde que entró, ahora pareció más receptivo. Sus ojos, antes perdidos, parecían mirar con más claridad, aunque la sombra de la duda seguía ahí, como un velo sobre su alma.

—¿Cómo encontrar la fe, padre? —preguntó, su tono ya menos desesperado, pero aún lleno de incertidumbre.

Fray Ruperto sonrió levemente, sin desviar la mirada.

—No es algo que se pueda enseñar con palabras, sino con el corazón. La fe, como el agua, fluye cuando más la necesitamos, aunque a veces se esconde bajo las rocas de nuestras dudas. Mi consejo… es que dejes de buscarla como algo que se pueda agarrar. La fe no es un objeto, ni una respuesta que se da de inmediato. Es una relación, un diálogo, un susurro en medio del caos. Y debes aprender a escuchar ese susurro, incluso cuando el ruido del mundo te lo impida.

El hombre lo miró fijamente, como si buscara en las palabras de fray Ruperto una señal, una respuesta que lo guiara. Y, por un momento, el bullicio del restaurante, la música, las voces de los comensales, parecieron desvanecerse. Solo quedaban él, el fraile y su dolor.

—Creo que lo entiendo —dijo, pero sus ojos seguían reflejando la misma lucha interna—. Pero… ¿Y si no puedo encontrar ese susurro? ¿Y si la oscuridad es todo lo que veo?

Doña Sagrario, sin perder su aire de calma, se inclinó hacia él, mirando directamente a sus ojos.

—La oscuridad no es el fin, querido —dijo en un susurro—. Solo es el principio de un nuevo despertar. La fe no siempre está en la luz. A veces, es en la sombra donde se encuentra la verdad más profunda.

El hombre asintió lentamente, aunque las dudas aún no se desvanecían por completo. Pero, al menos, ahora sentía que había algo en que aferrarse.

Fray Ruperto puso una mano sobre su hombro, un gesto de consuelo.

—La fe es como un camino que no siempre podemos ver claramente. Pero es en los momentos más oscuros cuando, si seguimos caminando, la luz comienza a aparecer. Tienes que confiar en que, incluso en la incertidumbre, hay algo más grande que te sostiene.

El hombre cerró los ojos por un momento, y cuando los abrió, una pequeña chispa de esperanza pareció brillar en su mirada. La conversación había comenzado como una lucha interna, pero ahora, lentamente, estaba tomando un rumbo más sereno.

Doña Sagrario levantó su vaso de pacharán, como si quisiera brindar por la paz que, de alguna manera, acababa de nacer en aquel rincón del restaurante.

—A veces, las respuestas no están en los libros —dijo, mirando al hombre con una sonrisa llena de sabiduría—. Están en el aire, en el susurro de cada encuentro.

El hombre, por primera vez en mucho tiempo, sonrió débilmente. El camino hacia lo que buscaba no estaba claro, pero algo en su interior había cambiado. Tal vez, solo tal vez, la búsqueda había dado un pequeño paso hacia adelante.

El hombre del sombrero dejó escapar un suspiro largo, como si se hubiera quitado un peso de encima, aunque la tormenta dentro de él aún no se había disipado por completo. Miró a fray Ruperto, y a doña Sagrario, como si intentara comprender cómo personas tan diferentes podían ofrecerle un consuelo tan sincero. Era evidente que buscaba algo más, algo profundo que no podía explicarse solo con palabras.

—Lo que dice, padre, me da algo de esperanza, pero… ¿Cómo saber si realmente estoy en el camino correcto? —preguntó, con una duda palpable que parecía envolver su alma.

Fray Ruperto lo miró fijamente. El fraile había escuchado muchas confesiones, pero algo en la mirada de aquel hombre lo tocaba más profundamente. Este no era un caso de simple duda religiosa. No, este hombre había perdido algo mucho más valioso: la confianza en sí mismo, en el orden del mundo y, tal vez, incluso en la humanidad.

—A veces, el camino no es claro. No hay una señal que nos diga exactamente qué hacer, ni un mapa que nos guíe. —Fray Ruperto pausó, tomando un sorbo de su copa de vino, como si reflexionara sobre sus propias palabras—. La fe no se mide por las respuestas que tenemos, sino por la confianza que encontramos para seguir adelante, aunque las respuestas no lleguen de inmediato. Es el mismo acto de caminar, aunque no veamos el final del camino.

—Yo he tenido mis propios momentos de crisis, amigo dijo fray Ruperto. Todos tenemos dudas, todos pasamos por momentos oscuros, en los que el mundo parece que no tiene sentido. Pero te aseguro que, cuando encuentras un propósito más allá de uno mismo, el peso de la incertidumbre se aligera. No es magia ni milagro, es simplemente... encontrar la manera de seguir, aunque no tengas todas las respuestas. El hombre del sombrero asintió lentamente, absorbiendo las palabras de fray Ruperto, que hablaba con una sabiduría adquirida a través de la vida y la experiencia.

—Y lo más importante —añadió doña Sagrario, sin perder su aire tranquilo— es recordar que no estás solo. Todos estamos buscando algo. Algunos lo encuentran en la fe, otros en las personas que los rodean, y otros simplemente lo hallan al seguir adelante. Lo que importa es no dejar de caminar.

El hombre parecía más calmado, como si un pequeño resquicio de luz se hubiera abierto en su corazón. La tensión en su rostro había disminuido, aunque todavía quedaba en sus ojos un rastro de incertidumbre.

—¿Y si no soy capaz de encontrar la fe, entonces? —preguntó, su voz ahora más suave, casi vulnerable.

Fray Ruperto lo miró con comprensión, un destello de compasión en su mirada.

—No se trata de ser capaz o no. La fe no es un examen. Es una relación, y como cualquier relación, tiene altos y bajos. Pero si te mantienes abierto, dispuesto a recibir, aunque sea en pequeñas dosis, verás que la fe no se va, solo se transforma. Cada paso que das hacia la apertura es un paso hacia la paz interior. No se trata de alcanzar la perfección, sino de aprender a vivir con los altibajos.

El hombre, con un aire de resignación tranquila, dejó que sus hombros se relajaran un poco más. Parecía más dispuesto a aceptar que su viaje no requería respuestas absolutas, sino una aceptación del proceso en sí mismo. No tenía que resolverlo todo en ese instante.

Doña Sagrario levantó su vaso de pacharán, como si fuera un brindis para ese pequeño momento de revelación que había ocurrido.

—A veces, el silencio y la incertidumbre nos enseñan más que las respuestas. No tengas miedo de no saber, querido. Quizás lo que más necesitamos es aprender a vivir con la duda.

El hombre del sombrero sonrió levemente, un gesto tímido, pero genuino. Algo en su expresión había cambiado. No sabía qué depararía el futuro, pero en ese momento, parecía haber encontrado algo que lo conectaba con la posibilidad de seguir buscando, incluso sin tener todas las respuestas.

Fray Ruperto dio un golpe suave en la mesa, levantando su copa.

—Por los caminos inciertos y las respuestas que aún están por venir. —dijo con una sonrisa.

Doña Sagrario brindó al aire, como si compartiera su propia sabiduría, tan sutil y profunda que solo unos pocos podían entenderla en toda su magnitud.

El hombre levantó su copa con una ligera sonrisa.

—Por los caminos inciertos —repitió, más tranquilo, pero con un brillo nuevo en los ojos.

Y mientras el sol brillaba, sumiendo el restaurante en una luz cálida y dorada, algo en el aire parecía haber cambiado. La incertidumbre seguía ahí, pero ya no parecía tan temible. Había un sentido de comunidad, de que todos estaban en el mismo viaje, enfrentando las mismas dudas, y al mismo tiempo, apoyándose unos a otros en el proceso.

El hombre del sombrero se quedó en silencio por un momento, reflexionando sobre todo lo que se había dicho.

Finalmente, sus ojos brillaron con un destello de gratitud. Su postura se suavizó aún más, y la pesada carga que parecía arrastrar consigo comenzó a desvanecerse lentamente.

—Gracias, padre —dijo en voz baja, pero con una sinceridad palpable. —No sé si tengo todas las respuestas, pero al menos ahora siento que puedo seguir buscando, sin miedo. Lo que me dice… me da paz. No esperaba encontrar esto aquí, ni en este momento.

Fray Ruperto sonrió, reconociendo en sus palabras una especie de alivio silencioso, un cambio que no se medía en palabras, sino en el tono de la voz y la mirada.

—La paz siempre aparece cuando menos la esperamos, amigo. No dudes en seguir tu camino, sea cual sea. La búsqueda siempre es válida, y como hemos dicho, no importa la oscuridad, sino la voluntad de seguir. No estás solo.

El hombre asintió, mirando a cada uno de los presentes con gratitud. Soy Florencio Botijo Ortega.

—Voy a seguir mi camino, como dices. Hay algo en mí que se ha despertado. Soy pintor, ya lo verán. Y a veces, pintar es la única forma en que encuentro paz, en que mi alma se calma. Tal vez, a través de mis cuadros, pueda encontrar la luz que aún busco.

Doña Sagrario, con una sonrisa en los labios, levantó su vaso de pacharán una vez más.

—¡Que la luz te acompañe en cada trazo! —dijo con un brillo en los ojos.

El hombre sonrió y, por primera vez desde que entró al restaurante, pareció aliviado. Tomó su sombrero con una mano, ajustándoselo sobre la cabeza, y se levantó de la mesa.

—Gracias a todos. No olviden lo que me dijeron. Si alguna vez mis cuadros llegan a sus manos, sepan que son un reflejo de lo que siento en este momento. Tal vez algún día nos crucemos de nuevo.

Con un leve asentimiento, se dio la vuelta y caminó hacia la puerta. El bullicio del restaurante, que había sido testigo de su lucha interna, parecía ahora más lejano, como si el propio hombre se hubiera llevado consigo una parte del ruido, dejando atrás solo la calma.

Antes de salir, se detuvo en el umbral de la puerta, mirando una vez más a los dos que se habían convertido, sin saberlo, en sus confidentes.

—Voy a pintar, lo prometo —dijo con una firmeza renovada, casi como un juramento. —Y cuando lo haga, me aseguraré de poner toda esa luz que encontré aquí, en cada uno de mis cuadros.

Y, con una última mirada hacia el grupo, el hombre del sombrero salió, dejando atrás el restaurante, las palabras compartidas y un camino nuevo por recorrer.

Fray Ruperto y doña Sagrario se quedaron en silencio por un momento, observando cómo la figura del hombre se desvanecía en la distancia. Había algo en su partida que dejó una sensación de cierre, como si el destino del pintor y el de ellos se hubieran entrelazado, aunque fuera por un instante fugaz.

Fray Ruperto fue el primero en romper el silencio, con una sonrisa sabia en su rostro.

—El arte… a veces es lo único que puede rescatar a un alma perdida. Pero lo importante es que él ya ha encontrado un propósito. Y eso, en sí mismo, es un milagro.

Doña Sagrario, siempre en su propio mundo, asintió lentamente mientras se daba un último sorbo a su pacharán.

—Sí, y lo más curioso de todo… es que él no necesitaba tanto de nosotros. Su fe, aunque perdida, siempre estuvo dentro de él. Solo hacía falta un pequeño empujón.

Fray Ruperto miró hacia la puerta, como si esperara que el pintor regresara. Pero luego, con una sonrisa tranquila, se volvió hacia el interior del restaurante.

—Quizás, a veces, lo único que necesitamos es un lugar donde podamos ser escuchados. Y en ese momento, eso fue todo lo que él necesitaba. Que su alma hablara, aunque solo fuera por un rato, pensó Fray Ruperto.

Aunque no estaba claro qué le depararía el futuro al pintor, en ese pequeño rincón del restaurante, todos sabían que había sucedido algo importante. Algo que nunca se podría borrar, ni siquiera con el paso del tiempo.

Fray Ruperto se quedó en silencio después de que Florencio, el pintor, abandonara el restaurante. Sus ojos siguieron la figura del hombre que se desvanecía a lo lejos, y por un momento, todo el bullicio del lugar se desdibujó, como si el tiempo mismo hubiera hecho una pausa. Los ecos de la conversación, las palabras de esperanza que le había ofrecido a Florencio, resonaban ahora en su mente con un tono diferente.

¿Soy yo realmente la persona indicada para ofrecer consuelo? pensó, mientras sus manos se cerraban con un apretón involuntario. Algo en el fondo de su ser comenzaba a removerse, una inquietud que había estado ocultando durante mucho tiempo. Fray Ruperto, el hombre que llegó a Naranjillo buscando un tesoro, algo más tangible que la fe que el mismo pretendía ofrecer en su papel de cura, dudaba de su rol en la vida. Un tesoro que, había oído en historias, estaba escondido en algún rincón olvidado en Naranjillo y había sido su preocupación.

Pero, al llegar a Naranjillo y con el tiempo, los anhelos de riquezas fueron desvaneciéndose, y lo que parecía ser una búsqueda de oro se ha ido transformando, lentamente, en una búsqueda más interna. Sin embargo, esa transformación no había sido del todo genuina. La raíz de su llegada a este pueblo, de su elección de ser fraile, no había sido la fe, sino una mezcla de desesperación, ambición y miedo. Y ahora, esa misma fe que había tratado de predicar a Florencio lo estaba cuestionando a él.

¿Realmente he recibido la gracia de la fe? Esta pregunta le martillaba en la cabeza como una campana que nunca dejaba de sonar. Fray Ruperto, con su hábito raído y su cruz en el pecho, se sintió, en ese instante, como un impostor. Había predicado sobre la fe, sobre el perdón, sobre la salvación del alma. Había dado consejos, había rezado con fervor, pero… ¿Había experimentado realmente la gracia de la fe en su propio corazón? ¿O solo había estado ocultándose en una fachada construida de palabras que ni siquiera él mismo comprendía completamente?

¿He seguido un camino recto o me he apartado de todo bien? pensó con angustia. En su interior, sentía que su corazón había estado marcado por la ambición desde el principio. Un repentino dolor en el pecho lo hizo sentir la carga de esa realización. Recordó sus años de juventud, cuando soñaba con ser alguien. Recordaba cómo, en su corazón, había anhelado ser un hombre de importancia, de relevancia, con una misión trascendental que justificara su existencia. Pero nunca encontró ese tesoro dorado. ¿Era posible que nunca hubiera encontrado la verdadera fe porque, tal vez, no estaba dispuesto a dejar de lado sus propios deseos, sus propios miedos?

—Yo también estoy perdido —murmuró en voz baja, sin darse cuenta de que estaba hablando en voz alta.

Doña Sagrario, que había estado observando en silencio, lo miró con una leve sonrisa, como si hubiera captado la esencia de lo que fray Ruperto acababa de decir.

—¿Qué es lo que le consume, padre? —preguntó, acercándose un poco más a su mesa, sabiendo que sus palabras no eran solo para Florencio, sino también para él.

Fray Ruperto no pudo evitar sentirse vulnerable ante la mirada de la mujer. Era como si ella, con su tranquilo pacharán y su andar errante, supiera algo que él no alcanzaba a comprender.

—Me pregunto si alguna vez he tenido la fe verdadera. He estado predicando durante tanto tiempo, pero… ¿he seguido mi propio camino? —Fray Ruperto se frotó la frente, como si intentara despejar la niebla que se había formado en su mente—. Me siento… como un impostor. Como si mis palabras no fueran más que ecos vacíos. No sé si el camino que he seguido es el que Dios me ha señalado.

Doña Sagrario no respondió de inmediato. En lugar de eso, se sentó frente a él, observándolo con una mirada penetrante, pero tranquila. Luego, con voz suave, casi como si estuviera compartiendo una confesión propia, dijo:

—Los que creen que tienen todas las respuestas, como los que creen tener todo el control, están perdidos en su propia certeza. La verdadera fe es saber que, aunque no entiendas todo, hay algo que te guía.

Fray Ruperto la miró, pero no dijo nada. Sus palabras le parecieron un bálsamo, pero también una revelación dolorosa. El problema no era que no tuviera fe, sino que había buscado la fe en la dirección equivocada. La había confundido con seguridad, con perfección, con algo que se pudiera poseer. Pero, en realidad, la fe era un proceso constante, un camino de transformación que solo se lograba a través de la apertura, de la humildad, de aceptar que no todo se podía entender.

—Creo que tengo miedo —dijo, finalmente, con voz baja—. Miedo de que nunca seré el hombre que debo ser. Miedo de que he estado engañándome a mí mismo todo este tiempo.

Doña Sagrario, como si lo supiera de antemano, sonrió y levantó su vaso con pacharán.

—Todos tenemos miedo, padre. Eso es lo que nos hace humanos. Pero el miedo no es el enemigo. El enemigo es cuando dejamos de caminar por miedo a caernos. La fe, al final, es solo dar el siguiente paso, aunque no veas el camino completo.

Fray Ruperto se quedó en silencio, absorbiendo sus palabras. Aquel momento, tan simple, tan cotidiano, había tocado una fibra profunda en su alma. Quizá no necesitaba respuestas, tal vez solo necesitaba seguir adelante, con todas sus dudas, con toda su humanidad.

—Gracias, doña Sagrario —dijo finalmente, levantando la copa en señal de reconocimiento.

Ella asintió, contenta de verlo más sereno.

—No es de mí de quien debes agradecer. Es de ti mismo, por seguir caminando.

No sabía si alguna vez encontraría el oro de los piratas. No sabía si las leyendas del tesoro escondido en Naranjillo eran ciertas. Pero algo en su corazón le decía que, si continuaba buscando su verdadero camino, tal vez encontraría algo mucho más valioso que cualquier tesoro material.

Capítulo XIII

Son las diez y nueve horas y al escuchar el llamado a la puerta, Fray Ruperto abrió lentamente la puerta de su casa. Allí estaba Jacinto.

—Buenas tardes, fray Ruperto —saludó Jacinto, mientras entraba y cerraba la puerta detrás de él—. Espero no haber llegado demasiado tarde.

Fray Ruperto levantó la vista y sonrió cálidamente.

—No, Jacinto, justo a tiempo. Estaba esperando con ansias nuestra charla. Tienes información valiosa que podría enriquecer mucho lo que estoy escribiendo sobre el pueblo de Naranjillo. Sé que tu familia tiene una historia interesante en esos lugares. Adelante, estás en tu casa —dice fray Ruperto.

En el pequeño salón, había una larga mesa de madera envejecida, llena de papeles y libros. El ambiente era tranquilo, pero Jacinto notaba que en los ojos del fraile brillaba una curiosidad que no lograba disimular.

Jacinto se sentó en la silla frente a él y dejó sobre la mesa una carpeta que contenía documentos antiguos, recortes de periódico y varias cartas. Mientras fray Ruperto los observaba, Jacinto habló con tono serio:

—Mi familia ha estado en Naranjillo desde hace generaciones, y, como bien sabe, uno de mis ancestros, el décimo abuelo de la rama paterna fue capitán de la armada británica en el siglo XVIII. Su nombre era Michael Stich, y se encargaba de las rutas comerciales por el Caribe.

Fray Ruperto asintió, tomando una copa de vino que tenía cerca y escuchando atentamente.

—¿Y qué hacía Michael Stich, el capitán británico, en Naranjillo, un sitio tan alejado del mar? —preguntó el fraile, inclinándose un poco hacia adelante, como si no quisiera perderse ni una palabra.

Jacinto vaciló por un momento antes de responder. Sabía que el fraile estaba interesado en el tesoro, pero no estaba seguro de cuánto debía revelar de lo que había oído hablar en la familia sobre los oscuros tratos de su antepasado, el capitán británico.

—A lo largo de los años, se ha hablado mucho sobre mi familia y en particular mi ancestro Michael Stich. Muchos rumores giran alrededor de ese periodo. Stich no solo era un capitán británico, sino que también estaba relacionado con piratas que saqueaban la región.

Fray Ruperto se inclinó más hacia adelante, visiblemente interesado.

—¿Y crees que esos rumores pueden ser ciertos? ¿Que tu ancestro tuvo algún trato con piratas?

Jacinto dejó escapar un suspiro, sin dejar de mirar los papeles en la mesa.

—Es posible. He encontrado varios documentos que hablan de mi ancestro Stich, pero en ninguno se habla de piratas directamente. Sin embargo, en algunas cartas de mi antepasado, vale decir el capitán Stich, se mencionan encuentros en lugares aislados, lejos de las rutas oficiales... y con figuras de dudosa reputación. Aunque no se menciona un tesoro, nunca se ha descartado la posibilidad de que los bienes conseguidos por Stich hayan sido ocultados en Naranjillo.

Fray Ruperto frunció el ceño, pensativo. Sabía que algo más debía estar detrás de toda esa información.

—Interesante... Y supongo que tú no conoces nada de ese supuesto tesoro, ¿verdad?

Jacinto se cruzó de brazos, miró fijamente al fraile y dijo en voz baja:

—No estoy seguro de qué pensar, fray Ruperto. Pero de algo estoy convencido: si existe un tesoro escondido, probablemente mi familia lo haya ocultado o destruido, por razones que desconozco. Lo que sí sé es que la historia de Stich en Naranjillo no termina solo en batallas y comercio... algo más oscuro se esconde en estas tierras.

Fray Ruperto asintió lentamente, comprendiendo que Jacinto no tenía todas las respuestas, pero su conocimiento de la historia del pueblo y su familia lo ponía un paso adelante en su investigación. El fraile se levantó y caminó hacia una estantería repleta de antiguos pergaminos y libros.

—Creo que esto acaba de volverse más interesante, Jacinto. Voy a revisar todos estos documentos con más detenimiento. Quizás, entre las sombras del pasado, encontremos la clave que nos lleve a descubrir lo que se esconde en Naranjillo.

Jacinto miró al fraile con una mezcla de incertidumbre y curiosidad. Sabía que, de alguna manera, la verdad sobre el tesoro y la conexión de su familia con los piratas estaba mucho más cerca de lo que pensaba.

—He traído esta carpeta con los documentos que han estado en casa relacionados con mi antepasado. Claro, estos documentos están manuscritos en inglés. Así que no los puedo leer y tampoco puedo usar traductores de internet, pues en el pueblo, ya sabemos esas tecnologías no las tenemos.

Fray Ruperto, al escuchar la preocupación de Jacinto, miró los documentos con interés y asintió, comprendiendo el desafío que se presentaba.

—Entiendo, Jacinto —dijo el fraile, tomando suavemente la carpeta que le había entregado—. No te preocupes, no es necesario que uses traductores de internet. Yo conozco una persona que sabe un poco de inglés, y con suerte podremos descifrar los textos. Creo que podré ayudarte a interpretar los documentos que traes.

Jacinto, aliviado, pero aún con dudas, observó cómo fray Ruperto comenzaba a revisar el primer manuscrito, que parecía antiguo y con letra cuidada, aunque algo desgastada por el paso del tiempo.

—¿Cree que encontrará algo útil en ellos? —preguntó Jacinto, con un tono de curiosidad, pero también algo de escepticismo. No sabía hasta qué punto los escritos podían aportar algo concreto sobre el tesoro.

Fray Ruperto sonrió, con una mirada que denotaba una mezcla de paciencia y esperanza.

—Lo que siempre he aprendido en mi trabajo de cronista es que hasta el más pequeño de los detalles puede llevarnos a una gran revelación. A veces, un nombre, una fecha o una simple mención a un lugar son las claves para desvelar misterios olvidados. Además, el hecho de que estos documentos hayan estado en tu familia durante generaciones puede significar que contienen información crucial que no se encuentra en otro lado.

El fraile comenzó a leer en voz baja, primero el título de un documento, luego algunas líneas más.

—Este parece ser un contrato o acuerdo de alguna índole, posiblemente relacionado con el comercio o con una expedición. Si no me equivoco, menciona a un tal

Francisco de Borja y a Michael Stich en una parte crucial. Veamos qué más se menciona en este fragmento…

Fray Ruperto continuó observando detalladamente los documentos. Tratando de descifrar el texto a pesar de su rudimentario inglés. Jacinto observaba atentamente, esperando escuchar algo relevante. Pasaron algunos minutos, y finalmente el fraile levantó la vista.

—Esto es interesante, Jacinto. El documento habla de una especie de acuerdo entre tu ancestro, el capitán Stich y un tal Borja, donde mencionan la «distribución de bienes» de una expedición reciente. Lo curioso es que no se especifica de qué bienes se trata, solo que serían entregados a ciertos «cooperadores» en Naranjillo. Aquí podría haber algo relacionado con el tesoro.

Jacinto frunció el ceño, tratando de recordar lo que había oído en su familia sobre esa época.

—¿Cooperadores? ¿Te refieres a más personas involucradas, tal vez piratas?

Fray Ruperto asintió lentamente.

—Exactamente. Aquí podría haber una pista importante. Los términos del acuerdo son vagos, pero sugieren que no solo los capitanes estaban involucrados en las operaciones. Es posible que se tratara de una red secreta de colaboradores locales, tal vez incluso de miembros del pueblo, que ayudaron en actividades más... ilícitas.

Jacinto pensó por un momento, mirando los documentos con cautela.

—Si lo que dice es cierto, tal vez esos «cooperadores» aún estén relacionados con algo del pasado de Naranjillo, y tal vez... el tesoro esté más cerca de lo que pensábamos.

Fray Ruperto, tras dejar el manuscrito a un lado, lo miró con seriedad.

—Esto no es una coincidencia, Jacinto. Lo que estás trayendo podría ser la clave para descubrir el misterio. Sigamos revisando estos documentos, paso a paso. Quizás podamos encontrar más pistas que nos lleven a ese tesoro, si es que realmente existe.

Jacinto asintió, sintiendo una mezcla de emoción y cautela. Sabía que esto era solo el comienzo de un viaje que podría cambiar todo lo que pensaba sobre su familia y sobre el pueblo de Naranjillo.

Fray Ruperto y Jacinto continuaron revisando los documentos, página tras página. Los pergaminos eran antiguos, con bordes gastados y tinta desvaída por los años, pero la información que contenían parecía cada vez más intrigante. En uno de los papeles, fray Ruperto leyó en voz baja, casi como si estuviera desentrañando un antiguo hechizo:

—Aquí hay algo más. Este documento menciona «una isla secreta», un lugar fuera de las rutas conocidas. El texto creo que relata que Borja y Stich acordaron que el botín obtenido en sus travesuras de la armada y los piratas sería enterrado en ese lugar. «Donde el sol y la luna se cruzan, el tesoro será ocultado para siempre, esperando la llegada de quien se atreva a buscarlo», creo que se puede leer aquí.

Jacinto frunció el ceño, un tanto confundido por el enigma.

—¿Una isla secreta? No entiendo... ¿Qué quiere decir con «donde el sol y la luna se cruzan»? ¿Será una metáfora?

Fray Ruperto, pensativo, se frotó la barbilla y luego sonrió levemente, como si una idea comenzara a tomar forma.

—Es posible que sea una metáfora. Muchos piratas usaban este tipo de frases para referirse a puntos geográficos muy específicos, pero camuflados en un lenguaje que solo ellos pudieran entender. «Donde el sol y la luna se cruzan» podría estar indicando algún lugar en particular dentro de Naranjillo o sus alrededores, tal vez un sitio que tiene alguna alineación especial durante ciertos momentos del día o del año, cuando el sol y la luna parecen converger en el horizonte. O quizá este yo haciendo una mala traducción de este texto.

Jacinto pensó en las palabras del fraile, y su mente comenzó a imaginar todas las posibilidades. Recordaba historias de su infancia sobre lugares en Naranjillo que nadie se atrevía a visitar, montañas que cambiaban de color al amanecer y atardeceres que cubrían todo el pueblo con una luz dorada. Quizás no fuera tan descabellado que esas leyendas tuvieran un fondo de verdad.

—He escuchado historias de un antiguo pozo en la parte más alta de las colinas, en el que el sol y la luna se reflejan de una manera extraña durante el equinoccio. Algunas personas del pueblo dicen que la luz del atardecer en ese lugar parece envolver todo el entorno de una forma misteriosa —comentó Jacinto, mirando a fray Ruperto con una mezcla de duda y fascinación—. ¿Será allí?

Fray Ruperto levantó una ceja, como si de repente todas las piezas comenzaran a encajar.

—Eso podría ser exactamente lo que están describiendo en estos documentos. El equinoccio es un momento muy especial, cuando el sol y la luna están alineados de una forma única, y si ese pozo es un lugar que refleja esa luz de manera peculiar, podría estar relacionado con el «cruce» que mencionan los escritos. Este tipo de pistas siempre es muy sutil, Jacinto, pero definitivamente no podemos descartarlas.

Con una determinación renovada, Jacinto se levantó, decidido.

—Tenemos que ir allí, fray Ruperto. Debemos investigar ese lugar. Si algo realmente se esconde en Naranjillo, ese pozo podría ser la clave.

—De acuerdo, Jacinto. Pero debemos tener cuidado. No sabemos qué o quién podría estar buscando el mismo tesoro. Y si este lugar realmente es tan significativo como parece, hay quienes podrían estar dispuestos a hacer lo que sea para evitar que se descubra.

Jacinto asintió en silencio. Sabía que la historia de su familia no solo tenía que ver con las glorias del pasado, sino también con secretos que quizás aún no estaban listos para ser desvelados. Había un peligro oculto en esa búsqueda, pero la promesa de resolver el misterio de su antepasado y del pueblo de Naranjillo lo impulsaba a seguir adelante.

Fray Ruperto siguió examinando los papeles. Había un papel con el dibujo de la luna y el sol entrelazados. Abajo un texto en inglés:

Eeast, Seventy degrees of State this Dears, the Lord has shown in the house of God where soldiers and civilians enter and come out of gold plated. Linked moon and sun.

M. S.

—No logro entender el significado de este texto, pero menciona la casa del oro, según puedo ver. Bueno hay bastante trabajo por delante. Quizá mi amiga Paula, debería ayudar con la traducción, pensó fray Ruperto.

Fray Ruperto cerró los documentos con cuidado y los guardó en la carpeta.

—Vamos a prepararnos, Jacinto. No sabemos qué nos espera, pero una vez que comencemos, no habrá marcha atrás. Necesitamos traducir estos documentos cuanto antes para tener todos los detalles. Sin embargo, te voy a encargar a ti que lleves los documentos donde una amiga llamada Paula, para que los traduzcas. Ella vive en el pueblo de Alcorcón de la Mula al lado de la carnicería, no hay perdida. Esta semana tengo que ir a la Casa Quita Pesares a hacer misa, oír confesiones de los pacientes y dar unas charlas sobre la fe. Así que no puedo llevar los documentos a traducir. Tú tendrás que encargarte de este asunto por ahora porque es urgente.

Jacinto asintió nuevamente, sintiendo el peso de la responsabilidad sobre sus hombros. La misión que le había encomendado fray Ruperto no era sencilla, pero estaba decidido a seguir adelante, a pesar de los oscuros presagios que se cernían sobre la historia de su familia y el pueblo de Naranjillo. El mensaje críptico del sol y la luna entrelazados seguía rondando su mente, y aunque no entendía todos los matices, sabía que algo grande se estaba gestando.

—Entendido, padre. Iré a ver a Paula en cuanto pueda —respondió Jacinto, su voz llena de determinación. Los ojos de fray Ruperto se suavizaron un poco al escuchar su respuesta, pero el silencio que se instaló en la habitación no dejaba lugar a dudas: había mucho en juego.

Fray Ruperto se levantó lentamente de su silla, ajustándose la túnica con una calma que solo la experiencia podía proporcionar. Los años de servicio le habían enseñado a mantener la serenidad ante lo desconocido, aunque, en su interior, sabía que algo más estaba en marcha, algo que probablemente cambiaría el curso de todo.

—Hazlo con rapidez, Jacinto. Necesitamos la traducción completa para entender el mensaje en su totalidad. Y no olvides, todo esto no es solo un asunto de historia, sino de algo mucho más grande que estamos apenas comenzando a desentrañar.

Jacinto tomó los documentos con cuidado y los metió en su mochila, asegurándose de que nada se dañara. El texto en inglés seguía desconcertándolo, pero confiaba en que Paula, con su habilidad para entender lenguas extranjeras, podría darles claridad. Sin perder más tiempo, se despidió del fraile con una ligera inclinación de cabeza y salió al aire fresco de la tarde. Mientras caminaba hacia su casa, la preocupación se apoderaba de su mente, pero también una extraña sensación de destino. Al día siguiente saldría para Alcorcón de la Mula para encontrar a la llamada Paula que ayudaría a resolver el puzle.

Esa noche, mientras cenaba en solitario, Jacinto repasaba lo que sabía. La historia de su familia, el pueblo de Naranjillo y las leyendas que siempre había oído cuando era niño. Las viejas historias de riquezas perdidas, de lugares ocultos y de secretos que se habían transmitido de generación en generación, pero que nadie había osado desvelar. Tal vez ahora estaba cerca de descubrir la verdad.

Esa sensación extraña en su pecho, esa mezcla de ansiedad y esperanza, no lo dejaba. La promesa de desentrañar el misterio de su antepasado lo había impulsado a emprender este viaje. Y aunque las advertencias de fray Ruperto sobre los peligros ocultos no podían tomarse a la ligera, Jacinto sabía que no podía dar marcha atrás.

Al día siguiente, temprano por la mañana, Jacinto se preparó para su viaje a Alcorcón de la Mula. Tomó su mochila, la llenó con lo esencial y, antes de salir, se dirigió al altar de su casa, donde encendió una vela en silencio. La luz suave de la llama iluminó su rostro mientras rezaba, pidiendo sabiduría y protección para lo que estaba por venir.

Capítulo XIV

Rogelia, con una sonrisa de satisfacción, continúa cocinando mientras Bimba, su fiel perra, permanece en silencio, observando cada movimiento de la chef con curiosidad. La combinación de la sopa de iguana verde y las croquetas de pienso de perro con sabor a cordero nunca deja de sorprender a los pacientes del hospital. Nadie sabe exactamente cómo prepara esos platos tan especiales, pero lo cierto es que son tan deliciosos que han pasado a ser una tradición muy esperada.

Sor Áurica, impaciente como siempre, entra rápidamente a la cocina. Su mirada firme recorre la estancia, notando con rapidez que Rogelia aún no ha terminado de cocinar.

—Rogelia, necesitamos servir rápido el almuerzo. Los pacientes tienen hambre, hay que acelerar el cocinado, le recuerda, apremiándola mientras observa el reloj.

Por otro lado, sor Trinidad disfruta de un merecido descanso. Tumbada en la azotea del hospital, toma el sol tranquilamente en su bikini leyendo un libro que le ha facilitado don Plutarco. El calor del sol sobre su piel parece ser el remedio perfecto para unas horas de relax. Se siente libre y tranquila, alejándose del bullicio y las preocupaciones del hospital por un momento. El sonido lejano de los pacientes y el aroma a la comida de Rogelia le llegan de vez en cuando, pero a ella no le importa; por hoy, está en su propio mundo.

Rogelia, con su característica calma, no deja que la presión de sor Áurica la agobie. Sabe que la comida será un éxito como siempre, y que, a pesar de las prisas, todo saldrá a la perfección.

Rogelia, con una leve sonrisa, se apresura a dar los últimos toques a la sopa de iguana verde. El aroma peculiar y delicioso llena la cocina, haciendo que hasta Bimba se acerque más, moviendo la cola con expectativa. Las croquetas, ya casi listas, emanan un delicioso olor a cordero, mezclado con un toque secreto de Rogelia que las hace irresistibles.

Sor Áurica, aún impaciente, no puede evitar mirar el reloj una y otra vez. Se acerca a la mesa y toma una croqueta para probarla rápidamente. Un suspiro de satisfacción escapa de sus labios, y aunque su rostro se mantiene severo, sus ojos brillan con la misma sorpresa de siempre al probar el sabor único de los platos de Rogelia. «¡Nunca deja de sorprenderme!», murmura, pero inmediatamente vuelve a apremiarla. «¡Esto tiene que estar listo ya, Rogelia! Los pacientes esperan.»

Mientras tanto, en la azotea, sor Trinidad sigue tomando el sol, ajena al bullicio de la cocina. Su mente, libre de las tensiones del hospital, se pierde en los cálidos rayos del sol. Un sonido lejano de la campana que avisa la hora del almuerzo la hace sonreír, sabiendo que, en poco tiempo, el comedor del hospital se llenará de la calma que la comida de Rogelia siempre aporta.

Los pacientes, ansiosos por el almuerzo, comienzan a murmurar y a preguntarse si ese día Rogelia los sorprenderá con algo especial en el menú. Conocen la tradición, y aunque nadie sabe realmente los ingredientes exactos, todos coinciden en una cosa: nadie hace comida como ella.

Finalmente, cuando la comida está lista, Rogelia y sor Áurica llevan las bandejas hacia el comedor. La sopa de iguana verde se sirve humeante, con un toque de cilantro y un sabor exótico que no se encuentra en ningún otro lugar. Las croquetas, crujientes por fuera y suaves por dentro, parecen derretirse en la boca. Los pacientes no tardan en empezar a degustarlas, y el ambiente en el comedor se llena de murmullos satisfechos y sonrisas.

Sor Trinidad, se pone el hábito y al final, desciende de la azotea, con su bronceado perfecto y un aire relajado. Al entrar al comedor, su rostro refleja esa paz que solo el sol puede regalarle. Al ver a los pacientes disfrutando de la comida, se siente aún más tranquila. «No hay nada como un buen almuerzo para mantener a todos contentos», piensa mientras se dirige a su asiento, preparada para probar una de las croquetas.

El comedor del hospital está lleno de murmullos satisfechos y risas. Sin embargo, justo cuando todo parecía calmo, un grito rasgó el aire. Era Gabriel, uno de los pacientes más excéntricos, que en algún momento había dado mucho de qué hablar después de aquel incidente en el que le arrojó un plato de pasta a sor Áurica, dejando a todos con la boca abierta.

Gabriel, con su rostro algo descompuesto por la emoción y la incomodidad de su propia naturaleza, se cruzó de frente con sor Áurica en el pasillo. Ella, que estaba a punto de volver a la cocina, lo vio venir y, en un rápido movimiento, intentó evitarlo, pero fue demasiado tarde.

«¡¿Por qué no me das más comida?! ¡Tengo hambre!», gritó Gabriel, con los ojos desorbitados, como si la sopa de iguana verde y las croquetas de Rogelia no fueran suficientes para saciar su insaciable apetito. La sorpresa de ver a Gabriel tan alterado hizo que sor Áurica frunciera el ceño y se detuviera en seco.

«Gabriel, ¿qué es esto? ¡Baja esa voz ahora mismo!», le ordenó sor Áurica, con una mezcla de exasperación y autoridad, mientras intentaba mantener la compostura. Pero Gabriel, con su carácter impredecible, no se dejó intimidar.

«¡No puedes darme lo que quiero! ¡No es justo! ¡¿Por qué siempre me dan menos que a los demás?!», gritó aún más fuerte, mientras algunos de los pacientes cercanos miraban, sorprendidos por el estallido de Gabriel.

El caos se desató brevemente, con algunos pacientes mirando, otros susurrando y algunos incluso queriendo intervenir. Bimba, la perra de Rogelia, que se encontraba cerca de la escena, empezó a ladrar nerviosa, como si percibiera la tensión que se había acumulado.

Sor Áurica intentó mantener la calma. «Gabriel, ya sabes que todos tienen su ración. Si necesitas algo más, solo tienes que hablar conmigo con respeto», dijo, dándose cuenta de que no podía dejar que la situación se saliera de control.

En ese momento, sor Trinidad, que había estado observando la escena desde lejos, se acercó a Gabriel con una sonrisa amable, como si todo fuera parte de un juego. «Gabriel, tranquilo, que siempre podemos arreglar esto. ¿No te parece que un buen postre después de la sopa te calmaría un poco?», sugirió, con la esperanza de calmar la tensión.

Gabriel, aunque aún algo agitado, pareció pensarlo por un momento, como si la idea de un dulce lo tranquilizara.

Su mirada pasó de la irritación a una especie de reflexión silenciosa. «¿Postre?», murmuró, bajando el tono. «Está bien… pero quiero algo grande.»

Sor Áurica suspiró, agradecida por la intervención de sor Trinidad, y asintió. «Lo que necesitamos aquí es un poco de paz. Vamos a buscarte ese postre, Gabriel, pero no olvides que todos somos iguales aquí.»

La escena se calmó gradualmente, pero los murmullos sobre lo ocurrido continuaron por un rato. Los pacientes sabían que, aunque Gabriel siempre lograba causar revuelo, el hospital también era un lugar donde las sorpresas nunca faltaban.

Sor Áurica, aunque había logrado manejar la situación con una calma aparente, no podía quitarse de la cabeza el incidente que Gabriel había desatado tiempo atrás. Recordaba claramente el día en que él le había lanzado un plato de pasta a la cara. Aquella escena había dejado una marca en su memoria, y desde entonces, Gabriel había estado bajo su radar. Sor Áurica, conocida por su carácter firme y sin rodeos, no olvidaba fácilmente una afrenta, y el comportamiento errático de Gabriel le incomodaba profundamente.

Mientras Gabriel se alejaba hacia el comedor, siguiendo la oferta de sor Trinidad sobre el postre, sor Áurica no pudo evitar observarlo con desconfianza. «Este hombre no cambiará nunca», pensó para sí misma, apretando los dientes. Para ella, la disciplina era clave, y aquellos que rompían las reglas —como lo había hecho Gabriel en el pasado— no podían quedar sin consecuencias.

«Un postre no es suficiente para calmar su comportamiento», murmuró sor Áurica, convencida de que algo más debía hacerse para mantener el orden. A pesar de que todos parecían divertirse con las travesuras de Gabriel, sor Áurica no compartía esa visión. Creía firmemente en la necesidad de control y respeto, y eso implicaba no dejar que situaciones como la de Gabriel se repitieran.

Decidida a no permitir que se le escapara de nuevo, sor Áurica decidió tomar cartas en el asunto. Al día siguiente, después de que todos disfrutaran de la comida, hizo una ronda por el hospital, buscando a Gabriel para hablar con él en privado. No quería que su carácter explosivo lo pusiera en peligro o causara más disturbios en el hospital.

Cuando finalmente lo encontró en uno de los pasillos, cerca de la sala común, le hizo una señal para que la siguiera. Gabriel, no parecía tan alterado como antes, pero su expresión seguía siendo un tanto desafiante. «Gabriel», comenzó sor Áurica con voz firme, «quiero que sepas que no vamos a tolerar más comportamientos como el de ayer. Todos tenemos nuestras reglas aquí, y tú no eres la excepción».

Gabriel la miró con una mezcla de sorpresa y desinterés, como si no comprendiera la gravedad de sus actos. «¿Qué pasa, sor Áurica? ¿No me vas a dejar tranquilo?», dijo, casi desafiándola.

Sor Áurica se acercó un paso más, sin perder la calma. «Se trata de que tienes que aprender a vivir en comunidad. No podemos permitir que las personas hagan lo que les dé la gana, porque eso crea caos. Aquí todos debemos tener respeto mutuo.»

Gabriel, que normalmente no respondía a los reproches, parecía percatarse de la seriedad de la situación. La mirada de sor Áurica era implacable, y por primera vez en mucho tiempo, Gabriel dejó de hacer su típico gesto desafiante. «¿Qué quieres que haga?», preguntó, algo más tranquilo, aunque aún con una actitud algo reticente.

«Lo primero es que aprendas a controlar tus impulsos», respondió sor Áurica. «Segundo, quiero que trabajes junto al equipo de cocina un par de horas cada semana. Ayudar a los demás te hará ver las cosas de otra manera.»

Gabriel se quedó en silencio por un momento, considerando la propuesta. Finalmente, tras unos segundos de duda, asintió lentamente. «Está bien. Lo haré. »

Sor Áurica, aliviada de haber logrado su objetivo sin mayores confrontaciones, le dio una última mirada seria. «Eso espero, Gabriel. No quiero volver a ver incidentes como los de antes. Todos tenemos que vivir bajo las mismas reglas.»

Gabriel, por primera vez, asintió sin protestar, y sor Áurica se alejó, satisfecha con el pequeño triunfo. Aunque sabía que no sería fácil cambiar el comportamiento de Gabriel de la noche a la mañana, al menos ahora tenía un plan.

Mientras Gabriel y sor Áurica vivían su propio drama en los pasillos del hospital, los médicos Erasmo y Alejandro disfrutaban de una comida tranquila en el despacho del doctor Rivera. Habían trabajado incansablemente durante meses, muchas veces sin descanso, y finalmente su esfuerzo estaba dando frutos. Aquella tarde, mientras se servían su almuerzo, conversaban animadamente sobre el gran avance que habían logrado.

«Es increíble, Erasmo», dijo Alejandro, cortando una pieza de carne y observando su tenedor mientras hablaba. «Nunca pensé que llegaríamos tan lejos. Cultivar páncreas de cerdo in vitro... realmente hemos hecho historia. No más cacerías de jabalíes a medianoche ni traer cerdos de las granjas cercanas. Ahora tenemos nuestra propia fuente constante de insulina.»

Erasmo, quien estaba más acostumbrado al trabajo de laboratorio, no pudo evitar sonreír con satisfacción. «Es un triunfo de la persistencia, como bien dices. Cuántas veces la gente nos decía que estábamos desperdiciando tiempo, pero ahora tenemos la respuesta. La insulina ya no será un lujo, será algo que todos los pacientes con diabetes podrán recibir de forma regular y, lo mejor de todo, controlado. Sin las complicaciones y sin el peligro de la escasez.»

Alejandro asintió, pensando en todas las veces que se habían visto obligados a hacer expediciones en busca de jabalíes y cerdos, arriesgando no solo sus energías, sino también sus vidas. «Recuerdo las primeras veces que salimos a cazar… con el clima frío, la lluvia, y lo que costaba conseguir un solo animal. ¿Quién hubiera imaginado que el futuro estaría en cultivos celulares? Ahora, tenemos un suministro estable, y podemos ofrecerlo a todos los pacientes diabéticos, incluso aquellos que antes no podían acceder a insulina.»

Ambos médicos se miraron con satisfacción. Sabían que lo que habían logrado no solo mejoraría la calidad de vida de los pacientes, sino que también los posicionaría como pioneros en un campo revolucionario de la medicina. No era solo un avance médico, sino también un hito para el hospital en su conjunto.

«Y pensar que todo comenzó con esa idea loca que se nos ocurrió en una madrugada, cuando el sueño no llegaba», bromeó Erasmo, recordando los días en que casi nadie creía en ellos. «¿Te acuerdas de cómo nos miraban como si estuviéramos desvariando?»

«¡Lo recuerdo perfectamente!», respondió Alejandro entre risas. «Pero no nos rendimos. Y mira lo que hemos conseguido ahora. ¡Nada de más cacerías, ni temores de escasez! Esta es nuestra revolución silenciosa.»

Ambos médicos levantaron sus copas, brindando no solo por los logros alcanzados, sino también por los que aún estaban por venir. La insulina en cultivo celular era solo el principio. Sabían que la medicina, en sus manos, estaba a punto de dar un salto aún más grande.

«Lo que me gusta de todo esto», dijo Erasmo, volviendo a tomar un bocado, «es que hemos hecho algo que realmente cambiará vidas, que hará que muchas personas no tengan que depender de la suerte para conseguir lo que necesitan.»

«Sí», asintió Alejandro. «Y lo mejor de todo es que lo hemos hecho sin recurrir a métodos tradicionales o costosos. Esto es la medicina del futuro, en manos de personas como nosotros.»

La conversación continuó entre risas y teorías sobre nuevas posibilidades, pero en el fondo ambos sabían que lo que habían logrado era solo el principio de una nueva era en el tratamiento de la diabetes.

Sin embargo, mientras ellos disfrutaban de su comida y reflexionaban sobre su trabajo, el hospital seguía siendo un hervidero de actividad. Los pacientes, sor Áurica y Gabriel, el ambiente de la cocina... todo continuaba su curso, mientras que el descubrimiento de Erasmo y Alejandro probablemente cambiaría la vida de muchos, aunque nadie más en ese momento sabía lo cerca que estaban de hacer historia.

La conversación entre los médicos Erasmo y Alejandro comenzó a tomar un giro más oscuro mientras seguían trabajando en su proyecto secreto. Aunque su logro con la insulina in vitro había sido un gran éxito, detrás de sus facetas de médicos pioneros, ambos hombres estaban inmersos en algo mucho más arriesgado y polémico: el perfeccionamiento de una molécula capaz de aumentar la masa muscular de manera drástica.

Lo que parecía un avance científico más tarde había sido redirigido hacia un oscuro mercado subterráneo, lejos de los pasillos del hospital y fuera de los límites de la ética médica. El prototipo de esta droga se estaba utilizando en peleas de gallos secretas, organizadas en la casa de don Anselmo, un hombre de negocios en las sombras, conocido por sus apuestas millonarias y su conexión con el mundo del deporte clandestino, el tráfico de drogas, lavado de dinero y estafas financieras.

A pesar de su éxito con la insulina, ambos médicos sabían que el verdadero dinero estaba en el perfeccionamiento de esta molécula, que podría ser inyectada y generar efectos aún más dramáticos en los músculos, aumentando la fuerza de manera inmediata. El negocio de las peleas de gallos estaba en auge, y si lograban crear una versión más potente y rápida de la droga, no solo ganarían una fortuna, sino que entrarían en un territorio muy arriesgado.

Don Anselmo, un hombre corpulento con una mirada fría y calculadora, había manifestado su interés en pagar grandes sumas de dinero para conseguir ese objetivo. «Lo que quiero», les había dicho en una de sus reuniones secretas, «es que la droga sea más potente, que funcione de inmediato, y que sea fácil de administrar con una inyección y que no pueda ser detectada en el torrente sanguíneo. Así, podremos asegurar que mis gallos siempre ganen. Las apuestas están subiendo, y quiero que la ventaja esté de mi lado.»

Erasmo y Alejandro sabían que cada vez que don Anselmo los llamaba para hablar sobre este tema, el riesgo aumentaba, pero el dinero ofrecido era tentador. Don Anselmo no estaba dispuesto a aceptar fracasos, y su oferta incluía no solo pagos en efectivo, sino también una cantidad significativa de recursos que podrían impulsar otros proyectos de investigación... si es que lograban cumplir con las expectativas.

«Necesitamos más potencia», insistió Erasmo, mientras analizaba la estructura química de la molécula. «La última versión solo aumenta la masa muscular un 20 % en dos semanas. Pero no basta. Don Anselmo quiere algo rápido, algo que funcione en cuestión de días, y sabemos que tiene los medios para conseguir lo que quiere. Si logramos sintetizar la versión inyectable, no solo serán gallos los que vean los efectos, sino cualquier competidor en el mundo de los deportes extremos».

Alejandro, que siempre había sido el más escéptico de los dos, se mostró dubitativo. «No sé, Erasmo... Estamos cruzando una línea. Si esta fórmula cae en las manos equivocadas, no solo estaremos fuera de la ética médica, sino que podríamos enfrentar consecuencias legales muy graves. Además, las implicaciones son enormes. ¿Qué pasa si esta droga llega a los atletas profesionales o incluso a los militares?»

Erasmo, sin embargo, estaba cegado por el poder de la ciencia y las oportunidades que se presentaban. «Entiendo tus dudas, Alejandro, pero estamos hablando de un avance sin precedentes. No solo cambiaría el curso de la medicina, sino que, si conseguimos lo que don Anselmo quiere, podríamos financiar investigaciones mucho más grandes. Y no olvides que las peleas de gallos no son lo único en juego aquí. Este es solo el principio de un mercado mucho mayor. Hay empresas que ya están empezando a ver el potencial de esta droga.»

El proyecto avanzaba rápidamente en el laboratorio del hospital, donde mantenían en secreto los resultados. La molécula se estaba modificando una y otra vez para aumentar su eficacia, pero también los riesgos. A pesar de los temores de Alejandro, Erasmo estaba convencido de que estaban al borde de un descubrimiento que podría cambiar el mundo de la medicina, aunque las consecuencias de ese poder fueran inciertas.

Don Anselmo, por su parte, estaba ansioso por recibir novedades. Sus gallos, entrenados y alimentados con la versión inicial de la droga, ya estaban dando resultados impresionantes, pero aún no era suficiente para él. Las apuestas en sus peleas clandestinas estaban alcanzando cifras estratosféricas, y solo el avance de los médicos podría asegurarle la victoria.

Mientras tanto, el hospital seguía siendo ajeno a los oscuros proyectos que se cocinaban en el laboratorio. Los pacientes continuaban su tratamiento, las rutinas diarias se mantenían, y las enfermeras seguían con su trabajo. Pero en las sombras, la ambición de los médicos y la influencia de don Anselmo estaban marcando el rumbo hacia un futuro impredecible.

—Debemos tener un modelo animal para probar la nueva versión de la droga, para ver la efectividad y si tiene algunos efectos secundarios —dice Alejandro.

—Tienes razón. Debemos tener un modelo animal de prueba.

Un mes había pasado desde el incidente entre Gabriel y sor Áurica, y las cosas en el hospital parecían haber vuelto a la normalidad, aunque de una manera extraña. Gabriel, quien antes había sido el foco de tantos problemas, ahora se encontraba trabajando como ayudante de cocina, una posición que, para sorpresa de muchos, le había dado un propósito. El cambio fue notorio: su actitud había mejorado, y aunque aún mantenía una relación algo distante con sor Áurica, se llevaba bastante bien con sor Trinidad, quien lo trataba con una paciencia que, en parte, había ayudado a que Gabriel se calmara.

Gabriel estaba cumpliendo con su tarea de manera diligente, y a pesar de su naturaleza rebelde, algo en él había cambiado. Los días pasaban entre cortar verduras, lavar platos y ayudar con la preparación de la comida, pero había algo que siempre le emocionaba: los postres. Sabía que Rogelia, la experta chef del hospital, era muy celosa con sus secretos culinarios, pero había algo en la dulce combinación de azúcar y crema que le fascinaba. Y a Rogelia no le pasó por alto su entusiasmo por los dulces.

Un día, mientras revisaba el menú y se aseguraba de que todo estuviera listo para el almuerzo, Rogelia, con una sonrisa pícara, se acercó a Gabriel y le dijo: «Hoy te voy a dejar a cargo de los postres. Sé que te encantan, así que quiero ver cómo te las apañas. Pero recuerda, no quiero que hagas un desastre. No se te ocurra cambiar nada en mis recetas.»

Gabriel la miró sorprendido, pero también con una chispa de emoción en los ojos. «¿Yo, a cargo de los postres? ¿De verdad?», preguntó, apenas creyendo lo que escuchaba.

«Sí», respondió Rogelia con un toque de humor en su voz. «Pero ten cuidado, Gabriel. Yo tengo mis secretos en la cocina, y no quiero que nadie empiece a copiar mis trucos.»

Gabriel asintió rápidamente, y aunque sabía que Rogelia tenía razón en ser tan cautelosa con sus recetas, no podía evitar sentir que esa era su oportunidad. Los postres siempre habían sido su debilidad, y con un poco de libertad, podría demostrar que era capaz de hacer algo bien, aunque estuviera bajo la mirada atenta de la chef. Rogelia se encargaba de mantener en secreto sus recetas atípicas de la mirada de Gabriel.

Mientras tanto, la tensión entre Gabriel y sor Áurica seguía flotando en el aire. Cada vez que sor Áurica se asomaba por la cocina, la atmósfera cambiaba. La mirada fija de sor Áurica sobre él siempre causaba que Gabriel se tensara, y, aunque trataban de mantenerse cordiales, la desconfianza entre ambos seguía siendo evidente. Sor Áurica, que seguía vigilando de cerca a Gabriel por su comportamiento pasado, nunca dejaba de observarlo con cautela, como si aún no pudiera olvidar que Gabriel le haya lanzado un plato de pasta a la cara.

A pesar de sus esfuerzos para mantener las apariencias, Gabriel siempre sentía esa mirada inquisitiva de sor Áurica que lo ponía nervioso. Pero, por otro lado, con sor Trinidad las cosas eran más relajadas. A menudo, cuando no estaba supervisando las cocinas, sor Trinidad le lanzaba una sonrisa y una pequeña broma, haciendo que

Gabriel se sintiera más cómodo. Sin embargo, el entorno seguía siendo tenso, y todos parecían estar a la espera de que algo volviera a estallar.

A lo largo de esa jornada, Gabriel trabajó con entusiasmo en los postres, asegurándose de seguir las instrucciones de Rogelia, pero también poniendo un toque propio. Estaba decididamente orgulloso de su trabajo, y cuando sor Trinidad pasó a ver cómo iba, le hizo un comentario en voz baja: «Parece que Rogelia te ha dado una oportunidad de oro, ¿eh, Gabriel? Si sigues así, hasta podrías ganar el título de chef.»

Gabriel sonrió con timidez, agradecido por la pequeña validación. «Bueno, no soy tan malo con los postres, después de todo», respondió, sintiendo una leve satisfacción en su interior.

El día avanzaba, y los pacientes ya comenzaban a llegar al comedor, llenos de expectativas sobre la comida. El menú de ese día, como siempre, era un misterio para ellos, pero la fama de la sopa de iguana verde y las croquetas de Rogelia seguía siendo un atractivo irresistible. Cuando los postres finalmente estuvieron listos, Gabriel los presentó con una pequeña sonrisa.

Los postres, aunque sencillos en su apariencia, estaban bien elaborados: un pastelito esponjoso con crema y un toque sutil de frutas que contrastaba perfectamente con el dulce de la base. Cuando los pacientes comenzaron a probarlos, las reacciones fueron unánimes: todos se sorprendieron por lo deliciosos que estaban.

Sor Áurica, al pasar por la cocina y ver los postres, no pudo evitar hacer una evaluación rápida. «Mmm... No está mal, Gabriel», comentó, casi con indiferencia. Pero, en el fondo, un pequeño atisbo de sorpresa cruzó por su rostro. Tal vez este Gabriel no era tan desastroso después de todo.

Sin embargo, la presencia de sor Áurica no pasó desapercibida para nadie. Como siempre, el ambiente en la cocina se tensó un poco, y Gabriel, aunque intentando mantener la compostura, no pudo evitar sentirse incómodo. A pesar de que el trabajo de los postres había sido un éxito, la sombra de sor Áurica seguía acechando.

Rogelia, al final del día, se acercó a Gabriel y le dio una palmada en la espalda. «Lo hiciste bien», dijo con una sonrisa satisfecha. «Pero recuerda: el secreto de la sopa de iguana sigue siendo solo mío.»

Gabriel asintió, sintiendo una mezcla de respeto y curiosidad por la mujer que siempre mantenía sus recetas tan guardadas. «Lo sé, no te preocupes. No tengo intención de robarte ese secreto.»

Mientras tanto, la relación entre los demás miembros del hospital seguía evolucionando. Sor Áurica seguía siendo una presencia enigmática, Rogelia mantenía su reinado en la cocina, y Gabriel, por su parte, parecía haber encontrado un nuevo lugar entre los fogones, aunque el misterio de lo que sucedía en las cocinas del hospital seguía siendo más profundo de lo que la mayoría podía imaginar.

Sor Áurica, aunque nunca lo admitiera en voz alta, sentía una creciente envidia hacia Gabriel. Desde el momento en que lo vio hacerse cargo de los postres, su visión sobre él cambió, pero no de la manera que esperaba. Lo que antes veía como un simple rebelde, ahora lo veía como una amenaza en su territorio. Gabriel había demostrado tener una habilidad inesperada en la cocina, algo que sor Áurica no podía pasar por alto. La competencia en la cocina del hospital siempre había sido sutil, pero ahora parecía haber un nuevo jugador en el campo, alguien que no solo tenía el interés por aprender, sino que también destacaba. Eso la molestaba profundamente.

Mientras veía cómo Gabriel se encargaba de los postres con destreza y cómo los pacientes se mostraban encantados con su trabajo, algo dentro de ella se encendió. No podía soportar que alguien más tuviera el mismo nivel de admiración que ella, ni que un simple ayudante se ganara la aprobación de Rogelia, de sor Trinidad y hasta de los mismos pacientes. En su mente, ese lugar en la cocina en la sección de postres era suyo por derecho, aunque ella no hacia los postres con sus manos, dictaba las recetas de cómo se debían hacer y la idea de que Gabriel creara sus postres independientes de ella la llenaba de rabia.

«Esto no lo puedo permitir», murmuró sor Áurica para sí misma mientras observaba a Gabriel desde el umbral de la cocina, sin que él la notara. «No puedo dejar que alguien como él haga sombra lo que he hecho aquí durante todos estos años.»

Aunque nunca había sido una persona de mostrar sus emociones abiertamente, la competencia entre ella y Gabriel comenzó a afectar su estado de ánimo. Cada vez que entraba en la cocina, trataba de actuar con su habitual autoridad, pero no podía evitar observarlo con una mirada crítica y fría. A veces, si Gabriel cometía un pequeño error o no seguía al pie de la letra sus instrucciones, sor Áurica no perdía la oportunidad de regañarlo. La tensión entre ambos era palpable, y aunque Gabriel no se lo mostraba, sentía claramente esa hostilidad.

«Gabriel», dijo un día, con voz tensa, mientras él organizaba algunos utensilios, «¿te has asegurado de que esos postres estén bien? No quiero que arruines lo que hemos logrado aquí con tus experimentos.»

Gabriel, que ya estaba acostumbrado a la dureza de sor Áurica, no respondió con su habitual rebeldía, pero el tono de su voz se había suavizado. «Sí, sor Áurica, todo está en orden. Lo he revisado.»

Pero sor Áurica no quedó conforme. Ella siempre buscaba más, quería asegurarse de que él no superara los límites. «Deberías tener más cuidado, Gabriel. No olvides quién es la encargada aquí. Rogelia puede dejarte encargarte de los postres hoy, pero eso no significa que tú seas capaz de tomar decisiones importantes.»

Gabriel la miró de reojo, reconociendo el tono de superioridad en su voz, pero decidió no entrar en confrontaciones. «Entiendo, sor Áurica», respondió, y alzó los hombros, como quien acepta un reto que no se toma demasiado a pecho.

A medida que pasaban los días, la tensión entre ellos solo crecía. Gabriel, aunque había mejorado mucho, se sentía atrapado entre las expectativas de sor Áurica y las de Rogelia, quien por su parte parecía haber empezado a confiar más en él. Sin embargo, Gabriel no sabía cuánto más podría soportar esa presión constante. Lo que había comenzado como una oportunidad para demostrar su valor en la cocina, ahora se sentía como una batalla constante por la aprobación de dos personas muy diferentes.

Rogelia, al ver la situación, notaba el cambio en la dinámica. Aunque trataba de mantener la paz, también estaba consciente de que sor Áurica no estaba del todo contenta con el progreso de Gabriel. A veces, cuando sor Áurica salía de la cocina, Rogelia se acercaba a Gabriel con una sonrisa tranquilizadora.

«No te preocupes por sor Áurica», le decía en voz baja. «A veces se le va la mano. Lo importante es que sigues haciendo un buen trabajo. No todos tienen el talento para ser chef como tú.»

Gabriel, agradecido por el apoyo, asintió. «Lo sé, pero no sé cuánto tiempo más podré seguir bajo esa presión. Sor Áurica no se conforma con nada menos que la perfección.»

Rogelia suspiró. «No te preocupes, Gabriel. Ella es así. Pero tú tienes algo que ella no tiene: el corazón en lo que haces. Eso es lo que importa.»

Sin embargo, a medida que las semanas pasaban, la tensión continuaba creciendo. Sor Áurica no dejaba de observar cada paso de Gabriel con un ojo crítico. Si algo no salía como ella esperaba, lo señalaba inmediatamente. Era evidente que su envidia estaba consumiéndola poco a poco. A lo largo del tiempo, su deseo de mantener el control absoluto sobre la cocina del hospital se transformó en una especie de obsesión.

Sor Áurica sabía que, si seguía así, algo tenía que cambiar. El lugar que Gabriel había ganado en la cocina le estaba empezando a preocupar más de lo que estaba dispuesta a admitir. Cada plato que él preparaba, cada pequeño éxito, le recordaba que su control sobre la cocina estaba comenzando a resquebrajarse.

«Esto no terminará bien», pensó sor Áurica en una ocasión, mientras observaba a Gabriel hacer el último toque a unos postres que habían sido especialmente bien recibidos por los pacientes. «Si no hago algo pronto, no me quedará más que ver cómo se lleva todo lo que me pertenece.»

El día estaba especialmente caluroso, y el aire pesado de la tarde hacía que todo el hospital pareciera sumido en un letargo. Gabriel había preparado su postre estrella para ese día: unos bizcochos individuales coronados con una fresca y brillante fresa, su toque personal para sorprender a los pacientes. Rogelia había completado su parte con maestría: el gazpacho andaluz como primer plato y unos pies de cerdo como segundo, un menú tradicional que no fallaba. Todo estaba listo para ser servido.

El equipo decidió salir al patio durante unos minutos para tomar un respiro, escapar del calor de la cocina y disfrutar de un poco de aire fresco. El patio, aunque pequeño, ofrecía una vista al paisaje que siempre les era familiar: los árboles que rodeaban el hospital y el cementerio a lo lejos, como una constante presencia silenciosa en el horizonte.

Mientras paseaban, algo extraño llamó la atención de Rogelia. A unos cien metros, casi en el borde del cementerio, un animal se movía de forma inusual. No era una criatura común; parecía un ratón, pero con un tamaño y una musculatura inusitada.

«¿Qué animal es ese?», preguntó Rogelia, entre curiosa y sorprendida. «Nunca había visto algo así. Es enorme. ¡Parece un ratón del tamaño de un perro!»

Gabriel se detuvo a observar la figura que se movía, tan rara y desconcertante. «Nunca había visto un animal así... Aquí se ven las cosas más raras», comentó, con una ligera risa nerviosa, como si el calor y la extrañeza del momento estuvieran alterando un poco su percepción.

Pero no tardaron mucho en regresar al interior. El servicio del almuerzo estaba próximo, y no podían distraerse más. Así que, después de unos minutos de observación, regresaron a la cocina con la mente puesta en la rutina del hospital, dejando atrás la extraña visión.

Sin embargo, al entrar de nuevo a la cocina, lo que encontraron les hizo congelarse en el umbral. Sor Áurica estaba allí, en el centro del caos culinario, con una actitud decidida, pero con algo que parecía... peligroso en sus manos. Sostenía una jeringa llena de un líquido viscoso, y con total calma, estaba inyectando esa sustancia directamente en los bizcochos que Gabriel había preparado con tanto esmero.

Rogelia frunció el ceño y dio un paso al frente. «¡Sor Áurica, ¿qué estás haciendo?!»

Sor Áurica, al notar la entrada de ambos, se giró con rapidez, guardando la jeringa en su delantal, pero no pudo ocultar la tensión en su rostro. «Nada, nada, no es nada importante», respondió con una calma que no era creíble. «Solo estaba... mejorando un poco la textura de estos bizcochos. Estoy asegurándome de que queden perfectos.»

Gabriel se acercó, su mirada fija en sor Áurica, sintiendo que algo estaba muy mal. «¿Mejorando? ¿Qué le has hecho a mis bizcochos?», preguntó con la voz tensa, el desconcierto y la preocupación reflejados en su rostro.

Sor Áurica levantó una ceja, como si lo que había hecho fuera algo completamente normal. «Nada que no se pueda hacer en la cocina de un hospital. No te preocupes por eso, Gabriel. ¿O acaso no prefieres que todo salga perfecto para los pacientes?»

Pero tanto Gabriel como Rogelia no podían creer lo que veían. No solo la actitud de sor Áurica era sospechosa, sino también su comportamiento nervioso. La jeringa que había usado parecía ser parte de algo mucho más grande, algo que no se encajaba bien con el ambiente de una cocina hospitalaria. Las dudas empezaron a surgir rápidamente, y la tensión entre ellos se hizo palpable.

«¿Qué es eso?», insistió Rogelia, su tono ahora más firme y desafiante. «¿Qué le estás poniendo a la comida? ¡No te permito que hagas nada sin decirme primero!»

Sor Áurica suspiró y dejó caer la jeringa con un gesto de irritación, como si hubiera sido una molestia tener que dar explicaciones. «Solo es un pequeño ajuste, una mejora... nada que afecte a los pacientes. Es una fórmula especial que estoy probando, nada más. A veces, un toque extra es necesario para garantizar que los resultados sean óptimos.»

Gabriel, con los ojos entrecerrados, intentó comprender lo que acababa de suceder. «¿Una fórmula especial? ¿De qué estás hablando, sor Áurica?», preguntó, aunque una sensación de inquietud le recorría el cuerpo. «Eso no es normal. ¿Qué es lo que realmente estás haciendo?»

Rogelia no podía creer lo que oía. Su tono de voz se hizo más severo, y el miedo y la rabia comenzaban a mezclarse en su mente. «¡Esto es inaceptable, sor Áurica! ¡Si no me explicas ahora mismo lo que estás haciendo, tomaré cartas en el asunto!»

Sor Áurica, viendo que no podía ocultarlo más, levantó las manos en un gesto de rendición, pero su mirada seguía siendo fría y calculadora. «Está bien», dijo en voz baja. «Lo que he estado haciendo... es probar un pequeño experimento. Nada que afecte la calidad de los postres, ni a los pacientes.»

El silencio llenó la cocina. Gabriel y Rogelia intercambiaron una mirada incrédula. El aire parecía haberse congelado.

Rogelia estaba al borde de perder la calma. «¡Esto no es un laboratorio de experimentos, sor Áurica! ¡Este hospital no es tu campo de pruebas personales!»

Sor Áurica no se inmutó. «Lo hago por el bien del hospital. Quiero asegurarme de que todo funcione de manera óptima. A veces, un pequeño ajuste es todo lo que se necesita para que las cosas mejoren», dijo, como si eso justificara lo que había hecho.

Gabriel y Rogelia, sin palabras, observaron los bizcochos ya modificados, sabiendo que algo más grande estaba en juego. ¿Qué pasaría si esos ingredientes llegaban a los pacientes? ¿Qué consecuencias tendría realmente ese «toque extra»?

—Le has puesto vinagre, esto huele a vinagre, Eres una cabrona, hija de puta. Le grita Gabriel.

Rogelia, decidida a que esto no quedara impune, miró fijamente a sor Áurica. «Esto se acabó, sor Áurica. Lo que has hecho es grave, y lo reportaré inmediatamente. No puedes seguir jugando con la salud de los pacientes.»

En ese momento, la atmósfera en la cocina se volvió aún más tensa.

Sor Áurica se abalanzó sobre Gabriel e intento golpearlo con un cucharon. Rogelia con su fortaleza física impidió la agresión a Gabriel, sujetando el brazo de sor Áurica, que seguía luchando contra el fuerte agarre de Rogelia, que con su inmensa fuerza la mantenía alejada de Gabriel. Su rostro estaba enrojecido, y su respiración era agitada, como si la furia se estuviera apoderando de ella.

—¡Sois todos unos cabrones! —gritó sor Áurica, su voz rasposa y descontrolada. Los ojos desencajados reflejaban una mezcla de rabia y dolor, como si todo lo que estaba sucediendo fuera una explosión contenida durante demasiado tiempo.

Dr. Mendieta, apareció en la cocina, se acercó a sor Áurica con paso firme, pero cauteloso. Sabía que su mente estaba frágil, pero desconocía las circunstancias que habían llevado a ese momento.

—Sor Áurica, tranquilízate —dijo, intentando colocar una mano suavemente sobre su hombro—. Sabemos que estás pasando por mucho.

Rogelia, con su brazo extendido, ya casi lo había logrado: sor Áurica parecía calmarse, aunque su respiración seguía desbocada.

—¡Yo... yo... no puedo más! —respondió sor Áurica entre sollozos, cayendo de rodillas al suelo, deshecha por la emoción. —No puedo soportarlo más... ¿Por qué no lo entienden? ¡No es justo!

Gabriel, que había quedado petrificado en su lugar, alzó la mirada. Estaba temblando, pero sus ojos mostraban más confusión que miedo. Sin embargo, el Dr. Mendieta, que estaba observando la escena con detenimiento, no pudo evitar preguntar.

—¿Qué está pasando, Gabriel? ¿Sabes por qué ella está tan alterada?

Gabriel tragó saliva, mirando hacia el suelo, como si las palabras se le quedaran atascadas en la garganta. No quería decir nada, no quería agravar la situación.

Rogelia, con la respiración entrecortada por la tensión, se giró hacia el Dr. Mendieta. Sor Áurica estaba sentada en el suelo, completamente desconectada, murmurando palabras incomprensibles, como si estuviera atrapada en un estado de delirio. La rabia en su rostro había desaparecido, pero el sufrimiento interno seguía muy presente. El Dr. Rivera, entra en la cocina preguntado qué sucede.

Rogelia, con una mezcla de frustración y preocupación, habló con voz firme, tratando de entender lo que había sucedido.

—Doctor, no sé por qué, pero sor Áurica... —su voz tembló por un momento— ...trató de inyectar vinagre y algo más en los bizcochos que hizo Gabriel. No entiendo... ¿Por qué haría eso?

Los doctores se miraron entre sí, sorprendidos por la revelación. El Dr. Mendieta frunció el ceño, pensativo, mientras el Dr. Rivera observaba a sor Áurica con una mirada llena de comprensión, pero también de preocupación. Los doctores tenían otra preocupación. El roedor con el cual estaban experimentando la droga que incrementa el tamaño y masa muscular había roto la jaula metálica y escapado por la ventana. Por un momento pensaron que sor Áurica había visto al roedor, pero no mencionaron el tema.

—Eso no tiene sentido... —musitó el Dr. Rivera, como si estuviera intentando juntar las piezas del rompecabezas en su mente—. El vinagre... ¿Qué tipo de sustancias estaba usando?

Rogelia suspiró, mirando a la monja en el suelo. Sus ojos se llenaron de compasión, pero también de duda. No entendía qué había llevado a sor Áurica a ese punto.

—No lo sé... Ella estaba en la cocina, trabajando en los bizcochos, y cuando la vi, ya estaba inyectando un líquido en los biscochos con olor a vinagre... y no sé qué más estaba usando, pero claramente no era algo que fuera a hacer bien a los bizcochos.

El Dr. Mendieta se acercó lentamente a sor Áurica, quien seguía murmurando incoherencias. Con una mirada grave, el doctor comenzó a hablar en voz baja, casi como si estuviera tratando de calmarla de nuevo.

—Áurica... —dijo con suavidad—. Necesito que me escuches, por favor. Sabemos que algo no está bien. Lo que hiciste... no tiene sentido, pero tenemos que hablar de ello.

Sor Áurica, como si fuera arrastrada por las palabras del doctor, levantó la mirada. Sus ojos todavía reflejaban angustia, pero algo en su expresión parecía más vulnerable ahora.

—No... —susurró—. No lo entendéis… Sois todos unos hijos de puta.

Dr. Rivera se acercó a Rogelia, observando la escena con cautela.

—Parece que esto va más allá de un simple brote de furia... Hay algo más detrás de todo esto. Tal vez lo que hizo con los bizcochos tiene que ver con algo que está pasando en su mente... algo que no está claro aún, dijo el Dr. Rivera.

Rogelia asintió lentamente, la preocupación dibujada en su rostro.

—¿Qué quiere decir? ¿Que no está bien?

Dr. Rivera suspiró, mirando de nuevo a sor Áurica.

—Lo que quiero decir es que lo que hizo con los bizcochos podría ser una manifestación de algo más profundo... Quizá hay un problema emocional o psicológico que está tomando forma en su comportamiento.

Gabriel, quien había estado callado hasta ese momento, levantó la cabeza, mirando a sor Áurica.

—¿Está enferma? —preguntó, su voz un tanto temblorosa—. ¿Por eso... por eso me atacó?

Dr. Mendieta se volvió hacia él, asintiendo con cautela.

—Probablemente. No estamos seguros de qué está pasando con sor Áurica, pero algo dentro de ella ha estallado. El comportamiento que muestra no es el de una persona equilibrada, y parece que hay un factor emocional o mental involucrado. El ataque hacia ti, Gabriel, no fue algo personal... fue producto de una profunda angustia interna.

La sala quedó en silencio por un momento, mientras todos procesaban las palabras de los doctores. Sor Áurica, ahora más tranquila, seguía en el suelo, con la mirada perdida. Nadie sabía exactamente qué había desencadenado esta explosión.

El Dr. Mendieta asintió con firmeza, tomando la situación con la seriedad que requería. Sabía que algo grave estaba sucediendo con sor Áurica, algo que requería atención profesional inmediata. Miró a Dr. Rivera, quien parecía estar de acuerdo con la idea, y luego se dirigió a Rogelia, su tono ahora más directo.

—Es lo mejor, Rogelia. Debemos llevarla a la Casa Quita Pesares Virgen del Socorro. Es un lugar especializado en tratar trastornos como el que parece estar sufriendo sor Áurica. No podemos dejarla en este estado; necesita un tratamiento adecuado.

Rogelia, aunque visiblemente preocupada, sabía que no había otra opción. Había visto la angustia en los ojos de sor Áurica y el comportamiento errático que mostraba. No podían permitir que la situación empeorara.

—Entendido —respondió Rogelia, su voz grave y decidida. Miró a sor Áurica, quien seguía en el suelo, visiblemente agotada—. ¿Qué le damos para mantenerla calmada mientras la trasladamos?

El Dr. Rivera dijo que habría que darle un ansiolítico. —Alejandro trae un ansiolítico del laboratorio y una camilla.

Al cabo de cinco minutos llegó el Dr. Mendieta con el frasco con ansiolíticos y una camilla.

—Esto debería ayudar a mantenerla tranquila durante el trayecto. Solo necesitamos administrárselo de inmediato, y debería funcionar en pocos minutos —dice el Dr. Mendieta.

Con rapidez, el Dr. Mendieta se acercó a sor Áurica, quien aún murmuraba incoherencias. Rogelia se inclina junto a ella, intentando calmarla con palabras suaves.

—Áurica... escúchame. Te vamos a llevar a un lugar donde te puedan ayudar, ¿de acuerdo? Necesitas descansar y que te atiendan, todo va a estar bien.

Sor Áurica levanta la cabeza lentamente, mirando a Rogelia con una expresión vacía. Parecía escuchar, pero su mente estaba claramente atrapada en algo más allá de su control, sois todos unos cabrones os iréis al infierno, dijo casi en forma de susurro. El Dr. Mendieta, con cuidado, abrió el frasco y preparó la dosis adecuada del ansiolítico, administrándoselo con tranquilidad.

—Todo estará bien, Áurica. Estamos aquí para ayudarte —dijo el doctor mientras sor Áurica tomaba el medicamento sin resistencia.

El ansiolítico comenzó a hacer efecto de inmediato, y la tensión en el cuerpo de sor Áurica empezó a relajarse. Su respiración se calmó, y los murmullos incoherentes cesaron poco a poco. Ahora, parecía más tranquila, aunque su mirada aún reflejaba una profunda confusión y miedo.

Rogelia, mirando el cambio en sor Áurica, susurró con suavidad:

—Vamos a sacarte de aquí, Áurica. Te llevaremos al lugar donde puedan ayudarte, no te preocupes.

Gabriel, desde un rincón, observaba la escena. A pesar del miedo y la confusión que sentía, sentía algo de compasión por la monja. No entendía completamente qué había sucedido.

—¿Qué pasa con ella? —preguntó Gabriel, sin apartar la vista de sor Áurica.

Dr. Rivera miró a Gabriel, su rostro serio pero comprensivo.

—No estamos seguros de todo, Gabriel. Lo que pasó aquí hoy... parece ser solo la punta del iceberg. Lo importante ahora es asegurarnos de que reciba la ayuda que necesita. La Casa Quita Pesares Virgen del Socorro es el mejor lugar para eso.

Con sor Áurica ahora más tranquila gracias al ansiolítico, Rogelia y los doctores se prepararon para trasladarla.

Capítulo XV

El furgón de color blanco avanza lentamente por la calle principal del pueblo. El motor ruge suavemente bajo el sol de la mañana, levantando una fina capa de polvo que se desvanecía con cada giro de las ruedas. En el interior, el Dr. Alejandro Mendieta mantiene una expresión concentrada mientras conduce, observando atentamente el camino que se extiende frente a ellos. A su lado, Rogelia, aún con el nerviosismo palpable en sus ojos, mira de vez en cuando hacia el asiento trasero, donde sor Áurica yace sedada, tranquila por el momento, pero con su salud mental en una cuerda floja.

A través de la ventana del furgón, podían ver cómo el pueblo se despertaba lentamente, aunque la escena que contemplaban no era la habitual. En lugar de los sonidos vivos de los habitantes charlando o trabajando, había una extraña quietud que lo envolvía todo. Al pasar por la plaza principal, el coche levantaba polvo, el único sonido que rompe el silencio es el crujir de los neumáticos sobre el suelo seco.

Fue entonces cuando Rogelia, con la vista fija en la plaza, notó algo inusual. A través de una ventana, ligeramente entreabierta, se asomaba doña Sagrario, observando el paso del furgón. Aunque su presencia era discreta, la mujer parecía estar tan atenta a lo que ocurría como siempre. Rogelia sintió una extraña incomodidad, como si la mirada de doña Sagrario pudiera traspasarles, aun estando tan lejos.

Pero no solo doña Sagrario captó su atención. Junto a la fuente de la plaza, en un rincón algo apartado, un hombre de aspecto peculiar se encontraba de pie. Llevaba un sombrero oscuro, de ala ancha, que cubría parcialmente su rostro. Su postura era tranquila, casi meditabunda, como si estuviera inmerso en algo más allá de la realidad inmediata. Frente a él, un gran lienzo se alzaba, mientras su pincel se movía lentamente, trazando colores y formas sobre el cuadro.

Era Florencio, un hombre conocido en el pueblo por su pasión por la pintura, pero también por su naturaleza solitaria y enigmática. Pocos sabían realmente sobre él, pero su presencia en la plaza no pasaba desapercibida. Con su sombrero oscuro y la seriedad con la que se dedicaba a su arte, siempre lograba captar la atención de quien pasara cerca. A menudo se le veía trabajando por horas, sin dejar que nada lo interrumpiera.

Rogelia no pudo evitar mirar un poco más de cerca, preguntándose qué podría estar capturando en su pintura esta vez. Florencio nunca pintaba lo mismo; su arte tenía algo extraño, como si reflejara más que paisajes o personas. Había rumores sobre lo que representaban sus cuadros, algunos decían que eran como visiones del futuro, otros que mostraban el lado oculto del pueblo.

El Dr. Mendieta, al notar la distracción de Rogelia, le lanzó una mirada breve antes de hablar en voz baja, casi como para no alterar el silencio del viaje.

—¿Lo has visto? —dijo, señalando con un gesto hacia Florencio, quien seguía sumido en su trabajo.

Rogelia asintió ligeramente, sin apartar la vista del hombre.

—Sí, es Florencio... —respondió con voz baja. —Siempre está en su mundo, pintando lo que sea que ve. No me extraña que esté aquí, en la plaza, pero... algo me da mala espina.

—Lo sé, tiene algo inquietante en su manera de observar las cosas... —comentó el Dr. Mendieta, mientras mantenía sus ojos en la carretera. —Pero no tenemos tiempo para detenernos. Hay que llevar a sor Áurica a la Casa Quita Pesares Virgen del Socorro cuanto antes.

Rogelia asintió de nuevo, su mente volviendo al presente, al objetivo inmediato. El cuadro de Florencio, el misterio de su arte quedaba atrás a medida que el furgón avanzaba. No obstante, no pudo evitar preguntarse qué pintaba ahora, qué imagen de su pueblo captaba su pincel.

El furgón dejó atrás la plaza y comenzó a alejarse, pero la imagen de Florencio pintando junto a la fuente permaneció en la mente de Rogelia. No era solo un pintor; para muchos, él era algo más... un testigo del pueblo, de sus secretos y de sus sombras. Y ahora, mientras el furgón se dirigía hacia la Casa Quita Pesares, se preguntaba si Florencio había captado algo más en sus pinturas que solo paisajes.

El furgón continuó su camino por las afueras del pueblo, alejándose de la plaza donde Florencio seguía sumido en su arte. La carretera se volvía cada vez más solitaria, y el paisaje que los rodeaba comenzaba a transformarse en campos y colinas onduladas, un entorno tranquilo pero inquietante al mismo tiempo.

Rogelia, aunque aún con la mirada perdida hacia el camino, no podía dejar de pensar en lo que había visto en la plaza. Florencio. ¿Qué pintaba realmente? ¿Era posible que sus cuadros, tan enigmáticos, pudieran tener alguna conexión con lo que estaba sucediendo con sor Áurica? La idea le rondaba la cabeza, pero no encontraba respuestas.

El Dr. Mendieta, ajeno a las reflexiones de Rogelia, seguía conduciendo con calma, su rostro serio, como si se hubiera acostumbrado a la tensión que acompañaba cada uno de esos traslados. No era la primera vez que llevaba a alguien a la Casa Quita Pesares Virgen del Socorro, pero cada vez era un recordatorio del peso de su trabajo: la salud mental de las personas no era algo que se pudiera tomar a la ligera. Y sor Áurica no era una excepción. Había algo en ella, algo que no terminaba de encajar en el diagnóstico que los médicos habían podido formular hasta ahora.

Finalmente, después de unos minutos de silencioso viaje, la silueta de la Casa Quita Pesares Virgen del Socorro apareció a lo lejos. El lugar, aunque destinado al cuidado de aquellos que pasaban por crisis psicológicas, siempre había tenido una atmósfera peculiar, casi de aislamiento, que hacía que algunos en el pueblo lo consideraran un lugar de misterio y gente rara. No era un hospital común; muchos de sus residentes llegaban allí buscando un refugio que, según algunos, podría ser más una prisión que un lugar de sanación.

El furgón giró hacia la entrada principal del establecimiento, una gran puerta de hierro forjado que crujió al abrirse para permitir el paso del vehículo. La casa estaba rodeada por un jardín descuidado, con algunas flores marchitas que aún se mantenían firmes, como si la naturaleza misma quisiera resistirse al olvido. Un hombre vestido de Elvis Presley estaba sentado en una banca mirando al infinito. En la hierba a doscientos metros del hombre había dos hombres asiáticos balanceándose en unos columpios.

El Dr. Mendieta estacionó el furgón frente a la entrada principal, donde varias enfermeras salieron a recibirlo. Una de ellas, una mujer alta y de cabello recogido, se acercó con una expresión profesional.

—Bienvenidos, Dr. Mendieta, Rogelia. ¿Cómo está la paciente? —preguntó la enfermera, mirando brevemente hacia el asiento trasero, donde sor Áurica seguía tumbada y sedada.

—Más tranquila, pero aún en un estado muy delicado. Necesita atención inmediata —respondió el Dr. Mendieta con seriedad. —Vamos a hacer todo lo posible por atenderla lo mejor posible.

Rogelia, mientras escuchaba la conversación, notaba cómo el ambiente de la Casa Quita Pesares Virgen del Socorro parecía envolverla en una extraña sensación de pesadez. Había algo en el aire, algo que la hacía sentirse incómoda, como si no estuviera completamente segura de haber tomado la decisión correcta. Pero, al mismo tiempo, sabía que era el único lugar en el que podrían ayudar a sor Áurica ahora mismo.

La enfermera asintió y, con la ayuda de otro par de enfermeras, comenzaron a sacar a sor Áurica del furgón. Mientras tanto, el Dr. Mendieta y Rogelia se acercaron al umbral del edificio.

—¿Cree que estará bien? —preguntó Rogelia, mirando de reojo a la monja que ahora era llevada hacia el interior del hospital.

—No lo sé. Pero aquí es donde deben tratarla —respondió el Dr. Mendieta con voz grave. —Esto es más que un simple episodio de rabia o desesperación. Algo más está ocurriendo con ella. Algo que debemos descubrir.

La enfermera que había recibido a sor Áurica los condujo por un pasillo largo, oscuro, con paredes que daban una sensación de antigüedad y solemnidad. A medida que avanzaban, Rogelia notó la frialdad del lugar. Las paredes de color blanco, luces tenues y el silencio que reinaba en los pasillos no ayudaban a disipar la incomodidad que sentía.

Finalmente, llegaron a una pequeña sala de observación donde sor Áurica sería atendida. La monja fue acostada en una cama, y las enfermeras comenzaron a conectarle algunos monitores para seguir su evolución.

El Dr. Mendieta se quedó de pie al lado de la cama, observando a sor Áurica, mientras Rogelia se mantenía en silencio, sin saber qué decir. La mujer que había sido una figura tan imponente y llena de pasión en sus creencias, las hierbas curativas y la repostería, ahora parecía completamente vulnerable, atrapada en su propio sufrimiento.

—Lo que le sucedió... no es algo que suceda de la noche a la mañana —comentó el Dr. Mendieta, mirando las gráficas de los monitores. —Habrá que esperar los resultados de las pruebas, pero por ahora... debemos tener paciencia.

La enfermera rubia, con su tono profesional pero lleno de una calma inquietante, terminó su explicación mientras las enfermeras comenzaban a ajustar los últimos detalles de la habitación en la que sor Áurica estaría internada. Sus ojos brillaban con una mezcla de eficiencia y compasión mientras observaba a la monja, aún sedada y tranquila en su cama.

—Habrá que dejarla internada —dijo la enfermera rubia, haciendo una pausa mientras aseguraba que todo estuviera en orden.

El Dr. Mendieta asintió, mirando a sor Áurica una vez más, su rostro grave y pensativo.

—Sí, creo que es lo mejor que podemos hacer —respondió, como si no estuviera del todo convencido, pero aceptando la decisión de forma pragmática. —Es difícil saber exactamente qué está sucediendo con ella, pero este es el lugar adecuado.

La enfermera continuó, mientras los monitores de la habitación emitían el leve pitido de fondo que marcaba la tranquilidad de la paciente.

—Como ya sabéis, aquí en el centro hay tres niveles de tratamiento —explicó, mientras Rogelia, con su mirada preocupada, se mantenía en silencio, escuchando atentamente. —A: Autónomos, L: Limbo, y P: Perdidos. Los pacientes en el nivel P son aquellos que no tienen remedio, y no pueden salir del centro. Los del nivel L tienen cierta autonomía, pero requieren supervisión constante. Y finalmente, los del nivel A son completamente libres, aunque generalmente solo requieren cuidados de desintoxicación o un tratamiento menos restrictivo.

El Dr. Mendieta asintió mientras procesaba la información, aunque sabía que cada uno de esos niveles representaba un futuro incierto para sor Áurica. Si ella caía en el nivel L o, peor aún, en el nivel P, sus posibilidades de recuperación serían muy limitadas.

—Y... ¿en qué nivel crees que estará? —preguntó Rogelia, su voz cargada de ansiedad.

La enfermera rubia parecía pensar por un momento antes de responder.

—Es difícil decirlo ahora. Aún no hemos terminado de evaluar completamente su estado. —dijo con cautela, mirándola con una leve sonrisa tranquilizadora. —La directora, la coronel, es la que realiza la evaluación general en cuanto a la conducta psicológica y el nivel que se le asignará a cada paciente. Dentro de un par de días tendremos más claridad sobre el tema. Lo único que podemos hacer por ahora es esperar a ver cómo evoluciona.

El Dr. Mendieta asintió lentamente, aunque no parecía del todo tranquilo. Sabía que, aunque la coronel tenía la última palabra en estos casos, el destino de sor Áurica estaba en manos de un sistema que, a veces, parecía más frío y burocrático que humano.

—Eso suena... razonable. —dijo el Dr. Mendieta, mirando a Rogelia. —Lo más importante ahora es que se recupere y que los exámenes puedan darnos una imagen más clara de lo que realmente está pasando. Mientras tanto, debemos confiar en el centro y en su equipo.

Rogelia, sin embargo, no podía evitar una sensación de desconfianza. Algo en el aire del centro, en la forma en que todo estaba organizado, le daba una extraña sensación de claustrofobia. Los tres niveles, con sus etiquetas y categorías, parecían separar a las personas en cajas predestinadas, como si ya estuvieran condenadas sin siquiera tener oportunidad de luchar por su recuperación.

—Os iremos comunicando su evolución. —terminó la enfermera, dando una última mirada a sor Áurica antes de salir de la habitación. —Si necesitan algo, no duden en avisarnos.

Cuando la enfermera y las otras dos enfermeras se retiraron, el Dr. Mendieta y Rogelia quedaron solos en la habitación. El silencio era pesado, pero también la necesidad de tomar decisiones pronto.

—No me siento bien con esto. —dijo Rogelia en voz baja, mirando a la monja dormida. —¿Qué pasa si sor Áurica cae en el nivel P? No puedo imaginarla encerrada aquí sin esperanza alguna...

El Dr. Mendieta se acercó a ella, colocando una mano en su hombro con un gesto de consuelo.

—Es una posibilidad que no podemos ignorar, pero aún hay tiempo para saber más —respondió con tono tranquilo, aunque sus palabras no ocultaban la preocupación en su voz. —La coronel es una experta en estas evaluaciones, y aunque el sistema del centro sea estricto, también tiene sus métodos. Mientras tanto, solo podemos esperar y asegurarnos de que se mantenga tranquila y estable.

Rogelia asintió, pero el peso de la incertidumbre seguía en su mente. Mientras observaba a sor Áurica, sabía que algo más estaba sucediendo. La forma en que la monja había reaccionado antes, sus crisis, sus ataques, todo aquello no parecía ser simplemente el resultado de un trastorno mental común. Había algo más profundo, algo que podría estar vinculado a los oscuros secretos del pueblo, a las visiones de Florencio, o incluso a los misterios del propio centro.

De repente, el sonido de pasos interrumpió sus pensamientos. La enfermera rubia regresó, esta vez con una expresión más seria.

—La coronel desea verlos —dijo, antes de hacer una pausa, como si estuviera midiendo las palabras. —Es sobre la evaluación preliminar de sor Áurica y las pautas a seguir.

Rogelia intercambió una mirada con el Dr. Mendieta. Era el momento. Algo importante estaba por revelarse.

La enfermera rubia hizo una ligera inclinación de cabeza antes de señalar el final del pasillo con un gesto firme.

—Podéis pasar al despacho de la directora, que está al final del pasillo, puerta 111. —dijo, con una mirada profesional que no dejaba espacio para más preguntas.

Rogelia miró al Dr. Mendieta, su rostro reflejaba una mezcla de curiosidad y ansiedad. Sabía que este encuentro con la coronel sería decisivo, pero no podía evitar sentir un nudo en el estómago.

El Dr. Mendieta asintió sin decir nada y comenzó a caminar por el pasillo. Rogelia lo siguió de cerca, sus pasos resonando en el silencio del largo corredor. El ambiente en el centro parecía denso, marcado por la quietud de un lugar donde las voces de los pacientes apenas se escuchaban.

Al llegar cerca del despacho de la directora, se oía la voz de un hombre en una habitación.

—Cante, cante, Barbara, cante. *Sing, sing, Old MacDonald had a farm*, decía la voz.

—No querer cantar —decía una voz de mujer con acento inglés.

—Canta, cabrona o te mando a la sección P.

—Este sitio es un tanto raro —dice Rogelia.

Al llegar frente a la puerta 111, el Dr. Mendieta llamó con firmeza. No hubo respuesta inmediata, solo el sonido sordo de la puerta al ser tocada, pero tras unos segundos, se escuchó un ruido de movimientos dentro y la puerta se abrió.

Una mujer alta, de cabello corto y rubia, vestida con un uniforme militar que no dejaba lugar a dudas sobre su autoridad, los observaba. La coronel, directora del centro, tenía una mirada fría y calculadora. Sus ojos no eran suaves, sino penetrantes, como si pudiera ver a través de ellos.

—Dr. Mendieta, Rogelia... —dijo la coronel, su tono grave y seguro, mientras se apartaba ligeramente para permitirles el paso. —Pasen, por favor.

El despacho era austero, con muebles de madera oscura y una gran mesa en el centro llena de papeles organizados meticulosamente. Las paredes estaban adornadas con certificados y diplomas que hablaban de su impresionante trayectoria en el campo de la psicología y la psiquiatría. En una esquina, un retrato grande de la coronel se destacaba con un cuchillo dorado degollando un oso. Había algo inquietante en la forma en que la habitación estaba dispuesta, algo que le daba una sensación de vigilancia constante.

Una vez dentro, la coronel cerró la puerta tras ellos con un gesto decisivo.

—Bien, ya que están aquí, hablemos de sor Áurica. —dijo, señalando dos sillas frente a su escritorio. —Siéntense.

Rogelia se sentó, aún tensa, mientras el Dr. Mendieta tomaba asiento a su lado. La coronel permaneció de pie por un momento, mirando por la ventana con su rostro impasible.

—La paciente, sor Áurica, presenta un caso complicado. —comenzó, sin rodeos. —Su comportamiento es errático y su salud mental se ha deteriorado rápidamente, pero hay algo más que no puedo pasar por alto.

Rogelia entrecerró los ojos, notando la gravedad en la voz de la coronel. Algo no estaba del todo claro en su declaración.

—¿A qué se refiere? —preguntó el Dr. Mendieta, con una leve sombra de duda en su tono.

La coronel se giró lentamente, mirándolos con una frialdad calculada.

—Aún no tengo un diagnóstico concluyente, pero puedo decirles que su condición podría estar vinculada a una serie de factores que van más allá de lo que parece. —dijo, mientras se acercaba a la mesa y recogía unos documentos. —Los pacientes de este centro tienen un historial único. Sor Áurica no es la primera persona que llega aquí con síntomas similares. Su caso, aunque más extremo, es... intrigante.

Rogelia sintió cómo su pulso se aceleraba.

—¿A qué se refiere con «síntomas similares»? —preguntó, casi en un susurro, sintiendo que la conversación tomaba un giro peligroso.

La coronel la miró fijamente antes de responder, con una leve sonrisa en sus labios.

—Lo que quiero decir es que en este centro hemos tenido pacientes con experiencias... poco convencionales. Algunos de ellos han experimentado estados alterados de conciencia, otros han tenido episodios que no pueden explicarse fácilmente. Sin embargo, el patrón es claro: hay algo en común entre ellos, algo que los une. —su tono era más bajo, casi como si estuviera revelando un secreto. —Y sor Áurica podría ser clave para comprenderlo.

Rogelia tragó saliva, mientras el Dr. Mendieta también se mantenía en silencio, procesando las palabras de la coronel.

—¿Qué tipo de «experiencias» exactamente? —preguntó él, con una seriedad palpable en su voz.

La coronel dejó el papel que tenía en las manos y se acercó a una mesa lateral, donde sacó un cuaderno negro. Lo abrió y comenzó a leer en voz baja, como si consultara una especie de registro.

—No son experiencias comunes. —dijo, sin mirar hacia arriba. —Son fenómenos que escapan a cualquier diagnóstico tradicional. Visiones, voces, convulsiones inexplicables. Algunos pacientes han hablado de... presencias, de algo más allá de la conciencia humana. Lo que yo sospecho, y lo que necesitamos investigar con sor Áurica, es si ella es simplemente una víctima o si juega un papel más importante en esta... «cadena». Por último, hay algo curioso en todos estos pacientes. Todos emiten un tenue olor a un cítrico. Como si todos se hubieran puesto la misma colonia o se han impregnado de zumo de limón o algo parecido; muy extraño.

Rogelia sintió que el aire se volvía denso. La tensión en la habitación aumentaba, y la sensación de que había algo mucho más grande en juego la envolvía.

—¿Qué quiere decir con «cadena»? —preguntó, incapaz de ocultar la creciente ansiedad en su voz.

La coronel finalmente se giró, mirándolos fijamente con ojos penetrantes.

—Es una historia más larga de lo que pueden imaginar. Pero la clave, Rogelia, podría estar en lo que sor Áurica sabe, o lo que está a punto de descubrir.

La coronel dejó caer esas palabras con una serenidad inquietante, como si estuviera poniendo sobre la mesa un misterio profundo, difícil de comprender, pero inevitablemente presente. Rogelia se quedó en silencio, tratando de procesar lo que acababa de escuchar. La idea de que sor Áurica podría ser la clave de algo más grande la llenó de incertidumbre. ¿Qué estaba pasando realmente en ese centro? ¿Y qué podría estar descubriendo la monja?

El Dr. Mendieta, que hasta ese momento había permanecido callado, frunció el ceño, mirando a la coronel con una mezcla de desconfianza y curiosidad.

—¿De qué está hablando exactamente? —preguntó, la tensión en su voz ahora claramente perceptible. —¿De qué «cadena» habla?

La coronel lo miró fijamente, como si estuviera evaluando si debía o no continuar revelando detalles. Finalmente, pareció tomar una decisión y se acercó un poco más, dejando el cuaderno negro sobre la mesa y cruzando los brazos.

—Lo que está ocurriendo aquí, en este centro, no es solo cuestión de enfermedad mental. —dijo, su tono bajo y controlado. —Hay algo mucho más profundo, algo que no puede explicarse simplemente por diagnósticos psiquiátricos convencionales. Muchos de nuestros pacientes tienen antecedentes que van más allá de lo que se podría considerar razonable. Algunas historias tienen patrones comunes: un cambio repentino en su comportamiento, un estado de desorientación total, visiones, y a veces... sus testimonios coinciden en detalles sorprendentes como su relación con ciertos individuos o zonas de esta región donde se anula la voluntad de los individuos.

—¿Saben ustedes si sor Áurica ha tenido contacto con alucinógenos? La coronel Ivonne observó al Dr. Mendieta con una intensidad que hizo que el aire en la habitación se volviera más denso. La pregunta, aparentemente casual, estaba cargada de implicaciones. El Dr. Mendieta, con su carácter meticuloso, no dejó que la incomodidad lo invadiera, pero sus ojos se entrecerraron ligeramente, reflexionando sobre las palabras de la coronel.

—No, no creo que sor Áurica haya tenido contacto con alucinógenos. —dijo, con una seguridad algo calculada. —Ella es una experta en herbología, con muchos años de experiencia trabajando con las propiedades curativas de las plantas. En su práctica, siempre ha utilizado hierbas y plantas de manera controlada, enfocándose en la medicina tradicional y sus usos terapéuticos.

La coronel, aparentemente satisfecha con la respuesta, asintió con una ligera sonrisa en sus labios, aunque sus ojos permanecieron fijos en el Dr. Mendieta.

—Ah, ya veo. —respondió, con un tono que podía interpretarse como pensativo o incluso ligeramente burlón. —Eso cambia las cosas, claro. Las plantas que utiliza sor Áurica, aunque no sean alucinógenos en el sentido estricto de la palabra, pueden tener efectos que alteran la percepción, aunque más sutilmente. Algunas hierbas, por ejemplo, pueden inducir estados de trance o aumentar la receptividad de la mente a ciertas... influencias.

El Dr. Mendieta la miró, comprendiendo finalmente hacia dónde se dirigía la conversación. Los ojos de la coronel brillaban con una mezcla de conocimiento y advertencia, como si estuviera viendo algo que él aún no comprendía completamente.

—Eso es lo que me preocupa —dijo la coronel, bajando la voz. —Las propiedades curativas de las plantas no siempre se limitan a los efectos que parecen tener en el cuerpo. Algunas hierbas, si se combinan de cierta manera, pueden abrir puertas que la mente humana no está preparada para cruzar. Y lo que nos preocupa es si sor Áurica, sin quererlo, ha estado tocando esas puertas o ha sido influenciada por otros.

Rogelia, que había estado escuchando en silencio, no pudo evitar intervenir.

—¿Está insinuando que alguna de las plantas que utilizó sor Áurica podría haber tenido efectos imprevistos? —preguntó, su voz temblorosa, pero curiosa.

La coronel la miró por un momento antes de responder, como si estuviera evaluando la gravedad de lo que estaba a punto de decir.

—No es una insinuación, Rogelia. Es una posibilidad que no podemos ignorar. Algunas de las plantas que sor Áurica utilizaba tienen propiedades que, en dosis incorrectas o en combinaciones inadecuadas, pueden alterar el estado mental de una persona. Lo que me preocupa es que, en su estado actual, sor Áurica no esté completamente consciente de lo que está sucediendo con ella.

El Dr. Mendieta frunció el ceño, sintiendo la urgencia de la situación.

—¿Entonces estamos hablando de un efecto psicoactivo? ¿Algo que podría haber alterado su comportamiento de forma involuntaria, sin que ella lo supiera?

La coronel asintió lentamente, como si estuviera confirmando una sospecha que había estado rondando su mente durante algún tiempo.

—Sí —dijo, con una firmeza que parecía dejar claro que no era una simple suposición. —Es una posibilidad. El contacto prolongado con ciertas plantas podría haber llevado a sor Áurica a desarrollar una sensibilidad, o incluso una dependencia de esas sustancias. Lo que nos preocupa ahora es si eso ha desencadenado un comportamiento más errático o ha abierto puertas a algo más peligroso... algo que ni siquiera ella entiende completamente. Por otro lado, tenemos aquí pacientes con síntomas similares a los de sor Áurica y no son herbólogos.

Rogelia miró al Dr. Mendieta, viendo la preocupación reflejada en su rostro. Sabía que ambos estaban intentando comprender lo que estaba ocurriendo, pero cada vez se sentían más atrapados en un misterio sin solución clara.

—¿Y qué hacemos ahora? —preguntó Rogelia, —¿Cómo podemos ayudarla si lo que está sucediendo es más complejo de lo que pensamos?

La coronel la miró fijamente, sin dejar de lado la gravedad de la situación.

—Lo primero es que debemos reunir toda la información posible sobre las plantas que utilizó sor Áurica. Necesitamos saber si alguna de ellas tiene efectos más allá de lo que conocemos. Luego, debemos estudiar más a fondo su comportamiento y ver si hay cambios significativos. Si ha sido influenciada por algo más o alguien, hay que encontrar una manera de contrarrestarlo antes de que se vuelva irreversible.

El Dr. Mendieta, aunque con la mente llena de preguntas, asintió con determinación.

—De acuerdo. Comenzaremos con el análisis de las plantas y sus posibles efectos. Pero también necesitamos estar preparados para lo que eso pueda implicar.

La coronel asintió, pero su expresión se endureció ligeramente.

—Exactamente. Debemos estar preparados para lo peor, aunque esperemos que no llegue a eso. Ahora más que nunca, debemos actuar con cautela y evitar hablar del tema con otras personas.

—Lo haré, coronel —dijo finalmente, con un tono de firmeza que no había tenido hasta ese momento. —Haré todo lo que esté a mi alcance para entender qué le está pasando. No podemos permitir que esta situación se nos escape de las manos, dijo el Dr. Mendieta.

Por ahora la asignaremos la sección L con un poco más de vigilancia y veremos cómo evoluciona —dice la coronel.

—Perfecto. Manténganos informados —dice el Dr. Mendieta.

Rogelia y el Dr. Mendieta salen del centro y en la entrada hay dos hombres asiáticos que los miran fijamente. Se acercan sonriendo.

—Pato golpear cabeza —dice uno de los asiáticos. El otro solo sonríe.

—Hasta pronto señores —dice el Dr. Mendieta.

—Pobre gente —dice Rogelia.

El ambiente en el pasillo del centro era silencioso, interrumpido solo por el suave crujido de las ruedas de la silla en la que sor Áurica era trasladada. El enfermero, con paso firme pero tranquilo, empuja la silla de ruedas por los corredores del centro, llevando a sor Áurica a su habitación. Ella, aún sedada, parecía casi inmóvil, como si su cuerpo y mente estuvieran en otro lugar, distante de la realidad.

Sin embargo, afuera de la habitación, en el salón donde algunos pacientes se reunían para ver televisión, una mujer observaba con atención la escena. Estaba sentada en uno de los sofás, con los ojos fijos en sor Áurica mientras era llevada hacia su habitación. Su rostro se tensó al reconocerla, y un murmullo bajo escapó de sus labios, casi inaudible pero lleno de odio.

—Pero si es la mismísima hija de puta... —murmuró, sin que nadie más en la sala la escuchara.

La mujer parecía completamente absorbida por el resentimiento, sus ojos brillando con una mezcla de sorpresa y desdén. No se levantó de su asiento, pero su mirada permaneció fija en la figura de sor Áurica, como si estuviera contemplando a una enemiga que debía ser enfrentada. La presencia de sor Áurica había evocado en ella una ira tan profunda que ni siquiera pudo ocultarla, aunque lo intentó.

Nadie en el salón pareció notar su reacción, salvo una enfermera que, al pasar cerca, se detuvo brevemente, observando a la mujer con una ligera ceja levantada. La mujer, sin embargo, no mostró señales de querer ser interrumpida. En su rostro, una sombra de amargura se reflejaba mientras su mirada no se despegaba de la puerta por donde sor Áurica había sido llevada.

La enfermera, después de un momento de duda, decidió continuar con su recorrido, pero algo en la reacción de la mujer quedó flotando en el aire.

¿Quién era ella? ¿Por qué parecía reconocer a sor Áurica de una manera tan personal, tan visceral?

La coronel Ivonne, que también se encontraba cerca de la sala, observó todo esto desde una distancia discreta. Su mirada, afilada y calculadora, no pasó por alto el comportamiento de la mujer. Decidió que sería necesario investigar más a fondo esa conexión.

Los días en el centro Quita Pesares Virgen del Socorro parecían ser una mezcla de rutina monótona y tensiones latentes. La llegada de los dos asiáticos, que aún no se habían comunicado con coherencia, mantenía a los demás internos en un estado de incertidumbre. Los murmullos sobre su condición se esparcían entre los pasillos, pero pocos se atrevían a acercarse a ellos. Feíto, el hombre que parecía haber quedado atrapado en su admiración por Elvis Presley, continuaba preguntando, como si el cantante estuviera realmente en algún rincón del centro esperando ser encontrado. Su obsesión por el rey del rock parecía ser su única salida de la realidad que lo rodeaba.

Hasan, el gordo libanés, era otro de los internos que atraía miradas y comentarios. Su peso había disminuido considerablemente desde su ingreso, y aunque la dieta de ejercicios de marcha militar, duchas frías le había proporcionado un cambio físico notable, su comportamiento seguía siendo un desafío. Los otros residentes del centro, al igual que los trabajadores, temían sus arranques de violencia. La noticia de su ataque a un enfermero y la destrucción e incendio de los muebles en su habitación aún flotaba en el aire, sin que nadie pudiera olvidar el terror que provocó en la sección L.

La coronel Ivonne, directora del centro, tomaba decisiones drásticas para mantener el orden, y su recomendación de administrarle latigazos a Hasan y darle antidepresivos lo mantenía a raya, aunque algunos dudaban sobre la ética de tales métodos. Las mañanas se volvían aún más tensas, con la constante vigilancia sobre el libanés mientras realizaba su rutina militar, aunque, en el fondo, la estrategia parecía más una forma de control que un intento de rehabilitación.

Mientras tanto, los otros internos se mantenían al margen de estos sucesos, algunos atrapados en su propio dolor y otros simplemente tratando de sobrevivir a los días que pasaban. La vida en el centro era una mezcla de dolor físico y emocional, y aunque muchos llegaban buscando paz y sanación, lo que encontraban a menudo no era lo que esperaban.

Sor Áurica se encontraba en un estado de inquietud constante, una mezcla de responsabilidad y desasosiego que no la dejaba en paz. Observaba cada movimiento, cada palabra, con una atención que rayaba en lo obsesivo, pero la verdad era que no podía evitarlo. Algo dentro de ella le decía que las cosas no estaban en su lugar, que el aire del centro estaba impregnado de algo oscuro, algo que iba más allá de los casos individuales de los pacientes y las estrictas reglas del lugar.

El centro Quita Pesares, Virgen del Socorro, con su fachada aparentemente tranquila, se sentía cada vez más como una prisión. No solo para los internos, sino también para ella. Había algo en el ambiente, en la mirada distante de los demás pacientes, en la manera rígida en que todo se gestionaba, que la hacía sentir atrapada. Durante las noches, especialmente, el murmullo de los pasillos, las luces parpadeantes y los ecos de las voces distorsionadas la mantenían despierta, pensando en cómo había llegado a este punto.

«¿Qué estoy haciendo aquí?», se preguntaba a menudo. Una parte de ella anhelaba escapar, huir a un lugar donde el aire fuera más ligero, donde las sombras no se extendieran tan lejos. Las historias de Hasan, Feíto y los asiáticos atrapados en su propio mundo solo acentuaban su desconfianza hacia el centro.

Cada día, al caminar por los pasillos, observaba a los pacientes con una mezcla de tristeza y compasión, pero también con un creciente temor. La coronel Ivonne, con su disciplina casi militar, imponía reglas severas, y aunque muchos de los internos se beneficiaban de la estructura, había algo en el modo en que controlaba a Hasan que la dejaba inquieta. ¿Era esta la forma en que se debía tratar a los enfermos? ¿Con más represión que cura?

A veces, cuando las tensiones se alzaban, como aquella mañana en la que Hasan fue obligado a hacer una de sus rutinas de ejercicios intensivos, sor Áurica sentía una especie de revulsión interna. Ver la humillación que sufría el libanés, reducido a una sombra de sí mismo, le recordaba sus propios límites, esos que no sabía si había cruzado ya al llegar a ese lugar.

Una tarde, mientras caminaba hacia la enfermería, sor Áurica vio en el horizonte el pequeño jardín del centro. El sol se estaba poniendo, tiñendo el cielo de tonos cálidos, pero la imagen no la tranquilizó como solía hacerlo. El jardín parecía una prisión pequeña, con barrotes invisibles, rodeado por una cerca de alambre que no dejaba ver el mundo exterior. En ese momento, la sensación de claustrofobia se apoderó de ella, y no pudo evitar preguntarse si había algo más allá de esas paredes blancas y frías que la estaba esperando.

«¿Qué haría si pudiera irme ahora?», pensó, sintiendo un nudo en el estómago.

Mientras el sol se escondía detrás de las nubes, sor Áurica sintió, por primera vez en mucho tiempo, la urgencia de salir. Pero el silencio del centro, ese vacío pesado que la rodeaba, parecía mantenerla cautiva. «Un día», se dijo a sí misma, «un día lo haré». Pero no sabía si ese día llegaría pronto, o si, al final, terminaría siendo tan atrapada como los demás, en este lugar donde la luz nunca parecía brillar con suficiente fuerza.

Sor Áurica, en su lucha interna, experimentaba una montaña rusa emocional que la dejaba agotada, casi como si estuviera atrapada entre dos mundos. Había días en los que su mente funcionaba con una claridad sorprendente, como si las piezas del rompecabezas encajaran por fin. En esos momentos, encontraba consuelo en las pequeñas rutinas diarias del centro, observando a los pacientes con compasión, atendiendo a sus necesidades con dedicación y cuidando cada detalle como si fuera el más importante de todos. El alivio que sentía al brindarles un poco de calma la reconfortaba, y en esos instantes, la sensación de estar atrapada se desvanecía.

Pero luego estaban los días más oscuros, aquellos en los que la melancolía la invadía con una fuerza arrolladora. Se sentía como si un peso invisible la aplastara, arrastrándola a un rincón sombrío de su mente. En esos momentos, el centro, con su aire denso y cargado de tensiones, se convertía en un lugar asfixiante, y la sensación de estar atrapada en una burbuja se volvía insoportable. Miraba a los demás pacientes, a Feíto, Hasan, los asiáticos y otros, aunque sentía por ellos, había algo más profundo que se estaba gestando dentro de ella. Una chispa de frustración, una necesidad de estallar, como si todo el control y la calma que había aprendido a mantener se derrumbara por un instante.

Era una mezcla extraña, casi paradójica: la enfermera disciplinada y compasiva de un lado, y la mujer que, en su interior, sentía que estaba a punto de explotar.

«¿Por qué me siento así? ¿Por qué tengo ganas de... de golpear a alguien?»

Había días en los que se preguntaba si estaba perdiendo la cordura. Había algo en las paredes del centro que la volvía irritable, como si cada rincón estuviera impregnado de una energía opresiva que necesitaba liberar. Pero, al mismo tiempo, sabía que esa agresión no era realmente suya, sino el reflejo de un sistema que la había estado consumiendo lentamente. Las estrictas reglas de la coronel Ivonne, la violencia que se respiraba en el aire con la amenaza constante de latigazos o de más represión, todo eso estaba formando una especie de tormenta interna en sor Áurica.

Un día, durante uno de esos momentos de creciente frustración, se encontró mirando a Hasan mientras él realizaba su marcha militar, sudoroso y agotado, su cuerpo apenas reconociendo el esfuerzo físico. Sor Áurica sintió una rabia inexplicable hacia él, pero no hacia el hombre, sino hacia el sistema que lo había reducido a eso. La impotencia que sentía por no poder hacer nada para cambiar su situación, por no poder liberarse de las cadenas invisibles del centro, la llevaba al borde.

«¡¿Por qué estamos todos aquí, sufriendo?! ¿Por qué no podemos romper con todo esto?»

La furia no era necesariamente hacia los pacientes. En su interior, sor Áurica entendía sus historias, sus dolores. La violencia y la represión eran más bien hacia el propio centro, hacia esa estructura que se imponía sobre todos, sin importar las consecuencias, sin importar el bienestar de aquellos que llegaban buscando ayuda.

Esa necesidad de «dar una paliza» no era una llamada hacia la violencia física, sino un grito interno por la falta de libertad, por la opresión emocional que sentía cada vez que se encontraba con los límites del centro, con la mirada distante de los demás, y con las reglas severas que parecían desterrar toda humanidad.

A veces, cuando los días oscuros se alzaban, sor Áurica se encontraba sentada en su pequeño cuarto, mirando por la ventana hacia el jardín cercado. Se preguntaba, con un atisbo de desesperación, si algún día sería capaz de escapar, de liberarse de las cadenas invisibles que la mantenían en ese lugar. Pero entonces, una parte de ella, más racional, la detenía, recordándole que su propósito era más grande. Ella creía que estaba allí para ayudar, para ser una luz en medio de la oscuridad, aunque a veces, esa luz se sintiera tan distante como el sol detrás de nubes grises.

Todo en el centro estaba en constante cambio, pero la pregunta seguía siendo la misma: ¿Realmente se podía sanar aquí, o solo sobrevivir?

Una tarde sor Áurica observaba, a través de la ventana de su habitación, el ajetreo a la distancia. Un grupo de pacientes y enfermeras se encontraba probándose disfraces, riendo y saltando de un lado a otro, con la diversión surcando el aire del centro. El bullicio, aunque aparentemente inofensivo, no lograba distraerla de sus propios pensamientos. Recordaba con nostalgia el Carnaval de Naranjillo, una tradición que siempre la había llenado de alegría, pero también de inquietud.

El recuerdo del año pasado la invadió de inmediato. Un paciente, de la Casa Quita Pesares Virgen del Socorro, vestido con un elaborado disfraz de Ícaro, había decidido emular la leyenda lanzándose desde lo alto de la torre de la iglesia. El espectáculo que había resultado de ese intento fue horrendo: el impacto había sido tan brutal que la plaza se llenó de gritos y caos. El alcalde, con el rostro pálido, suspendió el carnaval inmediatamente después del incidente. El caos y la tragedia se habían tragado por completo la festividad, y desde entonces el evento había quedado marcado por la sombra de esa fatalidad.

Absorbida en estos recuerdos trágicos, sor Áurica no notó que alguien se acercaba a su puerta. Cuando esta se abrió con brusquedad, sor Áurica dio un respingo. Una figura, disfrazada con una máscara de Minie Mouse, irrumpió en la habitación. Antes de que pudiera reaccionar, la persona se abalanzó sobre ella con furia, golpeándola con un palo de golf.

«¿Quién eres?», preguntó, con el ceño fruncido, intentando comprender lo que ocurría.

La figura ante ella, completamente encapuchada en su furia, levantó la cabeza. Desde su máscara de Minie Mouse, los ojos brillaban con una intensidad peligrosa. La mujer, temblando de rabia, se acercó a sor Áurica, aún con el palo de golf en mano. La furia en su voz fue casi un rugido:

«¿No te acuerdas de mí, cabrona?», gritó, su rostro visible ahora a través de las aberturas de la máscara. «Soy Doménica Conti. ¡Tú hiciste que me internaran aquí!»

Sor Áurica, con el corazón acelerado, empezó a juntar las piezas. Doménica Conti. Su mente recorrió los recuerdos y, finalmente, algo encajó. Doménica era una mujer que había estado en el hospital hace tiempo, conocida por su carácter impulsivo, su rebeldía ante las normas. Sor Áurica recordaba que, en su momento, había tomado decisiones difíciles sobre ella, decisiones que, aparentemente, la habían llevado hasta allí, hasta este centro.

Sor Áurica sintió un nudo en el estómago. Había hecho lo que creía correcto, lo que se esperaba de ella, pero ahora, de alguna manera, esa decisión se le devolvía como un golpe. ¿Había sido tan mala decisión? ¿Había realmente causado tanto sufrimiento? La culpabilidad y el remordimiento comenzaron a instalarse en su pecho.

«Doménica...», dijo con voz baja, su mirada entre preocupada y confundida. «No era mi intención. Nunca quise que terminara así.»

Doménica no pareció calmarse, al contrario, su rabia se intensificó al escuchar las palabras de sor Áurica. «¿Nunca quise que terminara así? ¡Pues mírame ahora! ¡Aquí, encerrada, perdida, por tu culpa!», gritó, y dio un paso hacia ella, aún con el palo de golf en mano.

Sor Áurica levantó las manos, instintivamente, como para protegerse del siguiente golpe. «Por favor, Doménica, tranquilízate. No quiero pelear. Quiero entender. Dime qué pasó, por favor.»

Pero Doménica no la escuchó, su furia estaba demasiado arraigada. «¿Entender? ¿Ahora me vas a decir que quieres entender? ¡Después de todo lo que me hiciste!» Su voz se quebró por un momento, la rabia se mezcló con la tristeza y la desesperación. «¡Me metiste en este infierno, sor Áurica! ¡Me condenaste a esta prisión!»

Sor Áurica, sin saber qué más hacer, intentó apaciguar la situación con palabras sinceras, aunque vacías de todo consuelo. «Lo siento tanto, Doménica... Nunca pensé que algo así pasaría.»

Por un instante, la furia de Doménica pareció dudar. La mujer la miró fijamente, con la respiración acelerada y los ojos llenos de dolor, como si la rabia fuera solo una máscara que escondía el sufrimiento profundo. Pero las palabras de sor Áurica no parecían ser suficientes para deshacer el daño ya hecho.

El ambiente en la habitación era pesado, cargado de emociones no resueltas. Sor Áurica comprendió que, aunque intentara explicarse, las heridas que ambos llevaban eran profundas, y quizás ni las palabras ni el arrepentimiento serían suficientes para sanar todo lo que se había quebrado.

El enfrentamiento no había terminado, y el dolor, como siempre, seguía acechando desde las sombras del pasado.

La habitación quedó en un silencio tenso después de que Doménica arrojara el palo de golf al suelo con un sonido sordo. Sor Áurica, respirando entrecortadamente y aún con el dolor de los golpes, observó a Doménica con la sensación de que algo había cambiado en el aire. Doménica, antes tan llena de furia, parecía ahora vacía, como si el peso de sus propias emociones la hubiera derrumbado.

Con una mirada perdida, Doménica comenzó a quitarse la máscara de Minie Mouse. Al hacerlo, su rostro reveló una expresión de cansancio y agotamiento. Las furias que la habían impulsado a atacarla parecían disiparse, reemplazadas por algo más vulnerable, algo que sor Áurica no había esperado ver: compasión.

Doménica dejó la máscara sobre la mesa, sus dedos temblorosos mientras tocaba las orillas del disfraz. Miró a sor Áurica, su mirada ya no era de odio, sino de una extraña tristeza. Parecía que el mismo peso de sus emociones, que hasta hacía momentos la habían hecho atacarla, ahora la mantenía cautiva en su propio dolor.

Sor Áurica, aunque aún dolorida, sintió una punzada de comprensión en su pecho. Sabía que el sufrimiento de Doménica no era solo culpa de las decisiones de ella, pero, al mismo tiempo, comprendió que esa mujer había sido empujada a una oscuridad profunda por la desesperación y las decisiones que las circunstancias habían forjado.

Doménica, con el rostro ahora expuesto, hizo un gesto con la mano, como si estuviera tratando de deshacerse de las palabras que no podía decir. Su respiración se volvió más lenta, como si todo el impulso de su furia se hubiera desvanecido con un solo golpe de realidad.

Finalmente, con la cabeza agachada, Doménica dio un paso hacia atrás. «Lo siento», murmuró, sin mirar a sor Áurica directamente. «No era mi intención… lastimarte.»

Sor Áurica, sin palabras, la observó, sin saber qué responder. El perdón parecía estar flotando en el aire, pero no se podía concretar tan fácilmente. A pesar de todo, un sentimiento de alivio, aunque leve, comenzó a llenar su pecho.

Doménica, sin esperar más, giró hacia la puerta. Con pasos lentos, comenzó a alejarse de la habitación, como si el peso de su propia rabia la hubiera agotado por completo. Mientras cruzaba el umbral de la puerta, se detuvo por un momento y, con la cabeza baja, murmuró:

«Adiós, sor Áurica.»

Luego, su sombra se alejó, dejando la habitación envuelta en un silencio profundo. Sor Áurica permaneció allí, con el corazón agitado, sin saber si aquello había sido una reconciliación o solo el final de un conflicto no resuelto, pero, por un extraño instante, algo había cambiado. Y aunque aún quedaban muchas sombras entre ellas, sor Áurica sintió, por primera vez, que quizás, en algún momento, podrían encontrar una forma de sanar.

Capítulo XVI

El camino hasta Alcorcón de la Mula no era largo, pero Jacinto sabía que cada paso lo acercaba más al enigma que había comenzado a desvelar. Mientras recorría los senderos, pensaba en Paula. Sabía que no era una simple mujer del pueblo; su conocimiento de lenguas extranjeras la hacía única. Si alguien pudiera arrojar luz sobre el mensaje encriptado, era ella.

Jacinto condujo hasta el pequeño pueblo. Alcorcón de la Mula no era más que un conjunto de casas dispersas alrededor de una plaza central, pero su ambiente tranquilo y acogedor contrastaba con la tensión interna que Jacinto sentía. Fue directo a localizar la carnicería, sabiendo que Paula vivía al lado. Desde la calle se oía al carnicero, afilando un cuchillo con destreza. Un hombre alto moreno joven.

Jacinto llamó a la puerta de la casa contigua a la carnicería. El sonido de su puño golpeando la madera resonó en la calle vacía, pero la puerta permaneció cerrada, como si el lugar estuviera deshabitado.

Suspiró frustrado y dio un paso atrás, mirando el edificio vacío. La puerta no se abrió. No había señales de vida, ni luces encendidas, ni ruido alguno proveniente del interior. Pensó en esperar un poco más, pero el sol comenzaba a ponerse, y la sensación de urgencia crecía en su pecho. ¿Dónde estaba Paula?

Con la resolución en la cara, Jacinto se dio la vuelta y se encaminó hacia la carnicería que se encontraba justo al lado de la casa. El bullicio de la tienda le pareció más bien un consuelo en ese momento, un lugar donde, quizás, alguien tuviera información que lo llevara a encontrarla.

Entró a la carnicería y saludó al carnicero, que se encontraba detrás del mostrador cortando carne con destreza. El hombre lo miró con un ligero asentimiento, como si ya lo conociera, pero Jacinto no pudo evitar notar la tensión en su mirada.

—Buenas tardes, señor. ¿En qué le puedo ayudar? —preguntó el carnicero mientras seguía trabajando.

—Buenas —respondió Jacinto—, vengo a preguntar por si usted sabe algo de su vecina Paula. ¿Sabe si está en casa? Que no abre la puerta.

El carnicero de acento italiano dejó de limpiar sus manos y, con una sonrisa amplia que mostraba su carácter amigable, miró a Jacinto y, tras un breve silencio, rompió el hielo.

—Soy Mario Cerundulo —dijo, como si la presentación fuera esencial para reforzar la confianza—. No la he visto. Ella trabaja haciendo pasteles en la panadería, así que debe estar allí. Seguramente regresará en una hora, tal vez un poco más.

Jacinto asintió aliviado. Al menos sabía que Paula no estaba en peligro inmediato, pero la ansiedad seguía apoderándose de él. Quería encontrarla lo antes posible.

Mario continuó con su característico entusiasmo:

—Mira, si tienes algo de tiempo, puedes dar una vuelta por el pueblo hasta que vuelva. Aprovecha que tengo una oferta especial de lotería hoy. —Sonrió aún más, dejando ver un brillo en sus ojos. —Es un gran gordo, siempre toca. Ya sabes, ¡no querrás perderte esta oportunidad!

Jacinto no tenía cabeza para pensar en loterías ni en ofertas. Solo quería encontrar a Paula y hablar con ella cuanto antes. A pesar de eso, respondió educadamente:

—Vale, dame un número.

Mario, aun sonriendo de oreja a oreja, le pasó un boleto de lotería con un número escrito. Aquí tienes, amigo mío. La suerte puede estar de tu lado hoy.

Antes de marchar, Jacinto le reiteró a Mario la urgencia de ver a Paula.

—Si ves a Paula, dile que necesito hablar con ella urgentemente. Vengo de parte de fray Ruperto. —La seriedad en la voz de Jacinto había dejado claro que lo que quería hablar con Paula no era algo trivial. —Estaré de vuelta cerca de una hora.

Mario asintió y, Jacinto agradecido, salió de la carnicería. Se sentía un poco más tranquilo, sabiendo que Paula estaba en su trabajo, pero la inquietud seguía presente en su mente.

Con el boleto de lotería en el bolsillo y la esperanza de encontrar respuestas, Jacinto decidió tomar el consejo de Mario y dar una vuelta por el pueblo mientras esperaba. Sabía que el tiempo corría, y que Paula probablemente tenía las respuestas que tanto necesitaba.

Al cabo de una hora, Jacinto regresó a la casa de Paula, con la esperanza de encontrar respuestas. La tarde comenzaba a sentirse un tanto fría, pero Mario Cerundulo seguía detrás del mostrador de su carnicería, charlando alegremente con los pocos clientes que quedaban. Jacinto miró hacia la casa de Paula, sintiendo que algo importante se estaba por revelar.

Se acercó a la puerta y tocó el timbre. Al instante, la puerta se abrió, y Paula apareció en el umbral, con una ligera sonrisa en su rostro.

—Hola, ¿desea algo? —preguntó, mirando a Jacinto con curiosidad.

Jacinto, sintiendo un leve suspiro de alivio al verla bien, respondió rápidamente.

—Hola, soy Jacinto Stich. Vengo de parte de fray Ruperto con un pedido urgente.

Paula lo miró con más atención, notando la seriedad en su voz. Un leve destello de sorpresa cruzó su rostro, y su actitud cambió ligeramente.

—Ah, muy bien, de parte de fray Ruperto... Debe ser algo importante —dijo, abriéndole la puerta un poco más y dejando espacio para que entrara. —Sí, efectivamente —respondió Jacinto, dando por sentado que lo que traía en manos era de extrema importancia.

—En ese caso, pase usted y podemos charlar. —Paula hizo un gesto para que Jacinto entrara, lo que él hizo con una mezcla de gratitud y nerviosismo.

Dentro de la casa, el ambiente era acogedor pero lleno de una extraña calma. Las paredes estaban decoradas con detalles sencillos, pero bien cuidados, y la luz de la tarde que se filtraba por las ventanas otorgaba un aire melancólico al lugar. Paula lo condujo a una pequeña mesa, donde se sentó y comenzó a mirar a Jacinto con atención.

—Sí, por favor, siéntese aquí —dijo mientras señalaba una silla frente a la mesa—. Iremos viendo los documentos.

Jacinto asintió y de su mochila sacó una carpeta vieja, de cuero desgastado, con antiguos pergaminos escritos en inglés, que entregó a Paula. Los pergaminos parecían ser algo muy valioso, algo que había sido cuidadosamente guardado durante años.

Paula los tomó con delicadeza, y sus ojos brillaron por un instante al verlos. Parecía saber lo que esos documentos representaban.

—Vale, ya entiendo —dijo Paula, mientras dejaba la carpeta sobre la mesa—. Déjame ver qué tenemos aquí.

Jacinto se sentó, observando cómo Paula desdoblaba los pergaminos con cuidado, como si cada palabra escrita en ellos tuviera un significado profundo que solo ella podía comprender completamente. El aire se volvía más denso con cada palabra que leía en silencio.

Un escalofrío recorrió la espalda de Jacinto. Sabía que esos documentos no solo eran antiguos, sino que tenían un propósito mucho mayor, algo relacionado con su familia y quizás con él mismo. Mientras Paula continuaba examinando los escritos, Jacinto no pudo evitar preguntarse qué tan lejos lo llevarían esos papeles… y qué oscuros secretos guardaban.

—Esto… —Paula levantó la vista con una expresión de seriedad—. Esto es más grande de lo que pensaba. Fray Ruperto ya me había hablado de algo como esto, pero… no sabía que ya estaba aquí.

Jacinto, intrigado, pero también preocupado, se inclinó hacia adelante, ansioso por saber más.

—¿Qué significa todo esto? —preguntó.

Paula lo miró fijamente, como si estuviera sopesando sus palabras antes de responder.

—Lo que tienes en tus manos son los primeros pasos hacia algo que no se puede detener. Pero antes de seguir, hay algo que debes entender, Jacinto…

El tono de Paula se tornó grave, y la atmósfera en la habitación cambió drásticamente, como si algo en el aire hubiera comenzado a tensarse.

Jacinto contuvo la respiración, esperando escuchar lo que Paula estaba a punto de revelarle.

Paula levantó la vista de los pergaminos, y por un momento, Jacinto pudo ver cómo su expresión se tornaba aún más seria. Con una leve exhalación, ella comenzó a explicar lo que los documentos confirmaban, y las palabras que salieron de su boca fueron tan desconcertantes como intrigantes.

—Estos documentos confirman que la leyenda del tesoro pirata dejado en algún lugar de Naranjillo sí existe —dijo Paula, con un tono de voz que denotaba tanto la certeza de lo que estaba leyendo como la asombrosa revelación que eso implicaba—. Lo que tenemos aquí es una clave.

Jacinto escuchó con atención, intentando procesar lo que estaba descubriendo. El «tesoro pirata» era solo un mito en el pueblo, algo que se susurraba en las tabernas y que los más viejos contaban a los niños como una vieja fantasía, pero ahora, con esos pergaminos entre sus manos, parecía que todo eso era más que una simple leyenda.

—¿Una clave? —preguntó Jacinto, incapaz de ocultar su asombro—. ¿Una clave para encontrar el tesoro?»

Paula asintió, pasando los dedos sobre los antiguos pergaminos con cuidado, como si no quisiera perder ni un solo detalle de lo que estaba allí escrito.

—Sí —continuó ella—, hay que encontrar el lugar donde se enlaza la luna con el sol. Tal vez sea un símbolo de algo, algo físico o astronómico, tal vez un lugar específico en el pueblo o en los alrededores.

Jacinto se quedó en silencio por un momento, mirando el mapa del pueblo que había sido incluido en los documentos. Aunque Naranjillo no era un lugar grande, había lugares antiguos, iglesias y ruinas en las colinas cercanas, lugares que podrían tener algún significado relacionado con el «enlace de la luna con el sol».

—¿Y qué más hay? —preguntó Jacinto, con una creciente sensación de que estaba ante algo mucho más grande de lo que había imaginado.

Paula deslizó un pergamino más hacia adelante, uno que parecía contener un acertijo o una clave aún más directa:

—Aquí está lo más claro —dijo Paula, señalando el texto en uno de los pergaminos—. Este acertijo podría ser la clave para encontrar el sitio exacto del tesoro. Dice así: «Setenta grados de Estado Estimados, el señor ha mostrado en la casa de Dios, donde entran soldados y paisanos y salen de oro bañados con la luna y el sol entrelazados».

Jacinto frunció el ceño, tratando de entender lo que el enigmático mensaje quería decir. El acertijo era críptico, pero cada palabra parecía cargar un significado oculto. Se quedó en silencio por unos segundos, tratando de descifrarlo.

—Setenta grados de Estado Estimados… Eso podría referirse a una ubicación geográfica —dijo Jacinto, comenzando a teorizar—. Tal vez un ángulo en un mapa, o una orientación cardinal que hay que seguir.

Paula asintió con la cabeza, mostrando que también pensaba en esa posibilidad.

—Y «la casa de Dios»… podría ser una iglesia o algún otro tipo de edificio religioso —continuó Paula—. Eso lo conectaría con algo sagrado, algo de valor histórico o cultural en el pueblo.

—Donde entran soldados y paisanos… —Jacinto murmuró, tratando de descifrar esa parte—. Tal vez se refiere a un lugar donde la gente de diferentes clases sociales se reunía, o tal vez algo relacionado con las tropas antiguas que llegaron al pueblo en algún momento. ¿Y «salen de oro bañados»? ¿Podría ser una metáfora de riquezas o tesoros? ¿Y la «luna con el sol entrelazados»?

Paula se quedó en silencio, mirando los documentos con concentración. El acertijo no parecía ser solo una pista sobre un lugar, sino que probablemente también hablaba de la historia de Naranjillo. Era un enigma que requería un conocimiento profundo de la historia local, de las leyendas y de los sitios antiguos del pueblo.

—Sí, es probable que se trate de un antiguo lugar donde se rendían tributos o se celebraban rituales. La referencia al oro podría ser literal o simbólica —dijo Paula, cerrando los ojos por un momento, como si quisiera visualizar la escena.

Jacinto se inclinó sobre la mesa, su mente trabajando rápidamente. Ahora entendía que lo que tenían entre las manos no era solo un mapa o un conjunto de pistas, sino que representaba un rompecabezas histórico, cultural y casi místico.

—Entonces, tenemos que encontrar el lugar que coincide con estos símbolos —dijo Jacinto—. Setenta grados, la casa de Dios, soldados y paisanos, y el oro. Algo en Naranjillo tiene que alinearse con estas pistas.

Paula asintió nuevamente, su rostro reflejaba la misma determinación.

—Exacto. Y la clave está en lo que significa cada palabra. El sitio existe, Jacinto. Ahora solo tenemos que encontrarlo.

Jacinto, con el corazón acelerado, pensó ¿Sería él quien desvelara el secreto del tesoro perdido de Naranjillo? ¿O habría más en juego de lo que podría imaginar? Sabía que debía actuar rápido, antes de que alguien más encontrara esas pistas primero. El enigma del tesoro pirata de Naranjillo comenzaba a tomar forma, y todo lo que necesitaban era descifrar el acertijo para llegar al lugar exacto donde se encontraba el misterio. El sentimiento de urgencia se apoderaba de él.

—Creo que estas son las mejores pistas para encontrar el misterioso tesoro. Seguro que, si desciframos el acertijo, daremos con él —Jacinto dijo con determinación. La emoción comenzaba a tomar el control, y aunque sentía la tensión de estar en el centro de algo grande, la curiosidad lo empujaba a seguir adelante.

Paula lo miró con una ligera sonrisa, impresionada por la claridad con la que Jacinto había comprendido todo.

—Creo que tienes razón —respondió, pensativa—. Lleva la información a fray Ruperto y que se ponga con el tema. A ver si podéis encontrar, al fin, ese tesoro.

Jacinto asintió, agradeciendo el consejo de Paula. El tiempo apremiaba, y sabía que fray Ruperto estaría esperando las noticias con impaciencia. No podía perder más tiempo.

—Por cierto, se está haciendo un poco tarde —dijo Paula con una sonrisa amigable—. Si quieres quedarte a cenar, eres bienvenido. He invitado a un amigo, Mario, el carnicero. Pero eres bienvenido.

Jacinto sonrió agradecido, pero la urgencia de su misión no le permitía quedarse. Aunque la idea de una cena en buena compañía era tentadora, su deber era llevar las noticias a fray Ruperto cuanto antes.

—Muchas gracias por la invitación, Paula —respondió Jacinto con sinceridad—. Pero se me hará muy tarde para regresar a Naranjillo. Otro día podría quedarme, pero ahora me urge llevar las buenas noticias a fray Ruperto. Estará ansioso esperando.

Paula entendió perfectamente y asintió con una sonrisa.

—Lo entiendo, Jacinto. No te preocupes. Me alegra que hayas podido descubrir algo tan importante. Ojalá pronto podamos saber más sobre el tesoro. Y, por supuesto, cuando quieras, la invitación sigue en pie.

Jacinto sonrió nuevamente, agradecido por la hospitalidad y la comprensión de Paula. Sabía que había hecho bien en no perder tiempo, pero no podía evitar sentirse agradecido por la calidez de su invitación.

Con la carpeta de los pergaminos en su mochila y el corazón lleno de nuevas esperanzas, Jacinto se despidió de Paula.

—Nos veremos pronto —dijo, dirigiéndose hacia la puerta.

—Hasta pronto —respondió Paula, y lo observó marcharse con una ligera sonrisa, consciente de que el destino de Naranjillo podría estar a punto de cambiar para siempre. En ese momento apareció Mario, el carnicero, con su habitual sonrisa.

—He ganado el gordo de la lotería, acabo de enterarme —dijo Mario.

Paula no pudo evitar quedar paralizada por un instante, su mente tardó unos segundos en procesar la noticia que acababa de escuchar. Mario, el carnicero del barrio, el hombre que siempre había sido una figura conocida y confiable, ahora era un millonario.

«¡No me digas! », exclamó, sus ojos brillando de sorpresa y emoción. «¡El gordo de la lotería! ¿De verdad, Mario?»

Mario, con su habitual sonrisa amplia, asintió con una mezcla de alegría y humildad. «Sí, Paula. El destino ha decidido sonreírme. Acabo de enterarme de que he ganado el gordo de la loteria. No me lo puedo creer, pero aquí estoy. He tomado una decisión... voy a vender la carnicería y me voy a mudar a Puglia, mi pueblo natal en Italia.»

Paula, aún sorprendida, se acercó a él, como si estuviera intentando asimilar lo que acababa de escuchar. «¡Eso es increíble!», dijo, imaginando la vida de lujo que Mario podría tener ahora. «Puglia... qué hermoso lugar. ¿Y qué vas a hacer allí con todo ese dinero?»

Mario encogió los hombros, como si no quisiera presumir de su nueva fortuna. «La verdad es que nunca he sido una persona ambiciosa. Solo quiero vivir tranquilo, alejarme del estrés de la ciudad. Quizás abrir algo pequeño en Puglia, tal vez un restaurante o una bodega, pero nada grande. Quiero disfrutar de la vida, Paula, y ahora puedo hacerlo.»

A Paula le brillaron los ojos, pero había algo en su expresión que no dejaba de ser una mezcla de admiración y cierta melancolía. «Te vas a Italia... qué suerte tienes, Mario. Aunque debo decir, te voy a extrañar. No será lo mismo sin tus chistes, tus bromas, ni tu carne fresca todos los días.»

Mario sonrió y levantó la copa. «Bueno, siempre tendrás una excusa para visitarme. Y quién sabe, tal vez te invite a unas vacaciones por allá. Puglia tiene lo suyo.»

Ambos se quedaron en silencio por un momento, conscientes de que algo importante estaba cambiando, pero también disfrutando del presente y de la compañía del otro. Paula no podía evitar sentirse feliz por él, pero al mismo tiempo una pequeña tristeza se asomaba, sabiendo que su vida cotidiana ya no sería la misma sin su querido amigo carnicero.

Jacinto con paso decidido, se encaminó de regreso a Naranjillo. El aire fresco de la tarde le acariciaba el rostro, pero su mente estaba completamente centrada en lo que acababa de descubrir. El misterio del tesoro estaba más cerca que nunca, y con suerte, pronto tendría todas las piezas del rompecabezas.

Al llegar a Naranjillo, la oscuridad de la noche había caído sobre el pequeño pueblo, envolviendo todo en una quietud que parecía ajena a los pensamientos inquietos de Jacinto. Caminó por las estrechas calles empedradas, con la mochila sobre el hombro, sin apenas notar el silencio que lo rodeaba. Solo el crujir de sus propios pasos lo acompañaba en la oscuridad.

Una vez llegó a su casa, el agotamiento lo venció, pero su mente seguía corriendo a mil por hora. Se acostó, pero el sueño no vino. Las palabras del acertijo, las pistas sobre el tesoro, y la posible ubicación de la clave, todo eso daba vueltas en su cabeza, creando un torbellino de pensamientos y emociones que le impedían descansar.

Finalmente, cuando la madrugada asomaba, Jacinto se levantó de la cama, decidido. No podía esperar más. Sabía que la información que había descubierto era demasiado importante como para dejarla guardada en la carpeta. Con paso firme, tomó los pergaminos y se dirigió a la casa de fray Ruperto.

El día comenzaba a despertar con los primeros rayos de sol, tiñendo el cielo de un suave color anaranjado. Jacinto atravesó las calles vacías de Naranjillo, sus pasos resonando en el silencio de la mañana. Cuando llegó a la casa de fray Ruperto, la puerta estaba entreabierta. Golpeó suavemente y, sin esperar demasiado, entró.

Desde la ventana de la casa del frente. Alguien observaba. —Qué hace Jacinto en la casa del cura, se preguntaba la mujer mirando tras las cortinas.

Fray Ruperto estaba sentado en su escritorio, hojeando unos viejos libros, cuando Jacinto entró con la carpeta bajo el brazo.

—Buenos días, padre —dijo Jacinto con una sonrisa, mientras se acercaba a su mesa—. Tengo buenas noticias.

El sacerdote levantó la mirada, con una expresión que mostraba la mezcla de interés y cansancio que a menudo tenía. Parecía que, aunque siempre estaba ocupado, nunca perdía el tiempo para escuchar lo que Jacinto tenía que decir.

—¿Qué has descubierto, Jacinto? —preguntó fray Ruperto, sin dejar de mirar los papeles que tenía frente a él.

Jacinto puso la carpeta sobre la mesa y la abrió cuidadosamente, extendiendo los pergaminos para que fray Ruperto los viera.

—Mire esto —dijo Jacinto, señalando los documentos—. Con la ayuda de Paula, he encontrado una clave que parece confirmar la existencia del tesoro pirata de Naranjillo. El acertijo está claro. Dice: «Setenta grados de Estado Estimados, el señor ha mostrado en la casa de Dios donde entran soldados y paisanos y salen de oro bañados, la luna y el sol entrecruzados.»

Fray Ruperto miró los pergaminos con atención, y sus ojos brillaron al escuchar las palabras de Jacinto. Sabía que algo importante estaba sucediendo, pero quería asegurarse de comprender todo lo que su joven amigo había descubierto.

—Setenta grados... Eso podría referirse a una ubicación, un ángulo específico, como una orientación geográfica —murmuró fray Ruperto mientras repasaba las palabras del acertijo—. La casa de Dios... eso debe ser una iglesia. ¿Soldados y paisanos? Eso suena a un lugar donde los habitantes de Naranjillo se reunían, tal vez una plaza o un mercado.

Jacinto asintió, compartiendo las mismas ideas.

—Exacto —dijo—, y luego habla del oro... Puede ser literal o simbólico, pero algo tiene que ver con una iglesia, tal vez una catedral o un edificio religioso importante.

Fray Ruperto parecía pensativo, sopesando las palabras, sabiendo que cada pista tenía un peso específico. No era solo el tesoro lo que importaba; era lo que implicaba descubrirlo.

—La referencia a «setenta grados»... eso me hace pensar en algo relacionado con la astronomía o la orientación de los edificios en el pueblo. Es posible que haya un lugar en Naranjillo donde todo esto coincida —dijo Fray Ruperto.

Jacinto observó al sacerdote con una mezcla de esperanza y emoción. Sabía que la pieza final del rompecabezas estaba cerca.

—¿Qué haremos ahora, padre? —preguntó Jacinto, lleno de ansias por saber cómo proceder.

Fray Ruperto se levantó lentamente de su silla, sus ojos fijos en el horizonte, como si estuviera buscando en su mente la forma de desentrañar el enigma.

—Debemos investigar más, Jacinto. Este acertijo no solo nos lleva a un lugar físico, sino que también conecta con la historia de Naranjillo. Necesito que hablemos con los más viejos del pueblo, que nos cuenten más sobre los antiguos símbolos y rituales relacionados con las iglesias y los templos. Y, por supuesto, tenemos que estudiar las orientaciones de las construcciones aquí.

Jacinto asintió con rapidez.

—¿Le parece si empiezo a hablar con los ancianos y busco más pistas sobre los símbolos en las iglesias? —sugirió Jacinto, sintiendo que el tiempo no podía desperdiciarse.

Fray Ruperto sonrió levemente.

—Haz eso. Y, mientras tanto, yo investigaré los documentos y hablaré con algunas personas en la parroquia. Juntos, lo encontraremos.

Con esa decisión tomada, Jacinto se despidió de fray Ruperto, con la certeza de que estaban más cerca de descubrir el tesoro oculto de Naranjillo. Los dos sabían que el pueblo guardaba secretos antiguos, y ahora, con las pistas de los pergaminos en sus manos, estaban a punto de desvelarlos.

Fray Ruperto se quedó pensativo y siguió pensando en el acertijo y repitiendo en voz alta, intentando desentrañar el significado de la carta. «Setenta grados de Estado Estimados, el señor ha mostrado en la casa de Dios donde entran soldados y paisanos y salen de oro bañados con el sol y la luna entrelazados».

La referencia a los «setenta grados de Estado estimados» continuaba dándole vueltas en la cabeza. ¿Era una medida de temperatura? ¿Un ángulo geográfico? Había algo familiar en esos términos, algo que conectaba con su vasto conocimiento sobre las rutas marítimas y los mapas antiguos, pero no lograba identificarlo con claridad.

Pensó por un momento en el «señor» mencionado en la carta. Tal vez se refería a algún líder local, un noble o incluso algún comandante militar de la región. Naranjillo, con su historia de batallas y exploradores, podría haber sido escenario de muchas figuras de poder. El enigma parecía invocar su propio espíritu de aventura, como si el «señor» fuera una figura histórica cuyo legado estaba vinculado al tesoro.

Y luego estaba la «casa de Dios». ¿Podría ser un convento abandonado o una iglesia antigua que había sido parte de la red de misiones religiosas en la zona? El simbolismo religioso era común en este tipo de pistas, a menudo usado para ocultar el tesoro en lugares que debían pasar desapercibidos para los no iniciados.

Con la carta en la mano, fray Ruperto sintió cómo la emoción de un nuevo misterio comenzaba a despertar en él. Tal vez la clave estaba en conectar todos esos elementos: la dirección de los «setenta grados», el «señor» al que se refería la carta, y el enigma de la «casa de Dios». Su mente ya comenzaba a formarse teorías, pero necesitaba más información. Salió a dar un paseo por el pueblo para aclarar sus pensamientos.

Decidió que lo primero era consultar los mapas más antiguos de la región de Naranjillo y buscar registros de lugares históricos que pudieran estar relacionados con esos términos. La búsqueda del tesoro pirata había dado un giro inesperado, y ahora parecía que la aventura estaba más cerca de lo que pensaba.

El acertijo parecía tener raíces profundas en la historia de Naranjillo, y ahora las piezas comenzaban a encajar. Sin embargo, sentía que necesitaba más información histórica, algo que le ayudara a dar con la ubicación exacta del tesoro. Recordó entonces la vasta biblioteca de Fermín, el herbolario, quien no solo tenía un vasto conocimiento sobre plantas, sino también sobre la historia local, con mapas antiguos y registros que podrían resultar clave.

—Voy a buscar más respuestas —murmuró fray Ruperto para sí mismo, decidido—. Necesito los mapas más antiguos de la región, aquellos que nos hablen de los primeros asentamientos, de los secretos guardados por siglos.

Con paso firme, se dirigió hacia la casa de Fermín, el sol comenzaba a elevarse en el horizonte, bañando las calles de Naranjillo con una luz suave y dorada. El aire fresco de la mañana lo acompañó mientras caminaba por las callejuelas tranquilas del pueblo.

Cuando llegó a la casa de Fermín, el hombre no abría la puerta. Como siempre, ya que el herbolario solía estar en su taller desde temprano. Fray Ruperto llamó a la puerta nuevamente. Fermín abrió la puerta y lo recibió con una sonrisa amplia, como si ya supiera que su presencia era parte del destino que ambos compartían.

—¡Ah, fray Ruperto! ¿Qué te trae por aquí tan temprano? —saludó Fermín, mientras se apartaba de una mesa llena de frascos y hierbas secas.

—Necesito tu ayuda —dijo fray Ruperto—. Estoy buscando referencias a antiguos asentamientos, símbolos usados en Naranjillo y los primeros habitantes del pueblo.

Fermín asintió, entendiendo la importancia de lo que fray Ruperto le pedía. Sabía que los mapas de Naranjillo eran antiguos, muchos de ellos habían sido transmitidos de generación en generación, y no todos eran fáciles de interpretar. Pero en su biblioteca, que guardaba con cariño, había varios registros que podrían contener la información que necesitaban.

—Claro, Fray Ruperto —respondió Fermín, señalando hacia una estantería empotrada en la pared llena de libros polvorientos y pergaminos enrollados—. En mi biblioteca tengo algunos de los mapas más antiguos de la región. Te ayudaré a buscar lo que necesitas. Vamos a ver qué podemos encontrar.

—Por cierto, huele mucho a un aroma como un cítrico, pero no es totalmente olor al cítrico que tenías la última vine. Esta huele diferente —dijo fray Ruperto.

—Tienes una buena nariz. Es verdad, esta es una esencia cítrica muy especial, muy delicada, que no todos pueden usar, dijo Fermín en forma misteriosa.

Fermín abrió la pesada puerta del archivo. Fray Ruperto se acercó a la estantería mientras Fermín comenzaba a sacar algunos mapas. Con cuidado, fue desplegando rollos de pergamino, antiguos y desgastados por el tiempo, cubiertos con marcas, símbolos y anotaciones hechas a mano. Algunos parecían representar rutas comerciales, otras ubicaciones de antiguos monasterios y asentamientos. La búsqueda no iba a ser fácil.

—Aquí tenemos un mapa de los primeros asentamientos coloniales en Naranjillo —dijo Fermín mientras extendía uno de los mapas más antiguos sobre la mesa. Este mapa muestra la ubicación de algunas iglesias y templos que fueron construidos en tiempos de los colonizadores.

Fray Ruperto observó el mapa con detenimiento. Señaló uno de los puntos que parecía corresponder a una antigua iglesia que ya no existía, pero que se mencionaba en registros antiguos. El mapa también mostraba una pequeña colina cercana, lo que encajaba con las pistas sobre la orientación del sol y la luna que habían mencionado antes.

Fermín también observaba con atención.

—La iglesia ya no existe, pero ese sitio podría tener alguna conexión con las leyendas locales —comentó Fermín, inclinándose sobre el mapa. A lado de la que era la antigua iglesia estaba el palacete de don Ignacio Acevedo y Sierra, un noble de Placencia en España que dicen que vino a México con Hernán Cortés.

—Creo que alguna vez vi el dibujo del palacete de ese señor en un grabado que debe estar por aquí, a ver si lo encuentro ahora —dijo Fermín levantando otra carpeta con más mapas antiguos.

—Aquí también hay otro mapa —dijo Fermín mientras lo desdoblaba. "Esta muestra las alineaciones astronómicas antiguas y está bellamente ilustrado.

—Aquí está el grabado del palacete que te mencioné. Fermín, con su mirada fija en el pergamino que había encontrado, lo extendió cuidadosamente sobre la mesa. El grabado mostraba la silueta elegante y majestuosa de un palacete, adornado con detalles finos y opulentos que reflejaban la riqueza de su dueño, don Ignacio Acevedo y Sierra. La imagen era una ventana al pasado, a una época de gran esplendor que ya había desaparecido. —Fermín se inclinó más cerca para examinar los detalles.

—Ves, fray Ruperto —dijo Fermín, señalando el grabado con una expresión pensativa—, este es el palacete de don Ignacio Acevedo y Sierra, un noble español que, según cuentan, vino a México. Fue uno de los hombres más ricos de su tiempo, y este palacio estaba en el corazón de Naranjillo, cerca de lo que hoy es la calle de los Entuertos. Pero, como puedes ver, ya no existe. La estructura fue destruida hace siglos, pero la leyenda sobre su riqueza y poder persiste.

Fray Ruperto se acercó al pergamino con interés, observando la imagen del palacete con sus columnas majestuosas y los detalles que se mezclaban entre la opulencia y la decadencia. Pero algo lo había llamado especialmente la atención: el escudo de armas en la fachada del palacio. Era imponente, con una sierpe enroscada en su centro y, sobre ella, un sol entrelazado con una luna.

—Esto es… muy interesante —murmuró fray Ruperto, apuntando al escudo—. La sierpe, el sol y la luna… Son los mismos símbolos que he visto en algún lado —dijo fray Ruperto controlando su emoción. Este escudo es para entender la historia de Naranjillo, Fermín.

Fermín asintió lentamente, sus dedos acariciando los bordes del grabado.

La sierpe es un símbolo de poder y sabiduría en muchas culturas, y el sol y la luna, claro, son las fuerzas cósmicas que dominan el ciclo de la vida.

Fray Ruperto miró el grabado con más atención. El sol y la luna entrelazados sobre la sierpe parecían ser mucho más que una simple decoración.

—Don Ignacio debía haber sido una figura clave en Naranjillo en su época —reflexionó fray Ruperto—. Un hombre tan importante, con un palacio tan grandioso... Puede que este escudo no solo fuera un símbolo de su familia, sino una marca que señalaba algo más.

Fermín se levantó rápidamente y fue hacia una vieja estantería, donde guardaba más documentos y registros. Comenzó a buscar entre los papeles, aparentemente buscando algo relacionado con don Ignacio Acevedo. Al encontrar un viejo manuscrito, lo desplegó y comenzó a leer en voz baja.

—Aquí está. Parece que, según algunos documentos históricos, don Ignacio fue muy protector con sus riquezas, pero también se decía que en sus últimos años se volvió obsesionado con esconderlas. Los rumores hablaban de un escondite secreto en su palacete, un lugar donde ocultó lo que más preciaba. Algunos dicen que lo dejó en las catacumbas bajo el palacio, accesibles solo a aquellos que pudieran descifrar los símbolos de su familia.

Fray Ruperto escuchaba atentamente mientras Fermín le mostraba el texto, un antiguo testamento que mencionaba la búsqueda de un tesoro escondido bajo el palacete de don Ignacio.

Fray Ruperto miró el grabado del palacete una vez más. Los símbolos parecían llamarlo, como si estuvieran diciendo que la solución estaba más cerca de lo que pensaba.

Fermín, interrumpiendo momentáneamente su concentración en los mapas, escuchó la voz que provenía del laboratorio. Era la voz de Anselmo, el hombre que había hecho negocios con él en varias ocasiones.

—Don Fermín, ¡está aquí!

Con una mirada rápida hacia fray Ruperto, Fermín se levantó y, mientras se dirigía hacia la puerta, dijo:

—Tú sigue revisando los mapas y documentos, fray Ruperto. Yo volveré enseguida.

Salió al pasillo y vio a Anselmo de pie junto a su fiel guardaespaldas. Anselmo, un hombre gordo y sonrisa astuta, estaba acompañado de un hombre corpulento con una mirada seria, que llevaba un medallón dorado colgado al cuello. La presencia del guardaespaldas siempre indicaba que algo más estaba en juego. Fermín sabía que Anselmo nunca venía solo cuando el negocio tenía implicaciones más profundas.

—Don Fermín —dijo Anselmo, inclinando ligeramente la cabeza. Venimos a buscar lo que acordamos, la esencia cítrica super.

La esencia cítrica super, sin duda, era un producto único y raro. Fermín, aunque cauteloso, entendió que este negocio debía ser completado sin problemas para evitar cualquier inconveniente.

—Sabes, don Fermín —continuó Anselmo —, espero que esta esencia cítrica super tenga las cualidades excepcionales que acordamos. Recuerda, todo tiene un precio.

Fermín se guardó su opinión y aceptó el dinero sin más comentarios, pero su mente no dejaba de girar. Sabía que cada trato con Anselmo siempre venía con una complicación oculta.

—Entendido. Estaré atento —respondió Fermín, sin entrar en detalles.

Anselmo, con una sonrisa, se acercó para despedirse.

Con una última mirada de complicidad, Anselmo y su guardaespaldas se retiraron del laboratorio. Fermín, aunque algo aliviado por la partida de ellos, no pudo evitar una sensación de desconfianza.

Volvió a la mesa, donde fray Ruperto continuaba estudiando los antiguos mapas.

Capítulo XVII

La situación estaba tomando un giro peligroso. Anselmo, como siempre, parecía tener una red mucho más compleja de lo que Fermín había imaginado. La «esencia cítrica super», un extracto de peyote combinado con otros potentes alucinógenos era la clave de la operación. Lo que parecía un simple negocio de hierbas se había transformado en un oscuro plan criminal. Este alucinógeno, capaz de alterar la personalidad de quien lo oliera, era el perfecto instrumento para Anselmo y su organización. La droga podía inducir a la violencia o la somnolencia, o incluso llevar a la víctima a un estado de letargo profundo, lo que lo hacía ideal para sus planes de manipulación y control.

Mientras tanto, en la Casa Quita Pesares, la directora, Ivonne, había comenzado a hacer sus propias investigaciones. Como una mujer astuta y observadora, había notado una extraña coincidencia: varios de los pacientes que mostraban trastornos de personalidad y comportamientos erráticos parecían haber estado expuestos a una fragancia persistente a base de una esencia cítrica. Ivonne la coronel había hilado fino y, a través de un proceso meticuloso de vigilancia y observación, descubrió que muchos de los pacientes que habían sido llevados a la Casa Quita Pesares venían de entornos relacionados con Anselmo y su banda. La droga, como descubrió, había sido introducida de forma subrepticia a través de la esencia cítrica, afectando a quienes estaban expuestos a ella de manera constante.

El descubrimiento de la verdad puso a Ivonne en alerta total. Sabía que Anselmo estaba planeando algo mucho más grande. El hombre no solo estaba traficando con drogas, sino que también planeaba una operación de estafa a gran escala en Ciudad de México, utilizando la esencia cítrica super para crear una red de control mental sobre personas claves en el ámbito político y financiero. Esto podría cambiar el rumbo del país y sumergir a miles de personas en un estado de manipulación total.

La directora no tardó en ponerse en contacto con un grupo selecto de comandos que habían trabajado en situaciones de alto riesgo. Eran expertos en infiltración y neutralización de amenazas, personas que no temían enfrentarse al crimen organizado. Ivonne sabía que la única forma de desmantelar el imperio de Anselmo era atacar en su propio territorio, en el lugar donde él y su banda operaban con impunidad: su finca El Palenque.

Los planes para neutralizar a Anselmo y su red criminal fueron meticulosamente elaborados. Un pequeño grupo de comandos se infiltró en la organización de Anselmo, utilizando las mismas tácticas que él empleaba, hasta que llegaron a conocer los detalles más íntimos de sus operaciones. Sabían que la operación debía ser rápida, precisa y sin margen para el error. Cualquier movimiento en falso podría poner en riesgo la vida de cientos de inocentes que estaban bajo el control de la esencia cítrica super.

La noche antes de la operación, el grupo de comandos se preparaba en secreto, asegurándose de que todo estuviera en orden. Ivonne, liderando la misión, sabía que su objetivo era claro: neutralizar a Anselmo y su banda, destruir su red de distribución de drogas y liberar a los pacientes que habían sido sometidos al control de la «esencia cítrica super». Era una misión arriesgada, pero estaba decidida a llevarla a cabo.

En el amanecer, mientras la ciudad despertaba, un equipo de comando se desvió hacia el territorio de Anselmo. De manera silenciosa, lograron infiltrarse en su palenque sin ser detectados, armados con las mejores herramientas para desactivar cualquier trampa que pudieran encontrar. La operación ya estaba en marcha y, si todo salía bien, la red de Anselmo se desmoronaría en cuestión de horas.

La batalla entre el crimen organizado y la justicia estaba por comenzar, y la coronel Ivonne, con su pequeño grupo de élite, estaba lista para enfrentarse al desafío.

La misión se puso en marcha con precisión quirúrgica. Los comandos, dirigidos por Ivonne, se despojaron de cualquier rastro de presencia, utilizando sus conocimientos sobre sigilo y el terreno para entrar al palenque sin ser detectados. La operación era de alto riesgo: cualquier alarma podría hacer que todo el plan se viniera abajo. El objetivo era claro: destruir la red de distribución de la «esencia cítrica super» y desmantelar la organización de Anselmo, mientras liberaban a los pacientes afectados por la droga.

Mientras tanto, Anselmo, en su lujosa residencia fortaleza, aún no sospechaba nada. Creía que estaba a punto de dar un gran golpe en Ciudad de México, con su red de distribución de la esencia cítrica super infiltrando los círculos de poder. Sus hombres estaban listos para empezar el proceso de manipulación masiva. Sin embargo, no sabía que Ivonne y su equipo ya se encontraban dentro de su fortaleza, listos para acabar con su imperio.

En el interior del palenque, el grupo de comandos comenzó a moverse rápidamente. Sabían que el tiempo era esencial y que el factor sorpresa era su mayor ventaja. Cada miembro del equipo tenía una misión específica: neutralizar a los guardias sin causar alertas, desactivar cualquier trampa que pudieran encontrar, y llegar hasta el corazón de la operación de Anselmo: el laboratorio donde se terminaba de procesar la esencia cítrica super.

Mientras tanto, Ivonne se adelantó a su equipo. Había algo personal en esta misión. No solo estaba luchando por la justicia, sino que sentía una profunda responsabilidad por los pacientes que habían caído en las garras de la droga de Anselmo. Sabía que cada minuto contaba, y que, si la operación en Ciudad de México se llevaba a cabo, las consecuencias serían catastróficas para miles de personas.

Al llegar a la sala principal donde Anselmo supervisaba sus operaciones, los comandos encontraron una puerta blindada. Ivonne, con su experiencia en infiltraciones, dio la orden de colocar cargas no letales para abrirla sin alertar a los hombres de Anselmo. Los segundos parecieron eternos mientras esperaban la detonación controlada, pero cuando la puerta se abrió, el equipo entró rápidamente, eliminando a los pocos guardias presentes con una rapidez precisa.

Ivonne y su equipo llegaron al laboratorio, donde estaban almacenadas grandes cantidades de la esencia cítrica super. La visión de los frascos de vidrio llenos de la droga era perturbadora. Sabía que aquellos frascos representaban años de sufrimiento para muchas personas, y el destino de esos frascos en sus manos podría cambiar el curso de la historia de la ciudad, y tal vez del país.

Mientras Ivonne inspeccionaba el laboratorio, su comunicación interna con los demás miembros del equipo comenzó a recibir reportes de que los otros niveles del palenque estaban siendo asegurados. La red de Anselmo comenzaba a desmoronarse. Sin embargo, el peligro seguía presente. Sabían que en cualquier momento Anselmo podría darse cuenta de lo que estaba ocurriendo y lanzar una ofensiva para defender su negocio.

De repente, un grito rompió el silencio del lugar.

—¡Alerta! ¡Nos descubrieron! —gritó uno de los comandos, mientras los pasillos del palenque se iluminaban con luces intermitentes y las primeras ráfagas de disparos comenzaron a escucharse.

Ivonne, sin perder la calma, dio órdenes rápidas a su equipo. Sabían que tenían que actuar rápido si querían evitar un enfrentamiento prolongado. La misión había cambiado de una infiltración silenciosa a una lucha directa. Los comandos se movieron con precisión, utilizando el conocimiento del terreno para tomar el control de las salidas y asegurarse de que nadie pudiera escapar.

Mientras tanto, Anselmo, alertado por la intrusión, se encontraba en una de las habitaciones principales de su fortaleza, preparado para luchar por su imperio. Él también sabía que, si perdía esta batalla, su red de crimen organizado se desmoronaría. Sin embargo, lo que no sabía era que su propio final estaba cerca. Los comandos de Ivonne se aproximaban al núcleo de su operación con una eficacia implacable.

De pronto, la figura de Anselmo apareció, con su rostro enrojecido por la ira, armado con una pistola. El enfrentamiento estaba a punto de ocurrir, y la batalla por el control del palenque de Anselmo iba a decidir el destino de la droga, de los pacientes atrapados en su red y, posiblemente, de muchas otras vidas.

La tensión alcanzó su punto máximo, pero en el momento justo, un disparo resonó en el aire, y el control del palenque se alteró.

El sonido del disparo resonó en el aire tenso, interrumpiendo el caos en el que se había convertido la fortaleza —palenque de Anselmo. La bala salió de la pistola de Ivonne con una precisión mortal. En cuestión de segundos, Anselmo cayó al suelo, el peso de su propio crimen finalmente alcanzándolo. La sangre comenzó a extenderse lentamente sobre el suelo del lujoso despacho, donde antes celebraba su poder y su dominio.

Los demás miembros del equipo de comandos se movieron rápidamente para asegurar el área. En cuestión de minutos, el recinto fue completamente asegurado y Anselmo estaba neutralizado. Ivonne se acercó a su cuerpo sin emociones en el rostro, mirando su caída con una mezcla de determinación y un ligero asomo de alivio. Sabía que esta victoria significaba el fin de un ciclo de corrupción y manipulación que había durado demasiado tiempo.

Con Anselmo muerto, su red de tráfico de la «esencia cítrica super» y su operación de control mental se desmoronaban en un instante. Los demás miembros de la banda, al darse cuenta de la caída de su líder, no tuvieron más opción que rendirse ante la fuerza superior del grupo de comandos. Sin embargo, Ivonne, con su aguda percepción, les permitió una salida. No todos serían condenados al mismo destino, pero los que no pudieron colaborar fueron llevados bajo custodia al nivel P de alta seguridad de la Casa Quita Pesares.

El palenque, antes un centro de poder y oscuridad se había convertido en un sitio vacío y silencioso. Las luces parpadeaban en las ventanas, y el olor a la esencia cítrica super, que antes impregnaba todo el lugar, ahora se desvanecía. Ivonne, mientras miraba la escena desde la ventana del despacho de Anselmo, pensó en el precio que se había pagado por esta victoria. Miles de vidas, atrapadas por una droga que alteraba el comportamiento humano, habían quedado libres de esa amenaza.

Pero la batalla no había terminado. Los comandos de Ivonne se encargaron de destruir todo el material relacionado con la droga, incautando los frascos y destruyendo la producción. Se aseguraron de que no quedara rastro de la operación de Anselmo, eliminando cualquier evidencia que pudiera servir para continuar con su red criminal. Los pacientes afectados por la esencia cítrica super fueron liberados, y sus recuerdos y personalidades, aunque trastornadas, comenzaron a sanar gracias a la intervención de los expertos del centro.

Ivonne, agotada pero satisfecha con el resultado, se reunió con su equipo. Había cumplido con su misión. Había derrotado a un enemigo formidable y, al mismo tiempo, había liberado a aquellos que habían sido víctimas de su manipulación.

—La batalla ha terminado —dijo Ivonne con voz firme, dejando caer la pesada mochila que había estado cargando durante toda la misión.

Sabía que el camino hacia la curación para los pacientes sería largo, pero por lo menos, ahora había esperanza. La justicia había prevalecido, y la oscuridad que

Anselmo había esparcido por la región de Naranjillo se había disipado.

El palenque de Anselmo, ahora vacío y desolado se convirtió en un recordatorio de que, por mucho poder que uno posea, la justicia siempre tiene la última palabra.

Ivonne miró hacia el horizonte, donde el sol comenzaba a ponerse, tiñendo el cielo de tonos naranjas y morados, un reflejo simbólico de todo lo que había cambiado en la región de Naranjillo. El peso de la mochila ya no solo era físico; ahora representaba la carga de una misión cumplida, pero también el comienzo de un proceso de sanación, tanto para los pacientes como para ella misma. Había sacrificado mucho, y aunque la victoria era tangible, aún quedaba mucho por reconstruir.

Uno de los miembros de su equipo, Luis, se acercó con una expresión cautelosa, como si estuviera esperando que Ivonne bajara la guardia por un momento.

—¿Crees que esto realmente se ha acabado? —preguntó, con voz suave, como si las palabras pudieran despertar algo que aún no estaba completamente resuelto.

Ivonne lo miró fijamente, pensativa. Su rostro, aunque marcado por el cansancio, reflejaba una determinación inquebrantable.

—Anselmo ha caído, pero las sombras que dejó atrás no desaparecen de inmediato. Lo que hemos hecho hoy es solo una parte del proceso. La justicia no es solo un golpe, es un camino largo. Pero hoy hemos dado un paso significativo —respondió, alzando la vista hacia el palenque, ahora reducido a ruinas. La estructura que antes representaba el poder de Anselmo ahora era solo un esqueleto vacío, igual que su imperio.

Luis asintió, entendiendo el peso de sus palabras.

—Lo que hicimos aquí... no es solo por los afectados por la esencia cítrica super. Es por todos los que aún están bajo su influencia, directa o indirectamente.

Ivonne respiró profundamente, recogiendo fuerzas para continuar. Sabía que la batalla no había terminado del todo. Aunque había triunfado en esta misión, aún había mucho por hacer en la región, y en su interior, la sensación de que la verdadera paz solo se alcanzaría cuando todo el mal que Anselmo había sembrado fuera erradicado.

—Vamos a asegurar que no quede ni una chispa de esta pesadilla —dijo Ivonne, sus ojos brillando con renovada determinación—. Nadie más será víctima de esta oscuridad.

Con un último vistazo al lugar donde todo había comenzado, Ivonne giró y se unió a su equipo para continuar con su misión de restaurar la paz en Naranjillo. Aunque la guerra había sido ganada, la reconstrucción de un nuevo amanecer recién comenzaba.

Capítulo XVIII

Don Fermín no podía dejar de mirar las estanterías repletas de frascos y viales en su laboratorio, cada uno una pieza fundamental en la creación de la «esencia cítrica super». La noticia de la muerte de Anselmo había encendido todas las alarmas en su mente, y ahora que el peligro estaba más cerca que nunca, sentía el peso de la culpa y el miedo sobre sus hombros. Sabía que, si la policía llegaba a su laboratorio, encontrarían las pruebas suficientes para llevarlo directamente a prisión.

Con manos temblorosas, comenzó a verter ácido sobre los frascos con las sustancias químicas que habían sido la base de la droga. Cada frasco que destruía era un paso más cerca de borrar cualquier rastro de su implicación. Pero su ansiedad crecía a medida que avanzaba en el proceso. Sabía que no podía confiar en nadie; incluso los más cercanos a él podrían delatarlo si las circunstancias lo exigían. Su única prioridad ahora era salvar su pellejo.

Mientras tanto, en la consulta privada de los doctores Rivera y Mendieta, la situación era igual de tensa. Ambos estaban reunidos en un despacho oscuro, con las cortinas cerradas para evitar cualquier mirada curiosa. Habían trabajado con Anselmo durante años, vendiéndole los cerdos que cazaban después de extraer los páncreas para sus investigaciones, pero ahora sabían que la caída de la organización les podia perjudicar.

—No podemos permitir que nos vinculen con Anselmo —dijo el Dr. Rivera, con voz grave y nerviosa—. Si la policía llega a descubrir lo que hacíamos, no solo perderemos nuestras licencias, sino que nuestras vidas también estarán arruinadas.

El Dr. Mendieta asentía con preocupación, acariciándose la barba. Los dos hombres sabían que el negocio con Anselmo era una operación secreta, oculta bajo la apariencia de investigaciones científicas. Pero el rastro de cadáveres, de cerdos sacrificados, de órganos extraídos, todo eso estaba a punto de salir a la luz, y ni ellos ni el laboratorio podían permitirse esa exposición.

—Debemos eliminar toda evidencia de nuestra conexión con él —respondió Mendieta, en voz baja, mirando a su alrededor como si las paredes pudieran oírlos. Sabía que no había marcha atrás. Las pruebas estaban enterradas en sus archivos, en sus registros y, lo peor de todo, en su propia memoria. Y si algo los delataba, los días de libertad serían cosa del pasado.

—Quema los documentos. Borra todo lo que puedas del sistema. Necesitamos deshacernos de los informes, de las notas, de los registros que dejamos en las tiendas de sacrificio. Todo —insistió Rivera, su mente ya trabajando a toda velocidad, trazando una estrategia desesperada para eliminar cualquier rastro.

Ambos sabían que la llegada de la policía era cuestión de tiempo. El impacto de la caída de Anselmo reverberaba en todas las capas de la sociedad, y si alguien decidía investigar más allá de lo evidente, su conexión con el cartel de la droga y el tráfico de órganos no tardaría en salir a la luz.

El ambiente estaba cargado de paranoia. Don Fermín no dejaba de destruir muestras, mientras los doctores Rivera y Mendieta daban órdenes apresuradas, con una sensación creciente de que el mundo que habían conocido estaba a punto de derrumbarse. La red criminal de Anselmo ya no estaba, pero la sombra de su propio crimen, más cercano de lo que ellos imaginaban, seguía acechándolos.

Lo que antes parecía ser una operación perfecta, ahora se estaba desmoronando bajo el peso de sus propios secretos.

El Dr. Rivera frunció el ceño, evidentemente preocupado por la investigación que estaban realizando en secreto con la miostatina -GDF-17. Había sido uno de los descubrimientos más importantes de su carrera, pero también el más riesgoso. Sabían que la miostatina, esa proteína que regulaba el crecimiento muscular podría tener aplicaciones revolucionarias en el campo de la medicina veterinaria e incluso en la humana, pero no era algo que pudiera salir de sus manos tan fácilmente. Si alguien se enteraba de su investigación, las consecuencias serían impredecibles.

—Tienes razón —dijo el doctor Mendieta, mirando hacia la ventana como si esperara ver a alguien espiando. La idea de que otros pudieran robar sus avances en miostatina lo aterraba. Habían hecho progresos significativos en la manipulación genética de los ratones, gatos, y el ganado bovino, induciendo un aumento de la masa muscular de forma controlada. Pero lo que comenzaba como una herramienta para mejorar la productividad de la ganadería, podía terminar convirtiéndose en algo mucho más siniestro.

—No podemos dejar que esto salga a la luz —agregó Mendieta, con un tono igual de grave. Su mente estaba centrada en la protección del descubrimiento, pero también en la necesidad de ocultar sus tratos con Anselmo. Si alguien unía los puntos, podrían quedar atrapados en una maraña de investigaciones criminales, pero si no protegían la miostatina, podrían perderlo todo.

Ambos médicos intercambiaron miradas llenas de ansiedad. El peligro de perder su descubrimiento no solo era académico, sino también financiero. Si la miostatina caía en manos equivocadas, podría ser utilizada para crear un ejército de animales hipertrofiados, o incluso seres humanos modificados genéticamente, algo que jamás había sido considerado ético. Las aplicaciones militares o ilegales serían terribles.

—Hay que hacer desaparecer todos los registros relacionados con la miostatina. Nada de muestras en el laboratorio, ni papeles, ni notas —ordenó el Dr. Rivera, su voz tensa mientras pensaba en todas las formas de garantizar que la investigación no llegara a nadie más—. Lo que no se pueda destruir, debemos trasladarlo a un lugar seguro, lejos de Naranjillo.

Mendieta asintió rápidamente, sus ojos brillando con la misma desesperación que sentía Rivera. Sabían que la publicidad en los alrededores de Naranjillo, la caída de Anselmo y la atención que estaba generando el pueblo por los recientes sucesos, podrían ser una invitación para curiosos que busquen nuevas fuentes de poder o, peor aún, agentes externos que quisieran robar sus hallazgos científicos.

Ambos médicos sabían que, aunque Anselmo había sido una figura de poder que los había obligado a hacer cosas terribles, el verdadero peligro ahora era la posibilidad de que su descubrimiento llegara a manos equivocadas, sin el control adecuado. Los riesgos de la miostatina eran infinitos, y su supervivencia como investigadores dependía de asegurarse de que nadie pudiera robarles el futuro que habían comenzado a construir.

Doña Sagrario soltó un suspiro mientras llevaba el vaso de güisqui a sus labios, mirando fijamente a la plaza desde la ventana. Los recuerdos de aquellos días con Anselmo y su guardaespaldas, comiendo en el restaurante Sudor de Pato en silencio y nunca revelando nada, ahora le daban un sabor amargo. Había algo inquietante en todo lo que había sucedido en su restaurante, pero había sido tan sigiloso, tan enmascarado, que nunca imaginó que estaban involucrados en algo tan oscuro.

—Uno nunca termina de conocer a la gente... —murmuró para sí misma, tomando otro sorbo, saboreando el güisqui mientras sus pensamientos se perdían en el pasado. Recordaba sus conversaciones fugaces con Anselmo, siempre tan corteses, siempre tan discretos. Pero ese silencio ahora le parecía sospechoso. ¿Cómo no lo había notado antes? Aquella gente rara, con su actitud calmada pero distante, siempre evitando hablar demasiado. Los clientes nunca parecían sospechar, pero ella, que había vivido toda su vida en Naranjillo, tenía un sexto sentido para los detalles que otros no veían.

Justo cuando estaba sumida en esos pensamientos, una voz le cortó la concentración.

—¡Vieja chismosa! ¡Vieja chismosa! —la voz resonó desde el exterior, repetida varias veces, burlona, como un eco.

Doña Sagrario parpadeó, sorprendida, y miró a su alrededor, buscando la fuente de la voz. Estaba sola, o al menos eso pensaba. Las cortinas se movían suavemente con la brisa, pero no vio a nadie.

—¿Qué demonios...? —murmuró, frunciendo el ceño.

La voz volvió a sonar, claramente proveniente de algún lugar cerca de la iglesia. Ahora estaba segura de que no era su imaginación.

—¡Vieja chismosa! ¡Vieja chismosa y borracha! —insistió el eco.

Se asoma por la ventana y sobre la torre del campanario de la iglesia vio al loro que solía venir por esos lados, un ave colorida y ruidosa, que aparecía de vez en cuando, la observaba con sus ojos brillantes. Parecía más inquieto de lo normal.

—¡Ah, ya te oí! —exclamó, con un suspiro de exasperación—. Claro, ¡el maldito loro!

Pero algo en la manera en que el loro la miraba, con esos ojos astutos y brillantes, la hizo sentir aún más incómoda. ¿Cómo es que el loro había aprendido esa frase? Era extraño, pues él, solía repetir frases sin mucha lógica. A veces, el loro parecía tener una inteligencia inquietante, como si pudiera captar cosas que los demás no.

—¿De quién será este pajarraco que habla así?

Fray Ruperto, absorto en los mapas antiguos que había estado descifrando durante días, dejó escapar un suspiro de frustración. Los símbolos y códigos en las viejas páginas lo desconcertaban, pero algo en su interior lo impulsaba a seguir adelante. Era como si estuviera a punto de desvelar un misterio ancestral, un acertijo que había sido transmitido a través de generaciones. Sin embargo, la tranquilidad de la tarde se rompió cuando una voz distante, pero clara, irrumpió en su concentración.

—¡Vieja chismosa! —la voz resonó en el aire, como un eco burlón que parecía venir de algún rincón cercano.

Fray Ruperto levantó la vista, su curiosidad agudizándose al instante. Se levantó rápidamente de su silla, dejando los mapas a un lado, y se acercó a la ventana. Abrió el ventanal de par en par, dejando entrar la brisa fresca de la tarde. Los sonidos de la plaza, generalmente tranquilos, se mezclaban ahora con ese inusitado y extraño murmullo.

La voz, aunque apenas audible, seguía repitiendo:

—¡Vieja chismosa! ¡Vieja chismosa!

Fray Ruperto frunció el ceño. Era una frase extraña, fuera de lugar. Miró hacia la fuente en el centro de la plaza, donde los dos perros Teckel de doña Sagrario, siempre tan calmados, estaban sentados con sus orejas erguidas. Los animales, sin moverse, parecían observar algo con atención. El fray recordó que esos perros, aunque solían ser muy tranquilos, siempre tenían una presencia inquietante cuando algo extraño ocurría en el pueblo.

Junto a la fuente estaba Florencio, el pintor del pueblo, concentrado en su gran lienzo, que parecía capturar la esencia de la escena con sus pinceles. Pero su actitud no coincidía con la de los perros; Florencio no parecía tan atento a lo que ocurría a su alrededor. Estaba absorto en su pintura, pero algo en su mirada, distraída y casi inconsciente, lo hacía parecer más distante de lo que en realidad estaba. Fray Ruperto notó un par de pinceladas torpes, como si el pintor no estuviera completamente en sintonía con la realidad que lo rodeaba.

—¿De dónde viene esa voz? —murmuró el fraile, mirando alrededor.

La repetición de «vieja chismosa» parecía provenir del mismo lugar, el campanario de la iglesia. Fray Ruperto nunca había sido de los que se dejaban atrapar por rumores o supersticiones, pero algo en esa situación lo inquietaba. ¿Qué tenía que ver esa frase con lo que estaba pasando en el pueblo? ¿Y por qué los perros de doña Sagrario reaccionaban así? No podía ser una coincidencia.

Sin pensarlo más, fray Ruperto cerró la ventana y salió apresuradamente hacia la plaza. La tarde estaba cayendo, y las sombras comenzaban a alargarse. Los perros, como si lo hubieran sentido acercarse, se levantaron de la fuente y comenzaron a caminar hacia él, con una actitud vigilante, como si estuvieran esperando algo. El fray sintió una extraña sensación de desasosiego, como si estuviera a punto de descubrir algo que no quería saber.

Florencio, por su parte, levantó la mirada un instante y, al notar la presencia de fray Ruperto, dejó escapar una pequeña sonrisa, como si estuviera en un mundo completamente distinto al de los demás.

—¿Qué pasa, fray Ruperto? —preguntó, su voz serena pero distante, mientras tomaba un pincel con más calma.

—Escuché una voz… —comenzó a decir el fraile, pero se detuvo al ver los ojos de Florencio, vacíos, como si el pintor estuviera viendo algo más allá de la plaza, algo que él mismo no podía percibir.

La inquietud se apoderó de fray Ruperto. Algo en esa escena no estaba bien, y la voz que seguía repitiendo «vieja chismosa» lo había perturbado más de lo que esperaba. Sin embargo, había algo aún más desconcertante: los perros Teckel, siempre tan callados, parecían conocer la respuesta de alguna manera.

A medida que se acercaba más, la sensación de que algo extraño estaba ocurriendo en Naranjillo se volvía más palpable. El misterio de la frase, la conexión entre los animales y las personas, y el comportamiento inusual de Florencio no eran simples coincidencias. Los dos perros de pronto corrieron hacia la iglesia, entraron en ella y se quedaron sentados al lado derecho muy próximo al altar.

Fray Ruperto se quedó sorprendido.

«¿Qué pintas?» preguntó el Fraile. «Pinto a don Ignacio Acevedo y Sierra un noble muy rico que vivió en este pueblo». Fray Ruperto se quedó quieto, con el aliento suspendido, al escuchar el nombre de Ignacio Acevedo y Sierra. La mención de ese noble tan antiguo, que había sido una figura importante en Naranjillo, lo dejó paralizado por un instante. La historia de Acevedo y Sierra siempre había rondado en los cuentos del pueblo y en el misterio del tesoro, pero él no sabía que todavía tenía relevancia en la memoria de la gente, ni mucho menos que alguien lo estuviera retratando de una manera tan peculiar.

—¿Un retrato? —preguntó el fraile, aunque su mente ya estaba perdida en las implicaciones de lo que Florencio había dicho.

Florencio, sin inmutarse, asintió mientras seguía trabajando en su pintura. El lienzo era impresionante: el retrato de un hombre de porte noble montado en un caballo imponente, lleno de vitalidad, pero justo bajo las patas del caballo se veía una lápida. El caballo parecía estar aplastando la tumba, pero lo más intrigante era la inscripción que Florencio había pintado debajo de la imagen.

—Este es Ignacio Acevedo y Sierra, un noble que vivió en Naranjillo hace muchos años. Fue un hombre poderoso, rico, pero su historia está llena de misterios. Lo enterraron aquí, en la iglesia —explicó Florencio, casi como si estuviera hablando consigo mismo.

Fray Ruperto observó la pintura con detenimiento. El caballo estaba pisando con fuerza la lápida, casi como si quisiera borrar la memoria de aquel noble. La imagen era desconcertante, pero lo que más lo desconcertó fue lo que había bajo las patas del caballo. Las letras IAS brillaban en la pintura, y bajo ellas, el símbolo de la luna y el sol entrelazados.

Un escalofrío recorrió la espalda de fray Ruperto. El símbolo del sol y la luna entrelazados era la posible conexión con el tesoro que buscaba. Florencio y su pintura habían dado una pista más para encontrar el tesoro. Seguramente el tesoro estaba enterrado en la iglesia y tenía alguna relación con la tumba de ese noble.

El fraile no pudo evitar acercarse al lienzo, sus ojos fijos en las letras y el símbolo, como si estuviera buscando una respuesta.

—¿Por qué has pintado esto así? —preguntó con voz baja, más para sí mismo que para Florencio. La sensación de que todo esto tenía un propósito más oscuro crecía en él, como si de alguna forma estuviera siendo llamado a descubrir la verdad detrás de esa pintura.

Florencio, sin embargo, no levantó la mirada, como si estuviera completamente absorto en su trabajo. Finalmente, habló, pero sus palabras eran enigmáticas.

—La vida y la muerte siempre están entrelazadas, fray Ruperto. Ignacio Acevedo y Sierra vivió y murió en Naranjillo, pero su legado no terminó con su muerte. Aquí en la iglesia, en esta misma tierra, algo más sigue latente. La luna y el sol entrelazados… es un símbolo de ciclos, de cambios, de lo que permanece oculto.

El fraile lo miró fijamente. Florencio no parecía estar simplemente pintando un retrato histórico, sino capturando algo que estaba relacionado con la propia esencia de Naranjillo y sus secretos más oscuros. La conexión entre las letras IAS y el símbolo de la luna y el sol le daba una sensación de algo pendiente, algo que debía ser resuelto.

—¿Qué significa esto, Florencio? —preguntó, ahora con voz más firme.

Florencio finalmente levantó la vista y lo miró, sus ojos reflejando una especie de serenidad inquietante.

—Lo que has de descubrir, fray Ruperto, no está en los libros ni en los mapas. Está aquí, en esta iglesia, bajo la piedra que pisó el caballo de Acevedo. Todo lo que queda por desvelar está marcado con esas iniciales… IAS... y ese símbolo. Quizás tú eres quien debe desentrañar el enigma.

Fray Ruperto tragó saliva, su mente trabajando a toda velocidad. Las piezas del rompecabezas comenzaban a encajar de manera inquietante. El símbolo, las letras, la pintura, la historia del noble. Todo parecía conectado por un hilo invisible que lo llevaba de vuelta a la iglesia, al lugar donde Acevedo había sido enterrado.

Sin perder más tiempo, el fraile se volvió hacia la entrada de la iglesia. ¿Dónde estará la tumba de ese noble en esta iglesia? Entre tantas tumbas antiguas tengo que encontrarla, pensaba. Algo le decía que, bajo la lápida de aquel noble olvidado, descansaba la respuesta. Un ligero crujir del suelo bajo sus sandalias resonando en el silencio del interior. La luz tenue que entra por las vidrieras de colores proyecta sombras alargadas sobre el suelo de piedra, creando una atmósfera solemne y misteriosa. La iglesia estaba fría, como si guardara en su interior secretos antiguos que nunca habían sido revelados, esperando ser descubiertos.

¿Dónde estará la tumba de ese noble? se preguntaba mientras sus ojos recorrían el interior de la iglesia. Las paredes, cubiertas de frescos y retablos antiguos, daban la impresión de estar rodeado por la historia misma. Las tumbas, cubiertas por lápidas de piedra, estaban dispersas por todo el suelo, algunas cubiertas por el polvo de los siglos, otras casi desmoronándose. Entre tantas tumbas antiguas, encontrar la correcta parecía una tarea difícil.

A pesar de los siglos que habían pasado desde la muerte de Ignacio Acevedo y Sierra, fray Ruperto sentía que la tumba del noble estaba allí, en algún lugar de esa iglesia, esperando a ser descubierta. Había algo en su intuición, algo en la atmósfera de este lugar, que le decía que la respuesta que buscaba descansaba bajo una piedra, tal vez a pocos pasos de donde se encontraba.

El fraile caminó lentamente por el pasillo central, observando cada tumba con atención. Algunas estaban marcadas con símbolos, otras con inscripciones que ya se habían desvanecido con el tiempo, pero ninguna parecía destacar de manera especial.

Una voz desde la entrada de la iglesia, le llama.

—¡Fray Ruperto! Tengo buenas noticias —dijo sonriendo Jacinto. Traía en sus manos la brújula que había pertenecido a su antepasado el famoso capitán Michel Stich.

—Esto nos ayudará a descifrar el acertijo —dijo—. La frase «setenta grados de Estado» es una orientación que quiere decir setenta grados este y la «casa de Dios» es la iglesia, así que el tesoro debe estar aquí.

—Setenta grados este... —murmuró el fraile, repitiendo las palabras de Jacinto en voz baja mientras pensaba en la orientación que se les estaba revelando. Esa pista, aparentemente simple, había sido lo que había faltado para conectar todos los puntos.

Jacinto, con su sonrisa confiada, continuó explicando.

—La frase setenta grados de estado no es solo una referencia a la dirección, sino también a la relación con la iglesia, que es la casa de Dios. Si el altar mayor indica el norte, entonces setenta grados este está justo a la derecha del altar. Ese es el lugar donde debemos concentrarnos, fray Ruperto. —Su voz estaba llena de certeza, como si estuviera convencido de que finalmente habían encontrado el camino.

Fray Ruperto asintió, reconociendo la lógica de las palabras de Jacinto. La brújula y la orientación habían dado un nuevo giro a la investigación. Ahora sabían por dónde buscar. Pero algo más ocurrió en ese momento que hizo que su corazón latiera más rápido.

A lo lejos, los dos perros Teckel de doña Sagrario salieron corriendo desde un lugar próximo al altar, con sus cuerpos ágiles y sus ojos atentos. Parecían estar huyendo de algo, pero a la vez, tenían una dirección clara. El fraile observó en silencio cómo los animales corrían desde la zona que Jacinto había señalado, por la derecha del altar, hacia el área donde las tumbas antiguas se amontonaban en sombras.

—¿Lo ves, Jacinto? —dijo el fraile, señalando a los perros con el dedo. —Creo que nos están guiando, tal vez nos están dando una señal.

Jacinto observó a los perros, su expresión momentáneamente desconcertada, pero rápidamente comprendió lo que fray Ruperto intentaba decir. Los animales, que a menudo parecían ser parte del tejido invisible de la iglesia, parecían estar actuando de manera extraña. No solo salieron corriendo, sino que lo hicieron desde la zona indicada por la brújula.

—Es una coincidencia demasiado perfecta —dijo Jacinto, asintiendo con una mirada resuelta. —Creo que estamos en el camino correcto. Vamos, fray Ruperto.

Al fondo, cerca de una de las columnas, una lápida diferente les llamó la atención. La piedra era más pulida que las demás, y, aunque el tiempo había erosionado parte de la inscripción, algo en las letras que aún permanecían grabadas lo hizo sentir una extraña sensación. Se acercó, casi sin querer, y vio lo que estaba marcado en la lápida.

Fray Ruperto se acercó lentamente, con el corazón latiendo en su pecho. Observó la lápida con atención. Aunque el nombre y las fechas de nacimiento y muerte ya se habían desvanecido, lo que lo hizo detenerse fueron las marcas que aún quedaban. El mismo símbolo que había visto en la pintura de Florencio y ahora en una lápida que tenía al frente: el sol y la luna entrelazados.

—Es esta —dijo fray Ruperto en voz baja, casi reverente. —Esta es la tumba de Ignacio Acevedo y Sierra.

Jacinto, con una expresión de satisfacción, asintió.

—Lo sabía. La brújula nos ha llevado hasta aquí, y los perros también. Este es el lugar, fray Ruperto.

Fray Ruperto se agachó, tocando la lápida con sus manos, sintiendo la fría piedra bajo sus dedos.

—Debemos actuar con cuidado —dijo, mirando a Jacinto.

Jacinto miró al fraile y luego a la tumba, sin decir una palabra. Sabía que algo trascendental estaba a punto de suceder, algo que cambiaría para siempre la historia de Naranjillo y, posiblemente, la de todos los involucrados.

Fray Ruperto hizo una señal con la mano, y juntos comenzaron a examinar la tumba con más detenimiento.

Fray Ruperto, sintiendo que cada segundo contaba, susurró:

—Que todo esté bien, y que lo que sea que esté aquí nos sea revelado, porque este es el último paso.

Fray Ruperto caminó con paso decidido hacia la entrada de la iglesia, asegurándose de que las grandes puertas de madera estuvieran bien cerradas. No quería que nadie interfiriera en ese momento tan crucial. El misterio de la tumba de Ignacio Acevedo y Sierra había llegado a su clímax, y sabía que lo que iban a descubrir podría cambiarlo todo. Debían hacerlo en secreto, con cautela, para que el tesoro, y todo lo que representaba, permaneciera oculto en las sombras de la historia.

Mientras tanto, Jacinto había tomado la pala y un largo hierro para hacer palanca, su rostro reflejando la tensión y el esfuerzo. Con cada golpe, la pesada lápida de granito cedía lentamente. El sonido de la piedra raspando sobre el suelo resonaba en la iglesia vacía, pero ellos no se detuvieron. Sabían que, al mover esa piedra, algo grande y decisivo iba a suceder.

Finalmente, tras un esfuerzo extenuante, la lápida quedó retirada, y ambos quedaron sorprendidos. Allí, en el lugar donde deberían haber estado los restos de Ignacio Acevedo y Sierra, solo encontraron un cofre de madera de aspecto antiguo. Tenía una inscripción borrosa en su superficie, pero lo que más llamaba la atención era el gran candado que lo aseguraba.

—No puede ser —murmuró Jacinto, mirando el cofre con una mezcla de asombro y cautela.

Fray Ruperto se acercó al cofre y lo examinó con detenimiento, pero el peso y la antigüedad de la pieza les dificultaban moverlo. Juntos, hicieron todo lo posible para levantarlo, pero la tarea parecía imposible.

—Es demasiado pesado —dijo fray Ruperto, tomando aire con esfuerzo.

Jacinto, sin perder la calma, tomó la barra de metal que habían usado para hacer palanca, y con un último esfuerzo, la aplicó al candado. Durante varios minutos, ambos lucharon contra la cerradura, hasta que finalmente el candado cedió, emitiendo un fuerte sonido metálico que resonó en la iglesia.

La tapa del cofre se abrió con un crujido, y allí, ante sus ojos, estaba la visión que ambos habían esperado: una gran cantidad de monedas de oro, todas con la fecha de 1609 grabada en ellas, junto a las armas imperiales españolas. El tesoro era aún más grande de lo que habían imaginado, brillando con una luz dorada que iluminaba el oscuro interior de la iglesia.

Pero, a pesar de la magnitud del hallazgo, fray Ruperto y Jacinto no pudieron evitar quedarse en silencio, mirando el oro sin decir palabra. Era como si el peso de la historia que acababan de descubrir los hubiera dejado sin aliento. No había emoción de codicia, ni el deseo de poseerlo; solo una profunda reflexión sobre el verdadero valor de lo que tenían ante ellos.

Finalmente, Jacinto rompió el silencio.

—Fray Ruperto... —dijo, mirando al fraile—, ¿realmente necesitas todo este oro? ¿No te gustaría quedártelo?

Fray Ruperto lo miró fijamente, y tras unos segundos de reflexión, respondió con serenidad.

—La verdad... en otra época, sí. En otro momento de mi vida, lo habría tomado sin dudar. Pero desde que llegué a Naranjillo, algo en mí ha cambiado. Este pueblo me ha dado lo que nunca busqué: paz, y la oportunidad de sanar mi espíritu. Cuando llegué aquí, lo hice huyendo, buscando escapar de algo, pero hoy, me doy cuenta de que este ministerio ha sido lo mejor que me ha pasado. No necesito riquezas. Solo necesitaba sanarme, y Naranjillo me ha dado esa oportunidad. —El fraile hizo una pausa, como para reafirmar su pensamiento. — No, Jacinto, no necesito este oro.

Jacinto, al escuchar sus palabras, asintió lentamente, y sus ojos mostraron una mezcla de admiración y entendimiento.

—La verdad... —dijo, pensativo—, antes de llegar a la iglesia, estaba seguro de que encontraríamos el tesoro, y también pensé en qué haría con él. Pero, mientras hemos estado aquí, con el oro frente a nosotros, me he dado cuenta de algo. ¿Para qué quiero yo este oro? Vivo feliz en este pueblo. La verdadera riqueza está en lo que ya tengo: la paz, la historia de mi familia, y la oportunidad de aprender de ella para construir mi futuro. No tomaré ninguna moneda. —Jacinto sonrió, con una mirada decidida. —Creo que debemos dejar que este tesoro siga siendo una leyenda. Si lo tomamos, perderíamos algo mucho más valioso: la simplicidad de nuestro pueblo y la armonía que tenemos. Las riquezas, al final, solo traen problemas.

Fray Ruperto sonrió con sabiduría y asintió.

—Estoy de acuerdo contigo. Que el tesoro siga siendo parte de la leyenda de Naranjillo, y que, así, las rencillas y las ambiciones de otros no nos perturben. Dejemos que siga siendo un misterio, un símbolo de lo que es verdaderamente importante: la paz y la unidad.

Ambos se pusieron de acuerdo rápidamente. Sin más palabras, volvieron a colocar la pesada tapa sobre el cofre, asegurándose de que todo volviera a su lugar original. De manera silenciosa y respetuosa, restauraron la tumba tal como la habían encontrado, sabiendo que el secreto del tesoro quedaría sellado una vez más en las sombras de la iglesia.

Cuando terminaron, una paz interna envolvió a ambos hombres. No solo habían desvelado un misterio histórico, sino que también habían encontrado un profundo entendimiento sobre lo que realmente importaba en la vida. El tesoro, en última instancia, había sido una prueba, y al no ceder a la codicia, se habían unido aún más al espíritu de Naranjillo, el pueblo que los había sanado de manera inesperada. El pueblo especial con sus gentes que aborrecen lo moderno, originales, sencillos, creativos y humanos al fin, con sus luces y sombras

El secreto del tesoro, aunque guardado, los uniría por siempre, como un lazo invisible que los conectaba a la historia, a la comunidad y, sobre todo, a la paz.

Epílogo

Un año después de la desaparición de la banda criminal de Anselmo y la tragedia que rodeó su caída, el pueblo de Naranjillo seguía su curso. Aunque la memoria de los eventos recientes aún flotaba en el aire como una nube sutil, la vida cotidiana en el pequeño pueblo continuaba como siempre: tranquila, pausada y adherida a sus viejas tradiciones. La gente no olvidaba lo sucedido, pero lo aceptaba como parte de su historia, una historia que había dejado cicatrices profundas y que, sin embargo, no logró alterar la esencia de Naranjillo. Muchas veces el recuerdo de lo vivido ayuda a aprender de los errores, y eso puede evitar que se vuelva a tropezar con la misma piedra. Sin embargo, también es importante no aferrarse demasiado al pasado. Aceptar lo que viene con la vida, con sus altos y bajos, es parte del proceso de crecimiento personal. Las experiencias, incluso las dolorosas, nos enseñan lecciones que, a la larga, nos hacen más fuertes.

Don Fermín, que había sido una figura clave durante los eventos que marcaron el destino de la banda de Anselmo, se había transformado en un hombre distinto. Seguía trabajando con plantas medicinales, pero solo con fines curativos. Con Jacinto entabló una amistad más cercana y entre ambos se propusieron seguir documentando la historia del pueblo que queda resumida en un libro titulado: *Naranjillo, ayer, hoy y mañana.*

Fray Ruperto, encontró una paz que antes parecía lejana. Su vida ya no estaba marcada por los enredos del pasado, sino por una devoción sincera a su fe y al servicio de los demás. Se convirtió en un verdadero fraile de espíritu y corazón, de vida ordenada, sin ambiciones ni rencores. Había dejado atrás las conexiones terrenales, incluido el contacto con Paula. Ella, a su vez, le había enviado una carta, expresando su frustración por el retraso en la búsqueda del tesoro y anunciando que había decidido marcharse a Italia, dejando atrás su vida para buscar nuevos horizontes. Fray Ruperto, al recibir la carta, no mostró ninguna reacción. Simplemente la guardó con tranquilidad, como quien acepta que la vida de las personas cambia de forma inevitable.

Mientras tanto, los doctores Mendieta y Rivera seguían su investigación secreta. Habían logrado algo asombroso con sus dosis de la «droga mágica», un compuesto que lograba mejorar la carne de los bovinos de la región. La carne era más musculada, con menos grasa y de una calidad extraordinaria. Todos atribuían la mejora a las bendiciones de la zona, al aire puro y las hierbas que creían ser la clave de todo. Nadie sospechaba que detrás de ese milagro estaba la intervención de los dos doctores, quienes, aunque estaban orgullosos de sus descubrimientos, mantenían el secreto bajo llave. Sin embargo, rumores extraños comenzaron a circular. Algunos habitantes afirmaban haber visto gatos enormes merodeando por los bosques cercanos, criaturas que parecían panteras o gigantescos ratones, pero nadie le dio mucha importancia. «Cada uno ve lo que quiere ver», decían algunos, restando importancia a los murmullos.

En medio de este aire de misterio, Florencio, el pintor local, siguió plasmando en sus lienzos la historia del pueblo que inicio con su enigmático retrato ecuestre de don Ignacio Acevedo y Sierra. Su pasión por los temas históricos relacionados con Naranjillo lo llevó a organizar una gran exposición en la biblioteca del pueblo. Las pinturas de Florencio, con sus colores vibrantes y sus detalles meticulosos, narraban las gestas pasadas, como si cada cuadro fuera una ventana al pasado del pueblo. La calidad de su trabajo fue tan impresionante que el alcalde, en reconocimiento a su contribución cultural, le otorgó un certificado exento de pagar impuestos de por vida y una medalla, un honor que no muchos recibían.

Jacinto quedó especialmente impresionado por un cuadro que representaba a su propio antepasado, el capitán Michael Stich, en la popa de su barco, con el sable en mano, dispuesto a enfrentarse a cualquier adversidad. La imagen del capitán, un hombre de carácter firme y temerario, le hizo sentir una mezcla de orgullo y asombro. «Este hombre... nuestro pasado», murmuró Jacinto, mientras observaba la obra con reverencia. Algo en su mirada reflejaba una profunda conexión con la historia de su familia, como si el peso de los años y los recuerdos de generaciones pasadas se hicieran presentes en ese momento.

Doña Sagrario, siempre la curiosa del pueblo no había perdido su costumbre de espiar desde detrás de la cortina. Cada mañana, sin falta, se asomaba sigilosamente para observar a sus vecinos, con la mirada fija, como una espectadora silenciosa en el escenario de la vida de Naranjillo. Sin embargo, algo había cambiado en los últimos tiempos. Cada vez que se asomaba, oía una voz que la acusaba: «¡Vieja chismosa!». Era el loro, que ahora, sorprendentemente, había adquirido una voz más potente. Doña Sagrario, entre asombrada y molesta, sentía que el loro había crecido en tamaño, pero no estaba del todo segura. ¿Sería posible? Se lo preguntaba, mientras su mente iba de un lado a otro, tratando de entender si había algo más en esa criatura que simplemente un loro parlante. A veces, incluso pensaba que podría ser una especie de conspiración entre el loro y los vientos misteriosos que recorrían el pueblo. Aunque, claro, no lo comentaba con nadie. Nadie entendería.

Por su parte, Carmen continuaba con su rutina diaria, entregando el pan cada mañana a la Casa Quita Pesares Virgen del Socorro. El ambiente en esa casa permanecía inalterado, como si el tiempo no tuviera efecto sobre ella. Las paredes parecían susurrar secretos de antaño, como si el mundo exterior nunca lograra penetrar en ese refugio apartado del bullicio del pueblo. Carmen, acostumbrada a ese silencio pesado, con algunas voces, extrañas, solo se limitaba a hacer su tarea sin cuestionar demasiado. Feíto, por otro lado, seguía preguntando donde esta Elvis. Mientras tanto dos asiáticos mirando a Feíto repetían palabras incoherentes, como si estuvieran en una especie de trance. Feíto, siempre el pragmático, no sabía qué pensar. «¿Qué se supone que significa eso?», se preguntaba. Sin embargo, el centro estaba lleno de personajes excéntricos, y nada realmente le sorprendía ya. En el mismo centro, Doménica y sor Áurica, quienes anteriormente habían tenido diferencias, ahora se habían convertido en buenas amigas. La hermana Áurica, conocida por su carácter firme, había encontrado en Doménica una compañía inesperada, alguien que compartía su amor por los misterios de la vida, aunque sus formas de ver el mundo fueran diferentes. Entre risas y conversaciones profundas, ambas mujeres habían dejado atrás viejos rencores y, en su lugar, habían construido una amistad basada en el respeto mutuo.

Así, en medio de los pequeños cambios y las grandes historias no contadas, Naranjillo seguía siendo un lugar donde lo extraordinario se tejía entre lo cotidiano, como si sus secretos más profundos se hubieran guardado entre las sombras, esperando a ser descubiertos. El pueblo de Naranjillo seguía adelante, sin saber que el curso de su historia seguiría tomando giros inesperados. Lo que parecía ser un simple pueblo tradicional, lleno de cotidianidades, guardaba más misterios de los que los ojos podían ver.

A pesar de estar alejado de la modernidad y de los avances tecnológicos del mundo exterior, Naranjillo poseía una riqueza que no dependía de pantallas, redes sociales ni influencias virtuales. El pueblo, desconectado del internet y de los teléfonos, había encontrado su propia forma de culturización a través de los libros. La Biblioteca de Naranjillo, con sus estanterías de madera envejecida y su ambiente tranquilo y el restaurante Sudor de Pato, eran los refugios donde todos se reunían, para leer y discutir sobre los libros leídos, no solo para cumplir con la exigencia de exención de impuestos, sino también para encontrar algo más: el conocimiento.

Era curioso cómo, en un lugar tan apartado, la cultura parecía tener más valor que en muchas otras partes del mundo. La lectura era una herramienta poderosa para quienes deseaban entender su entorno, para quienes querían escapar de la rutina diaria y, sobre todo, para quienes anhelaban descubrir el potencial de la mente humana. Cada libro que caía en las manos de los habitantes de Naranjillo abría un abanico de posibilidades, les ofrecía nuevas perspectivas sobre la vida, la historia, el arte y el conocimiento en general.

A medida que pasaba el tiempo, Naranjillo comenzó a experimentar una transformación sutil, pero profunda. Aquellos que antes apenas hablaban de temas más allá de lo cotidiano, ahora discutían con pasión sobre los conceptos de justicia, amor, moralidad, y el poder de la mente humana. Las discusiones en la plaza, que antes solo giraban en torno a las cosechas y los precios de la carne, ahora abarcaban preguntas filosóficas y debates sobre el futuro del pueblo. Los vecinos se reunían para compartir sus descubrimientos literarios, como si cada libro fuera una revelación que les ayudaba a entender mejor no solo su realidad, sino también su lugar en el vasto universo. De esta forma, el conocimiento que adquirían de los libros no solo les enriquecía intelectualmente, sino que también les otorgaba un poder transformador. Empezaron a ver el mundo con una mirada más crítica, más profunda. La capacidad de reflexionar sobre las decisiones, de pensar más allá de lo inmediato y de crear ideas nuevas les permitió tomar el control de su propio destino de una manera que antes no hubieran imaginado.

El pueblo comenzó a prosperar no solo gracias a su trabajo en la tierra o la ganadería, sino también por las ideas que nacían en las mentes de sus habitantes. Cada uno, a su manera, empezó a ver que el verdadero poder no venía de las riquezas materiales, sino del conocimiento adquirido a través de los libros. Las bibliotecas, las conversaciones llenas de reflexiones, los intercambios de ideas se convirtieron en el motor que impulsaba la transformación de Naranjillo. Y aunque el pueblo seguía siendo modesto y alejado de las grandes urbes, su espíritu se había enriquecido de una manera que pocas comunidades podían igualar.

A través de los libros, Naranjillo había descubierto una verdad simple pero profunda: el conocimiento es poder, y cuando se sabe usar, puede transformar a una comunidad entera. A pesar de su creciente cultura, la transformación de Naranjillo no fue perfecta ni sin contradicciones. La sabiduría adquirida a través de los libros les permitió ver más allá de lo evidente, pero también les hizo conscientes de sus propias limitaciones y contradicciones. Como comunidad, habían logrado un nivel de entendimiento que los conectaba con el vasto conocimiento del mundo, pero no por ello dejaron de ser humanos, con todas las complejidades que eso conlleva.

Las tensiones, aunque menos visibles que antes, seguían existiendo en el pueblo. La lectura de los libros no había erradicado las envidias, las disputas o los prejuicios, sino que había sacado a la luz las sombras que siempre habían existido en los rincones más oscuros de sus corazones. Algunos de los habitantes de Naranjillo, a pesar de leer sobre la importancia de la empatía y la tolerancia, seguían siendo celosos o egoístas en sus acciones cotidianas. Otros, aunque se deleitaban con las ideas filosóficas sobre la justicia y la igualdad, no siempre practicaban esas ideas en su vida diaria.

El conocimiento les había dado herramientas para reflexionar, pero también les había mostrado lo imperfectos que eran. Como el loro de Doña Sagrario, que seguía acusándola con su grito de «vieja chismosa», la verdad sobre las luces y sombras de la humanidad era ineludible. Naranjillo había alcanzado un nivel de conciencia, pero también se había vuelto más consciente de las imperfecciones y contradicciones que existían en cada uno de sus miembros.

En sus reuniones de lectura, los debates se volvían más profundos, pero también más tensos. La gente no solo discutía sobre la historia o la filosofía, sino también sobre sus propios límites como seres humanos. La capacidad de pensar más críticamente no los hacía inmunes a los errores, y a veces las ideas se convertían en armas en lugar de puentes. A veces, las grandes conversaciones filosóficas que ocurrían en la plaza terminaban en pequeños conflictos personales, y las teorías sobre el amor y la justicia se ponían a prueba en las acciones diarias de cada uno.

A través de los libros, Naranjillo había descubierto que el conocimiento no solo transformaba la mente, sino también el corazón. Sin embargo, también comprendieron que ser humano significaba estar en constante lucha entre la luz y la sombra, entre el ideal y la realidad. Y aunque no siempre lograban vivir según los principios que aprendían, el simple hecho de reconocer sus imperfecciones los hacía más conscientes, más humanos, y, quizás, un poco más sabios en su caminar.

Sobre el autor

Bernardo Pérez de Buerres Ramírez es científico, ejecutivo biofarmacéutico, profesor, escritor y filántropo. Es doctor en Bioquímica y cuenta con más de treinta años de experiencia en la estructura y función de proteínas en soluciones y en el desarrollo de formulaciones para proteínas terapéuticas. Es profesor adjunto en el Departamento de Ingeniería Biomédica de la Universidad de Tufts en Boston y profesor honorario de la Universidad de Nottingham en el Reino Unido. Es autor de más de cuarenta artículos científicos y varios libros sobre diversos temas que abarcan la ciencia de las proteínas, la historia, la heráldica, la poesía y los ensayos. Es miembro de la Sociedad Americana de Bioquímica y Biología Molecular (ASBMB), de la Academia de Ciencias de Nueva York, de la Sociedad Española de Bioquímica y Biología Molecular (SEBBM), de la Real Sociedad de las Artes de Inglaterra y Académico del Instituto de Estudios Históricos Bancés y Valdés de España.

www.perezdebuerres.com

Otros libros del Autor

Casi Poesía: Rutas, Vivencias y Tradiciones.
Novo codex Editions, 2024.

Palabras en Sinfonía casi Poesía y Relatos
Novo Codex Editions, 2023 (en inglés y castellano).

Paris Má s Allá de los Campos Elíseos.
Novo Codex Editions, 2022.

Spanish Heraldry: Origins and Evolution
Novo Codex Editions, 2021 (en inglés).

Relatos para Visitar la Isla Mancera
Novo Codex Editions, 2021.

The Revolution of the Unwary
Novo Codex Editions, 2021 (Ensayo en inglés).

Covid-19: El Gran Terrorista.
Novo Codex Editions, 2020.

What if a Mini Pig Dies?
Novo Codex Editions, (Novela, en inglés 2021).

Casi Poesía y Microcuentos para Viajar en Ave.
Novo Codex Editions, 2019.

www.ingramcontent.com/pod-product-compliance
Lightning Source LLC
Chambersburg PA
CBHW051230260626
47162CB00002B/355

* 9 7 9 8 9 8 8 9 7 1 1 4 6 *